## DU MÊME AUTEUR

*Aux Éditions Gallimard*

UN AMÉRICAIN PEU TRANQUILLE, coll. L'air du temps (Folio n° 4171).
DES FEUX MAL ÉTEINTS (Folio n° 1162).
DES BATEAUX DANS LA NUIT (Folio n° 1645).
L'ÉTUDIANT ÉTRANGER, prix Interallié (Folio n° 1961).
UN ÉTÉ DANS L'OUEST, prix Gutenberg (Folio n° 2169).
LE PETIT GARÇON (Folio n° 2389).
QUINZE ANS (Folio n° 2677).
UN DÉBUT À PARIS (Folio n° 2812).
LA TRAVERSÉE (Folio n° 3046).
RENDEZ-VOUS AU COLORADO (Folio n° 3344).
MANUELLA (Folio n° 3459).
JE CONNAIS GENS DE TOUTES SORTES (Folio n° 3854).
LES GENS (Folio n° 5092).
7 500 SIGNES.
LE FLÛTISTE INVISIBLE (Folio n° 5809).
ON A TIRÉ SUR LE PRÉSIDENT (Folio n° 6034).
MA MÈRE, CETTE INCONNUE (Folio n° 6541).

*Dans la collection À voix haute*

MON AMÉRIQUE.

*Dans la collection Écoutez lire*

LES GENS.

*Aux Éditions Denoël*

TOUS CÉLÈBRES.

*Aux Éditions Albin Michel*

TOMBER SEPT FOIS, SE RELEVER HUIT (Folio n° 4264).
FRANZ ET CLARA (Folio n° 4612).

*Suite des œuvres de Philippe Labro en fin de volume*

# J'IRAIS NAGER
# DANS PLUS DE RIVIÈRES

PHILIPPE LABRO

# J'IRAIS NAGER DANS PLUS DE RIVIÈRES

nrf

GALLIMARD

*Il a été tiré de l'édition originale de cet ouvrage*
*quarante exemplaires sur vélin rivoli*
*des papeteries Arjowiggins numérotés de* 1 *à* 40.

*Aux Justes, Jean et Netka.*
*À Françoise et aux enfants, petits et grands.*
*À Kate Close et Chris Buckley.*

« Ce qu'il m'aura fallu de temps
pour tout comprendre.
[...]
Comment ce que je sais le dire
de mon mieux. »

ARAGON
*Le Roman inachevé*

Sur le sable blanc, dans cette marge dure et souple qui se situe entre la mer et le sol plus sec, le petit être vient vers vous.

Lorsqu'une enfant, deux fois dans la même journée, vous dit :

— Protège-moi.

Il ne faut pas s'arrêter à l'idée égoïste qu'elle veut vous exprimer son amour, sa dépendance à votre égard, son envie de caresses. En elle, insidieusement, est venu s'infiltrer l'amorce d'une fièvre, et son corps, tout aussi subtilement, a envoyé un premier appel :

— Protège-moi !

Elle a répété cet appel une fois. Deux heures plus tard, il a fallu quitter la plage, elle avait de la fièvre, en effet, 38,3, elle est malade, et tu n'avais rien compris ! Elle avait reconnu l'arrivée de la maladie plus tôt que toi, qui n'as vu dans ta certitude que son besoin d'affection. Faudrait-il interpréter le moindre mot, être aux aguets du moindre signe ? Les mots, si l'on sait les percevoir, ont un sens plus précis qu'en apparence : « Protège-moi » n'était pas une formule innocente.

Il n'y a guère de phrases innocentes, il faut savoir écouter plutôt que se contenter d'entendre.

Leçon de vie donnée à un père, sur une plage, par une petite fille âgée de six ans. Des leçons, on en reçoit toute sa vie : « Ce qu'il m'aura fallu de temps pour tout comprendre. [...] Comment ce que je sais le dire de mon mieux » (Aragon).

*

Il y a plusieurs façons de revoir certaines leçons de vie. Mes carnets moleskine contiennent des expériences, nombre de citations et de notes qui, au fil du temps, m'ont donné de quoi sourire et réfléchir. Suivons-les ensemble, comme on suit une rivière.

# 1

## « *Quoi qu'il arrive, j'apprends* »

Rainer Maria Rilke :

> *Pour écrire les premiers mots, il faut avoir beaucoup de souvenirs.*

Un écrivain français qui connaît, lui aussi, la valeur de chaque mot (sa *Guerre du goût* est une manière de chef-d'œuvre), Philippe Sollers, raconte que le prince Charles-Joseph de Ligne (1735-1814) disait qu'il ne voulait pas mourir : « Nous verrons si cela réussira », écrivait-il avec morgue et humour. Un témoin rapporte qu'à la fin le prince de Ligne se mit à chanter, puis il dit :

— C'est fait.

Et il s'éteignit.

Un homme qui meurt en chantant nous intéresse, un homme qui dit « c'est fait » est quelqu'un qui nous intéresse. Car avec son « c'est fait », Ligne dit tout : nous avons fait ce que nous devions faire, ce que nous pouvions faire, nous avons vécu, aimé, échoué, réussi, travaillé, pleuré, trébuché, gagné et perdu.

Henry James :

*Nous faisons ce que nous pouvons. On travaille dans le noir. On fait ce que l'on peut. On donne ce que l'on a.*

Il n'est aucune femme, aucun homme qui ne puisse dire « c'est fait » sans voir défiler les épreuves et les combats, les joies et les bonheurs. Cela n'a aucun rapport avec l'âge. L'apprenti artisan, l'assistante sociale, le stagiaire derrière son bureau, le môme qui nettoie votre pare-brise au feu rouge, vous avez quelques difficultés à l'en empêcher, la chanteuse dix fois recalée à toutes les compétitions télévisuelles et qui continue de se porter candidate, les gens qui attendent devant Pôle emploi, ceux qui défilent dans les rues des villes, le solitaire dans un bistrot en train d'écrire une carte postale, et dans ce même établissement, le jeune Slovaque qui essuie les verres sans s'arrêter. (Édith Piaf : « Moi, j'essuie les verres au fond du café, j'ai bien trop à faire pour pouvoir rêver. ») Le handicapé qui ne trouve pas de rampe car, en France, on ne construit pas assez de rampes pour ceux qui se déplacent en fauteuil roulant. (Cela finira par arriver, quelqu'un aura enfin aidé cet homme, à un moment, on trouve toujours quelqu'un qui tend la main, n'est-ce pas), les gens, les adultes, les gamins, quoi, toutes et tous qui à la fin d'une journée peuvent dire : « C'est fait. » J'ai fait ce que j'ai pu. Mais je l'ai fait parce que je l'ai voulu.

Romain Rolland : « En voulant, on se trompe souvent. Mais en ne voulant pas, on se trompe toujours. » Marguerite Yourcenar a tout résumé dans une phrase que je vais souvent citer : « Quoi qu'il arrive, j'apprends. Je gagne à tout coup. »

Elle était très forte, Yourcenar, dupe de rien ni de personne. Elle disait : « Je suis toujours gênée quand j'entends parler de succès. Il y a dans la vie des moments plus ou moins beaux, plus ou moins heureux. »

Jean d'Ormesson m'avait appris que Marguerite Yourcenar, qui n'avait aimé que les femmes, avait, cependant, aimé un homme, un seul. Il s'appelait André Fraigneau. Elle lui avait consacré un poème :

*Que la beauté du monde a pris votre visage,*
*Qu'un peu de votre voix est passé dans mon chant.*

À sa manière aussi, Jean d'Ormesson exerçait une grande maîtrise des mots. Il écrivait limpide et clair, il écrivait comme le bleu de ses yeux. Sa mémoire stupéfiait ceux qui le rencontraient. Il savait éblouir les gens sur les écrans de télévision. Il respectait le principe émis par Colette : « Il faut, avec les mots de tout le monde, écrire comme personne. »

Les mots de tout le monde, et les écrire comme personne ? La plus forte illustration se trouve dans chaque page, chaque vers, chaque fable de La Fontaine, la seule lecture qui devrait être indispensable, obligatoire, dans les écoles. Les adultes peuvent se reconnaître en chaque loup, lion, chèvre ou Perrette, et y trouver une « morale », et si les enfants n'ont pas forcément tout compris, ils auront tout enregistré, ces leçons susciteront leur réflexion.

La Fontaine sait tout voir et faire voir. Il visualise. Il met en images :

*Dans un chemin montant, sablonneux, malaisé,*
*Et de tous les côtés au soleil exposé,*
*Six forts chevaux tiraient un coche.*

Tout est là. On a tout vu, tout saisi, la difficulté due à un terrain friable, le soleil accablant, l'effort des chevaux qui remontent la pente, ils sont six, on imagine l'attelage et la scène tout entière, on souffle et on sue, on entend le bruit des roues. La Fontaine possède le talent de décrire faiblesses humaines et faiblesses nationales :

*Se croire un personnage est fort commun en France.*
*On y fait l'homme d'importance,*
*Et l'on n'est souvent qu'un bourgeois :*
*C'est proprement le mal françois.*
*La sotte vanité nous est particulière.*

Dans ces deux mots, « sotte vanité », on trouve la synthèse des observations qu'il a pu faire à la Cour ou ailleurs. En se promenant avec lui, nous saisissons ce qu'exprimait Colette. Il emploie les mots les plus courants mais il le fait « comme personne », avec fluidité. Telle est la force de sa poésie.

Lorsque des amis étrangers vous interrogent sur la langue française, il suffit de leur citer Apollinaire :

*Je passais au bord de la Seine,*
*Un livre ancien sous le bras,*
*Le fleuve est pareil à ma peine,*
*Il s'écoule et ne tarit pas,*
*Quand donc finira la semaine.*

Et leur dire que c'est de la musique, avec des mots de tout le monde. Toute vraie poésie se met aisément en musique. Ferrat l'a fait avec Aragon, Ferré avec Rimbaud, Brassens avec Paul Fort (« La Marine », petite merveille méconnue). La poésie, c'est un chant.

# 2

## *Le petit garçon*

Chez le dentiste, son assistante vient interrompre la séance : « On vous demande au téléphone, c'est urgent. »

Il s'agit de ma secrétaire à RTL, cette radio dont je dirige les programmes à l'époque. Elle explique :

— Votre fils est à la gendarmerie de Villers-sur-Mer, il vous y attend. Il ne veut plus retourner chez vos amis.

Nous avions en effet convenu que Jean, dix ans et demi, invité par son ami de classe Bruno, aille passer la journée et la nuit chez ses parents. Je préviens Françoise et parle aux gendarmes, puis à Jean. Il est calme, seule question :

— Tu viens me chercher ?

— Oui, oui, qu'est-ce qui se passe ?

— Je te raconterai.

Nous partons pour Villers-sur-Mer, à deux heures de route de Paris. À la gendarmerie, Jean, debout et droit comme un petit soldat, visage résolu devant des gendarmes muets et souriants, fait son récit :

— On tapait des balles au tennis. On s'est disputés sur

l'une qui n'était pas ligne. Bruno s'est énervé et il m'a insulté. J'ai quitté le court.

— Qu'est-ce qu'il t'a dit ?

— Il m'a traité de « fils de pute », et je lui ai dit qu'il avait insulté ma mère et que je ne retournerais pas chez lui.

Le garçon tourne le dos et se retrouve dans la rue d'une petite ville dont il ne connaît rien. Il aurait pu se plaindre auprès des parents de Bruno, mais il décide d'aller ailleurs, son orgueil l'emporte sur tout le reste, il est déterminé. Il n'a pas du tout d'argent sur lui. Pas question de prendre un train. Il demande à un passant où se trouve la gendarmerie, elle n'est pas très loin de la maison des parents de Bruno et il s'y rend seul. Il n'a pas choisi le commissariat de police, j'ignore pourquoi. Le gendarme de service, un homme d'une quarantaine d'années, visage benoît et jovial, ajoute :

— Il est arrivé comme ça, il m'a donné son nom, il m'a seulement demandé s'il pouvait s'asseoir chez nous pour qu'on appelle son père. Il a ajouté : « Je ne viens pas porter plainte, mais je pourrais le faire. »

Dans sa fierté, sa sensibilité, son amour pour sa mère, le petit garçon avait rejeté le sens cru de ces mots, subi leur violence. Il avait interprété l'apostrophe impulsive du copain comme quelque chose de grave et d'impardonnable. « Fils de pute » : il avait accordé au poids des mots leur importance et signification originelles, leur vérité. Cela se passait il y a déjà quelque temps, quand les rois du rap ne dévastaient pas encore les halls des aérogares, lorsque cette expression n'était pas devenue aussi familière qu'un simple « bonjour ». La question des différences abyssales dans l'usage des mots entre hier et aujourd'hui importe peu. Ce qu'il faut retenir, en dehors de la pureté rigoureuse de l'enfance, c'est que l'on doit toujours aller à la racine, à la source. Qu'avez-vous vraiment voulu dire ? Croyez-vous vraiment à ce que vous dites ? L'enfant vénère la vérité et s'il va voir les gendarmes après avoir été insulté, c'est qu'il croit à la force de la loi autant qu'à la force des mots. Son copain « croyait-il vraiment » à ce qu'il disait ? Non, bien sûr, mais, dans l'instant, le poids des mots avait tout emporté.

*

Paul Valéry :

*J'ai beau faire, tout m'intéresse.*

*

Le talentueux metteur en scène américain Billy Wilder est interviewé par Cameron Crowe dans la salle du fond d'un *coffee shop* de Beverly Hills, en Californie. À l'opposé de la salle, un groupe d'hommes agite les bras en signe de reconnaissance.

— Ce sont vos amis ? demande Cameron Crowe.

Wilder réplique :

— Mes amis ne portent pas ce genre de chemises.

Billy Wilder avait plus d'esprit que la plupart de ses collègues. L'éclectisme de son œuvre est bluffante : d'*Assurance sur la mort* à *Sunset Boulevard* et de *La Garçonnière* à *Certains l'aiment chaud.*

Il y a son autodérision :

— La nuit je rêve, et je construis un film génial, alors je me réveille, je prends quelques notes, puis je me rendors. Au matin, au vrai réveil, je découvre ce que j'avais écrit : « Boy meets girl ».

Et encore, sa phrase : « Je ne fais pas du cinéma. Je fais des films. »

Le même homme, au cours d'une cérémonie des Oscars, se tient sur la scène aux côtés d'un producteur japonais. Celui-ci semble avoir du mal à ouvrir l'enveloppe du lauréat. Wilder se penche vers lui et chuchote :

— Vous aviez mis moins de temps pour trouver Pearl Harbor.

(Faut-il rappeler que l'aviation japonaise bombarda la base américaine de Pearl Harbor le 7 décembre 1941, obligeant le président Roosevelt à s'engager enfin dans la Deuxième Guerre mondiale et assurer ainsi l'issue victorieuse du conflit.)

Woody Allen disait d'*Assurance sur la mort* que c'était le meilleur film du monde. Wilder était orgueilleux mais son irrésistible humour juif lui permettait de tout remettre en question, tout relativiser. Et il était humble devant celui qui fut son maître, Ernst Lubitsch. La loi de Lubitsch : le détail qui change tout. Et aussi : « Essayons de dire les choses autrement. » Au mur de son bureau, où il écrivait ses scénarios avec son collaborateur, I. A. L. Diamond, Wilder avait affiché un panneau conçu par Saul Steinberg, avec cette phrase : « Comment Lubitsch aurait-il fait ? »

Il donnait la clé de sa vie :

— Faire quelque chose de mieux que la fois précédente.

Sa mère était morte à Auschwitz.

## 3

## *La formule du chef*

Bernard Loiseau : il avait un bon visage français, massif et paysan, un nez fort, un sourire constant sur les lèvres, il dégageait vigueur et volonté – ce qu'il appelait « la gnaque ». Il émanait de lui une impression d'assurance, alors qu'il n'était que fragilité et angoisse. Son suicide, quelques années plus tard, en serait la preuve cruelle.

Pour l'heure, on ne lisait rien de cela chez le Chef, le Patron, le trois-étoilé qui s'était fait tout seul, la vedette célébrée dans de multiples ouvrages, « au taquet », toujours « au taquet ». À Saulieu, à la réception, au moment de demander la note (nous étions venus y passer deux jours), une jeune Bourguignonne aux yeux noirs m'avait dit :

— Il n'y a rien, monsieur.

— Comment ça, rien ?

— C'est M. Loiseau, m'avait-elle répondu. C'est lui qui m'a laissé la consigne.

Je proteste et demande à le voir.

Il déboule des cuisines, comme porté par un souffle de vent, sa personne envahit tout l'espace, il agite les bras, balayant mes reproches et scrupules. Je le prends par le coude et l'éloigne du comptoir, essayant d'éviter une scène devant d'autres clients qui, c'est l'heure, attendent pour régler leur note avant le départ. Il me regarde avec cette bienveillance dense et pleine qui a, depuis longtemps, soudé notre amitié. Son bras était épais, musclé, on sentait un passé de luttes au toucher de cette chair sous le tablier du chef, tout blanc, impeccable. Il me fit taire. Ses yeux brillaient, il prit un court temps, un court silence. Il eut un sourire :

— Philippe, me dit-il, on n'emportera rien.

Pour dissiper définitivement mes reproches, ce que je considérais comme un cadeau excessif et lui comme un geste normal, il voulut répéter :

— On n'emportera rien.

*

Il paraît que ces mots sont assez souvent prononcés. On va dire qu'il s'agit d'un cliché, mais si c'est un cliché, sans doute est-ce vrai, sinon ce ne serait pas un cliché. J'ai repensé à cette expression, particulièrement lorsque le coup de fusil que Loiseau se donna dans la mâchoire le fit disparaître de ce monde. Je l'ai revu, imposant, magistral, tout sourire et toute générosité. J'ignorais ce qu'il avait « emporté », « rien » peut-être, mais au fil des années qui ont suivi, au fil de mes propres années, j'ai forgé la conviction qu'aussi forte qu'ait été la formule de Bernard, je ne peux lui donner raison.

Pour moi, j'emporterai tout.

## 4

## *La gazelle et le lion*

J'emporterai,

Le chant nocturne d'un torrent de montagne du côté des lacs de Sils-Maria ; le sourire radieux de l'enfant lorsqu'il voit votre visage par la fenêtre de sa salle de classe, il sait que vous êtes venu le chercher ; la détresse du petit Syrien au visage maculé de boue ; les cris de joie un soir de juillet 1998 et les mêmes cris de joie, au même endroit, vingt ans plus tard, c'est-à-dire les Champs-Élysées, quand Paris était une fête et que les Champs-Élysées n'étaient pas un champ de bataille.

J'emporterai le goût des mûres cueillies dans les ronces des chemins de Beausoleil sur les hauteurs de Montauban ; l'odeur âcre et enivrante des rotatives dans les sous-sols de la rue Réaumur à Paris, quand on voyait défiler le papier qui allait se transformer en journal (*France-Soir*), on le tiendrait bientôt en main, on ouvrirait la page où votre article était imprimé, et même si l'on savait, comme le disait souvent le petit homme (notre patron, Pierre Lazareff), qu'il servirait à emballer du poisson au marché le lendemain même, on était, un court instant, satisfait. Je sortais alors et traversais la rue pour acheter un gros rocher en chocolat. C'était ma récompense.

J'emporterai l'histoire du petit matin en Afrique. La gazelle se réveille et sait que si elle ne court pas plus vite que le lion, elle sera tuée. Le lion se réveille et sait que s'il ne court pas plus vite que la plus lente des gazelles, il mourra de faim. Moralité : être lion ou gazelle importe peu. Ce qui compte, c'est que, dès le petit matin, à peine es-tu réveillé, commence à courir !

J'emporterai les longs bouleaux du Colorado, gris et blancs, aux feuilles ondoyantes sous le vent venu des Rocheuses, au milieu du pré Wilson en haute altitude. Et la manière dont on pouvait les embrasser, caresser leur peau douce et soyeuse comme celle d'un animal.

Depuis quelque temps, les arbres ont pris dans l'inconscient collectif une place qu'ils n'auraient jamais dû perdre. Des livres entiers leur sont consacrés, vendus à des millions d'exemplaires, des films, des documentaires, des expositions. Ils disent ce que nous semblions avoir oublié : la vie des arbres est faite de douleurs et de mémoires. Il y a des familles, des histoires, des relations, de l'entraide. À peine avais-je dix-huit ans que je l'avais ressenti, au Colorado. La forêt que j'arpentais était une organisation complexe et mystérieuse. Embrasser un arbre n'est pas une lubie de bobos en mal de zénitude. Approchez-vous, entourez le duvet blanc ou l'écorce bistre, entourez ça de vos bras, fermez les yeux et respirez. Il faudra parfois un peu de temps pour comprendre que vous y avez peut-être gagné quelque chose.

J'emporterai la Route 66 ; Jean-Jacques Goldman

quand il vivait à Montrouge et qu'il me donna sa plus longue et franche interview ; les cheveux blonds de Françoise qui épousent le mouvement de son visage lorsqu'elle se penche au balcon du Théâtre des Champs-Élysées quand on a vu Leonard Cohen pour la première fois et qu'il a chanté « Suzanne », cette jeune femme à laquelle ressemble l'amour de ma vie.

# 5

## *Les femmes de France*

Emmanuel Mounier :

> *Une voix familière leur répète de l'aube au crépuscule : ne faites pas les malins.*

Ne faites pas les malins, les hommes. Réfléchissez aux femmes. On lit souvent dans certains portraits l'expression « femme d'exception ». Formule idiote, toutes les femmes font exception.

Ralph Waldo Emerson a écrit :

> *Les femmes voient mieux que les hommes. Les hommes, du moment qu'ils ne s'apprêtent pas à agir, voient paresseusement. Les femmes voient, même sans aucune intention d'agir.*

La femme donne la vie, elle est la vie. Tous les matins, elle peut répéter la prière de la mère de Bill Clinton : « Mon Dieu, aide-moi à me souvenir qu'il n'y a rien qui va m'arriver aujourd'hui que je ne puisse gérer. »

Gérer : terme plutôt laid, plutôt masculin, plutôt technique. Mais qui fait partie du fondamental féminin : assumer, contrôler, décider, choisir, disposer et distribuer, accepter ou refuser. Du matin au soir, du soir au matin, on est en lutte et tout constitue un combat mais peut aussi devenir une jouissance, un privilège. Arthur Koestler a écrit :

*C'est simple, il y a deux cerveaux. L'un, tout petit, qui représente ce qu'il y a de noble dans l'homme. L'autre, beaucoup plus volumineux, qui est bestial.*

La vie d'une femme l'obligera à choisir entre sagesse et bestialité. Elle s'adaptera à une autre prière, celle de Marc Aurèle :

*Mon Dieu, donnez-moi la force de changer ce qui peut l'être*
*De renoncer à changer ce qui ne peut l'être*
*Mais aussi la sagesse de distinguer l'un de l'autre.*

En termes laïques : « Je me dois d'être pratique, pragmatique, réaliste. » Une femme sait ce qu'est la vie puisqu'elle la donne, et ce faisant, elle donne une leçon de vie.

*

Elle se penchait vers moi. La machine à ventiler, avec la canule fichée entre mes dents, dans la chambre du service de réanimation, émettait un bruit infernal, incessant. Elle avait un visage sérieux, concentré, ses lèvres étaient ourlées et la composition de ses fossettes lui donnait l'air de quelqu'un venu d'ailleurs.

Ses doigts essayaient d'introduire dans ma bouche un minuscule bâtonnet cotonneux mais, prisonnier de la machine, je me contractais et refusais de l'aider. Ce devait être la troisième ou quatrième nuit en réanimation à l'hôpital Cochin, mais je le dis comme ça, car on ne peut plus compter normalement les jours et les nuits quand on est en réa. L'infirmière insistait et dit sur un ton calme, courtois et posé, ferme mais doux :

— Je souhaite atteindre votre palais.

La précision et la délicatesse de sa phrase ont atténué mes craintes. J'ai senti comme une détente, une décontraction, une minuscule libération de ma constante angoisse, ce qui a permis à l'infirmière d'effectuer sa tâche de nettoyage de ma gorge. Alors, je l'ai aimée. Un sentiment de tendresse, d'admiration et de gratitude m'a gagné et je l'ai aimée comme on aime une mère, un ange gardien, comme le noyé doit aimer celle ou celui qui s'est jeté à l'eau pour lui sauver la vie. Elle ne me sauvait pas la vie, elle ne faisait qu'exercer son métier, qui n'est pas un métier mais une vocation. J'en avais fait une chronique pour *Le Figaro*, on l'avait titrée : « Les héroïnes du quotidien ». Le professeur Marescaux, à Strasbourg, m'écrivit pour m'informer qu'il l'avait photocopiée et affichée sur les murs de son service : « On ne dit jamais assez ces choses-là, cher monsieur, merci. » Depuis, il y a eu le coronavirus et « ces choses-là » ont été dites des milliers de fois.

Trois expériences majeures de santé : Cochin, Montsouris, Necker, chaque fois, les mêmes dévotions, les mêmes démonstrations de confiance, compétence et patience. Chaque fois, les mêmes leçons : l'humilité est une force, le sourire est une arme. Il y a aussi des aides-soignants et des infirmiers, des hommes, mais nous savons que la majorité de cette aile de la profession médicale – qui n'est pas une profession mais un sacerdoce – est composée de femmes. Elles peuvent vous gratifier d'un sourire mais aussi se faire expéditives et directives. Elles sont portées, tendues vers l'autre, la patiente ou le patient. C'est l'autre qui compte. Il y en a de redoutables, sûres et rapides, au parler parfois fort, voire brusque, mais toujours pour le besoin d'une cause précise : « Bougez-vous un peu plus, faites un effort, attention ! je vais vous faire un peu mal, suivez la machine, ne vous battez pas contre elle. »

Parfois, parmi cette myriade de visages et de silhouettes, ces Catherine, ces Elizabeth, ces Leila, ces Françoise, ces Amina, ces Malène, ces Bénédicte, ces Livia, ces Sonia, ces Maylis, ces Delphine, ces Kristina, ces Isabelle, ces Rachida, ces Farida, ces Adouyah, ces Camille, ces Olivia, ces Marilène, ces Judith, ces Sofia, ces Kim et ces Patricia, parfois on croit pouvoir dessiner la carte d'une nation, une sorte de pays. Celui des femmes que l'on dit ordinaires et qui ont des « vies obscures » (ce dont parlait Virginia Woolf) et dont les réussites quotidiennes, les exploits anonymes et répétés, méritent gratitude et reconnaissance.

Au sein de cette nation sans drapeau ni capitale – si ce n'est celle de la douleur –, il faut inclure, naturellement, tout l'univers de la santé et de la sécurité, tout ce qui est « service ». À cette véritable nation composée d'artisans et de spécialistes, de petites mains et de virtuoses, d'agents du feu et de la nuit, de soldats inconnus ou de mandarins prestigieux, on ne peut faire appel qu'à une seule unité de mesure : le courage.

*

Il y a toutes sortes et toutes formes de courage. Celui, sacrificiel, du capitaine qui va prendre la place d'une caissière kidnappée et y perdre la vie, le courage suprême. Mais le mot peut s'appliquer à d'autres exemples. Il y a les petits courages de tous les jours : se lever à 5 heures de matin pour subir deux heures, parfois trois, de transports publics afin d'arriver à temps dans une entreprise où l'on pointe encore les retards. Et puis, le soir du même jour, les trains du retour. Il y a le courage des « grands frères » qui arpentent les allées des cités et tentent de ramener à la raison des gamins séduits par la drogue, l'incendie, la baston, la violence, la facilité du deal. Il y a le courage d'une institutrice qui reçoit un concert d'insultes à son entrée dans une classe et parvient à obtenir le silence. Le courage du gosse de sept ans dont les parents sont ailleurs (au boulot) et qui traverse les rues tout seul, remonte les cinq étages d'un escalier étroit, trouve la clé là où elle doit être et va chercher, sur le rebord de la fenêtre, un bout de fromage avant de choisir de faire ses devoirs plutôt que se figer devant l'écran d'un poste de télé qui renvoie de la neige entre deux fragments de film. Le courage de ceux qui, à l'épreuve du coronavirus, se sont révélés essentiels. Tous les jours, matin, midi et soir, nous croisons des femmes, des hommes, des enfants qui font acte de courage mais ne le savent même pas, ou, s'ils le savent, ne le disent pas.

*

Depuis qu'il s'était retiré dans un petit village du Middle West, Neil Armstrong, le premier homme sur la Lune, n'avait jamais accordé une seule interview à un média étranger. Un ami, un homme bon et altruiste à l'instinct d'enquêteur, Daniel Morgaine, s'était mis en tête d'arracher à Armstrong ne fût-ce qu'une phrase. Il avait fouillé et finalement retrouvé la bourgade, avec une seule rue, Main Street, en plein cœur de l'Amérique profonde, et le seul *coffee shop* où on lui avait dit qu'Armstrong venait parfois boire un café. Il n'était pas question de le déranger. En ce village si typique, tout droit sorti d'une illustration de Norman Rockwell, l'entière communauté avait décidé de laisser en paix l'homme qui avait mis les pieds sur un sol autre que le nôtre. Daniel m'a raconté qu'il avait réussi à l'approcher. Ils se sont parlés. Armstrong était peu loquace. Mon ami lui expliqua qu'il venait de très loin, de Paris, pour l'entendre et l'ermite ex-spationaute lui avait alors accordé quelques phrases. À la question de Daniel :

— Comment vous sentiez-vous ?

Il avait lâché :

— Je n'ai jamais eu peur.

Et puis, après un court temps :

— J'avais juste une certaine appréhension.

*

Goethe :

*Je hais les gens qui n'admirent rien, car j'ai passé toute ma vie à admirer.*

Le général Dwight D. Eisenhower, à la veille du débarquement allié du 6 juin 1944 :

*Toute expression de défaitisme constitue une cause de destitution immédiate.*

La leçon des femmes. Lorsque je mentionne la myriade de prénoms qui fait naître la vision d'une nation d'infirmières et d'aides-soignantes, il y a des Catherine ou des Bénédicte, certes, mais aussi des Amina, des Rachida et encore des Dora, des Josepha, des Maria et des Amalia. Des Wamela et des Krystina. Des Monica et des Antonella. Des Aminata et des Bahiya. Juives et musulmanes, portugaises et polonaises, italiennes, africaines. On les voit à la réanimation, à l'anesthésie, à la radio des poumons ou du cœur, à la prise de sang ou à la prise de tension, à la distribution rituelle d'un plateau de nourriture modeste, au secrétariat, à l'accueil. On en voit partout, des Françaises de première, deuxième, troisième génération. Elles représentent une partie de l'avenir de ce pays. Elles partagent les mêmes qualités : elles ont appris à s'adapter, appris la ténacité, connu le sens de la précarité des choses et ont gagné, par la force de leur espoir, la conviction qu'avec un petit effort de plus « on peut le faire ». Ce sont les femmes de France.

Jacques Chardonne :

*Les femmes ont, sur l'existence, des informations qui nous échappent.* Cette phrase dit tout.

## 6

*« Comment ça va ? »*

J'emporterai,

Le « hanami », courte période où tout un pays, le Japon, s'adonne à la célébration des cerisiers en fleur, hommage à la beauté et à l'éphémère ; les platanes le long du canal du Midi ; le jambon-beurre d'un restau routier sur l'autoroute nord en direction du Luxembourg ; à l'aube, après une nuit difficile sur la RN7, quand on goûtait la première eau de la première plage qui s'offrait à nous ; le son du bol tibétain, on frappe sur le bord, un bourdonnement vous enveloppe, puis les vibrations envahissent votre chambre, la pièce ou le bureau, et plus les ondes se séparent et se répercutent, plus survient une sorte de bien-être.

J'emporterai le premier concert de David Bowie ; le premier concert des Rolling Stones ; le dernier concert de Brel ; le dernier concert de Piaf ; les premiers pas de Biolay ; la première apparition de Stromae ; les apparitions d'Abbado à Salzbourg, Paris, Milan ou ailleurs, avec cette transcendance qui était la sienne ; le piano de Brendel, le piano d'Horowitz, le piano de Yuja Wang ; Trenet au Châtelet, Dylan partout, Cohen et son « Everybody Knows ». Duke Ellington et son formidable « Take the A Train ». La Callas qui a « perdu son Eurydice » ; le choc à la première vision de *Citizen Kane*, Orson Welles, ce génie qui s'est perdu ; le vieux pont couvert de Lucerne sur les planches duquel résonnent les pas des choristes qui courent pour ne pas rater la répétition dans la salle de concert du KKL.

J'emporterai le quatrième café du dimanche matin avec les copains de la rue Cler : Alain, Thierry, Michel – il y avait eu aussi José et Antoine ; la grappa dans les bistrots italiens ; la queue du dimanche matin devant les boulangeries ; le grand Jean-Claude Killy, et tous les Savoyards ; les femmes en jupe assises aux terrasses quand revient le mois d'avril ; les marches blanches dans les villages quand un enfant a été tué ; les gens levant le nez devant les tableaux de départ dans les gares ; les papas qui poussent des poussettes ; les gens qui sortent des bureaux pour fumer sur le trottoir avec les collègues ; les feux clignotants bleus des cars de CRS dans la nuit, et les sirènes des ambulances de New York ou d'ailleurs ; des hélicos au-dessus des villes en proie au désordre ; les cris des enfants dans toutes les cours de récré de toutes les écoles, ce grand concert quotidien de l'innocence ; les trois amis de la guerre d'Algérie : Just, Jacques, Francis – jamais quittés, jamais lâchés ; le 4 × 4 qui fonce dans le désert après la traversée de la vallée du Draa ; les *hash browns* américains et les *roesti* suisses.

J'emporterai l'harmonica qu'Henry Fonda fiche dans la mâchoire du frère aîné de Charles Bronson dans *Il était une fois dans l'Ouest* ; Ventura qui gifle Adjani, Cotillard qui devient la Môme ; les héros de l'écran désormais ignorés, Tyrone Power, Errol Flynn, Georges Marchal, Lucien Coëdel ; De Funès qui monte sur les épaules de Bourvil ; Paul Meurisse qui regarde Signoret avant qu'on l'exécute dans *L'Armée des ombres* ; Gabin aux cheveux blancs qui donne un pyjama à son copain, René Dary, dans l'immortel *Touchez pas au grisbi* ; Françoise Dorléac, quand toute une génération, les larmes aux yeux, l'accompagna au cimetière ; Steve McQueen dans *Guet-apens,* le fusil à pompe à la main, dans le couloir glauque d'un hôtel à la frontière mexicaine ; le visage de Léaud qui se fige, à la fin des *Quatre cents coups,* avec la mer derrière lui ; Deneuve, la Française, la Belle de jour ; Delon et Belmondo, les deux fauves, la panthère et le lion. Le prince inégalé, Gérard Philipe.

J'emporterai le jour fatal de *Charlie Hebdo,* les amis assassinés, Wolin, Cabu ; le jour atroce au Bataclan, les innocents anonymes exécutés ; ce qui est inadmissible et qu'il faut combattre sans fin, sans la tentation de l'oubli et de la routine. C'est alors que j'emporterai le sens renouvelé des mots :

*Qui viennent jusque dans nos bras*
*Égorger nos fils et nos compagnes.*

Ainsi que « Aux armes citoyens » ; la longue et belle manifestation, avec des lendemains d'amertume et mes souvenirs qui remontent, les atrocités nazies sur la place de la République à Montauban. Ils étaient quatre hommes, pendus à deux arbres. Les totalitarismes n'ont pas d'âge.

J'emporterai l'odeur de l'herbe coupée dans les vallées du Gers et de la Dordogne ; le don de prévision d'Orwell ; les premières pluies d'automne avec les feuilles déjà rousses ; les étudiants en train de dépaver la rue Gay-Lussac ; les écrits de James Salter ; le jour où, soudain, tout le monde sembla avoir mal à l'oreille gauche, ce n'était que l'apparition des portables ; la bière et la pizza devant la télé pour suivre un Classico ; le thym, le basilic, la menthe et la bruyère, et la sauge, et les fossés pleins d'écrevisses ; les statistiques de voitures brûlées ; les chats qui tolèrent qu'on habite chez eux et les chiens qui courent sur les chemins de traverse ; les ouvreuses de cinéma qui proposaient des esquimaux et des bonbons au caramel ; l'odeur insupportable des McDo ; les SDF sur les trottoirs dans leurs couvertures de misère ; les brancardiers courant dans les fumées de gaz lacrymogènes ; le défilé de Jean-Paul Goude, authentique créateur, le 14 juillet 1989 ; les édifices dont personne ne voulait et qui sont devenus des institutions : Pyramide du Louvre, Centre Pompidou ; les doigts qui sentent les moules dans les brasseries où l'on crie « Chaud devant ! » ; un couteau fabriqué dans l'Aubrac ; Fernandel et Raimu, les comédiens géants d'une autre époque, à revoir pour admirer ; le mazout des pétroliers échoués détruisant les rivages, et les marées quand elles n'étaient pas noires, et les plages quand elles n'étaient pas vertes ; la voûte étoilée quand le ciel était encore propre ; la disparition de l'ara, le petit oiseau bleu brésilien ; les phrases de tous les jours, celles qui disent les choses fortes, celles qui viennent du cœur :

Ne rentre pas trop tard.

Ne prends pas froid.

Tu peux compter sur moi.

N'exagérons rien.

As-tu bien dormi ?

Que puis-je faire pour t'aider ?

Ça fait longtemps qu'on ne s'est pas vus.

Repose-toi.

Prenez soin de vous.

J'espère que tu n'as pas fait une bêtise.

Et puis, les comment ça va ?

Dans le tunnel qui mène du parking souterrain à l'escalier donnant sur l'impasse où nous vivions à l'époque, Françoise croise Milan Kundera. Il habite l'immeuble voisin. Elle lui demande :

— Comment ça va ?

Kundera répond :

— C'est une question importante. Je vais y réfléchir. Quand j'aurai trouvé la réponse, je vous le dirai.

Milan n'a jamais donné la réponse. C'est le même Kundera, le génial écrivain, qui, lors d'un déjeuner chez lui avec Vera, demande :

— Pourquoi les gens parlent-ils aussi vite ?

Je n'ai pas, non plus, donné de réponse.

Chateaubriand :

*On reconnaît un grand homme à sa faculté de sourire.*

Proverbe chinois :

*Si tu veux être heureux, sois-le.*

# 7

## *Le bras puissant de l'imprévu*

Cioran :

> *Une conversation avec quelqu'un qui n'a pas souffert est une perte de temps.*

J'étais tombé sept fois, je m'étais relevé huit, j'en avais fait un livre qui m'avait valu des centaines de lettres. Toutes racontaient les douleurs similaires, le doute qui submerge, la perte de confiance en soi, l'incapacité à faire face à qui et à quoi que ce soit, le corps torturé par ce que j'avais appelé la « broyeuse », l'incompréhension des autres, le désir perdu, le goût perdu, l'énorme lassitude physique, les réveils en sueur et la peur de se montrer – cette horreur que l'on appelle la dépression.

Les lettres, dans leur majorité, venaient de femmes – comme si les hommes qui, je le sais, en souffrent autant et en ont autant souffert, avaient honte de s'exprimer et préféraient se taire ou ne trouvaient pas les mots, ce qui est déjà le cas pendant la maladie. Celle-ci achevée, ils s'étaient emmurés dans le silence ou le déni, ou l'oubli – ce qui est une forme de déni. Les femmes étaient plus éloquentes : six, sept, huit pages recto verso, manuscrites, racontant leur progression vers le mal, et sa guérison, ou, plus souvent, la persistance du mal. Les origines et les conséquences. Il était quasiment impossible de répondre à chacune d'elles. D'ailleurs, avec simplicité et sincérité, la plupart disaient :

— Ne me répondez pas. Cela m'a fait du bien de vous écrire.

Comme il eût été insultant d'inventer je ne sais quelle réponse-type, ou d'envoyer, pire faute de goût, une photocopie à ces correspondantes, j'ai rangé ces messages et les conserve précieusement, trésor muet de la souffrance humaine. L'une d'entre elles m'avait cependant apostrophé :

— Vous assurez que cela ne vous arrivera plus et que, si cela arrive, vous saurez immédiatement vous protéger. Qu'en savez-vous, véritablement ? Quelle arrogance vous pousse à croire que vous êtes redevenu le même qu'avant ?

À cette vigoureuse interrogation, je crus bon de répondre, entre autres réflexions :

— On verra bien. Mais j'en sais quand même plus aujourd'hui qu'hier.

Et de citer Philip Roth :

> *Comme si quelqu'un qui a dépassé l'âge de 10 ans pouvait croire qu'on peut subjuguer d'un sourire (si gentil et si chaleureux fût-il) toutes les agressions de l'existence, tout maîtriser quand le bras puissant de l'imprévu vient s'abattre sur vous.*

*

« Toutes les agressions de l'existence »… Et cette formule : « Le bras puissant de l'imprévu vient s'abattre sur vous. »

Il ne se sera pas passé plus de cinq ou six ans pour que ce « bras puissant » retombe sur moi et que, sans trop de signes prémonitoires, je rechute sous le poids de cette violence. Deuxième dépression – aussi longue que la première fois (un an), aussi paralysante (mêmes phénomènes physiques et psychiques) mais plus angoissante puisque, malgré le « savoir » que j'avais accumulé, j'étais dans l'incapacité de combattre. Ça n'avait donc servi à rien ? Tu n'avais donc rien appris ? Le nuage de doute, le doute de soi, l'autodépréciation, tout cela revenait en rafales. Il n'y a rien de plus destructeur.

Là-dessus, ayant accepté, un an auparavant, une proposition pour une croisière avec conférences le long des côtes chinoises, je m'embarque. Au lieu du plaisir annoncé, je me sens prisonnier, m'adressant à un public relativement âgé, ce qui me renvoie à la réalité : je suis à peu près aussi âgé qu'eux. Il pleut, il vente, le climat est détestable, on subit des escales dans des villes sans intérêt. La plupart du temps, je reste claustré dans notre cabine, ma femme à mes côtés, encore une fois frappée par le spectacle d'un homme qui ne ressemble plus à son homme. Elle fait tout pour m'aider. Qu'aurais-je été sans elle ? « Que serais-je sans toi ? » (Aragon).

Les organisateurs de la croisière, les confrères de *Paris Match* qui m'accompagnent voient bien que « ça ne va pas », malgré mes efforts pour donner le change. La « broyeuse » a repris du service, elle tourne autour des côtes et du ventre, elle empoisonne mes nuits d'insomnies. Elle va au rythme du paquebot, sur des vagues noires et houleuses, glauques et désagréables. Que l'on ne me parle plus jamais des conférences en croisière !

Je suis sorti de ce voyage dans un état pitoyable. Première et immédiate action : retrouver le psychiatre qui m'avait déjà soigné. Après notre première rencontre et ma première guérison, la publication de mon livre (*Tomber sept fois, se relever huit*) nous avait permis de nouer une relation amicale, nous avions une habitude de rendez-vous chaleureux pour parler de tout et de rien. C'était un homme remarquable :

— Je ne suis pas surpris, m'a-t-il dit. Je t'attendais. Il y a presque automatiquement une rechute. Tu n'y as pas échappé.

Il s'appelait Henry Cuche. Il est mort d'un long cancer. Je peux aujourd'hui donner son nom. Combien de fois, après la parution de ce livre, ai-je reçu des lettres ou des coups de téléphone pour obtenir le nom de ce psychiatre si clairvoyant, doté de ce que les Anglo-Saxons appellent « *common sense* », le sens commun ? J'avais gardé son identité secrète. À la cérémonie organisée en sa mémoire, un de ses confrères (il y avait une vraie petite foule, composée d'anciens patients et de professionnels, dans une sobre chapelle située dans le 16^e^ arrondissement à Paris) rappela les mots d'Henry Cuche :

— Si je ne peux totalement guérir mes patients, je peux au moins soulager leur douleur.

Il avait l'élégance d'aimer ses patients. Il appartenait à une académie peu fréquentée, celle du bon sens. La sagesse due à l'expérience de toute une vie consacrée au mal psychique des autres. Un savoir accumulé, celui des manques, des trous noirs, des héritages génétiques, ou autres. Il savait écouter autant qu'entendre et il choisissait en toute lucidité.

C'est ainsi qu'il décida d'un passage en clinique. Cuche avait jugé que je devais m'y soumettre. Je me souviens de Garches et d'un mois de mai douloureux aux côtés d'autres malades. Nous partagions les repas aux mêmes tables. Ennui. Promiscuité. Silence. Entre autres personnes, une femme très agressive. Elle passe et repasse devant les convives, refusant de se nourrir. Il ne faut pas croiser son regard :

— Vous êtes beau, dit-elle.

Puis :

— J'ai mal à mon coccyx.

Ce sont des moments lourds et embarrassants, tu n'as qu'une envie, retrouver ta chambre. Tu as honte d'être comme elles et eux. Tu ne songes qu'à t'enfermer en toi-même jusqu'à la prochaine intraveineuse d'Anafranil. Cependant, à l'heure de ce déjeuner en commun tant redouté, je vois un jour, dans les yeux d'un homme assis en face de moi, qu'il est sans doute encore plus atteint que je ne le suis. Ce regard perdu, cette impression d'abandon, de plainte non dite. Dans ses yeux arrondis par les médicaments, on lit le désespoir, la détresse d'un enfant perdu. Je le reconnais comme un frère, lui prends la main et dis :

— Ça va aller.

Il a eu une sorte de sourire de reconnaissance. Nous avons commencé à parler. À partir de cet instant, nous étions liés d'amitié et cela nous réconfortait. Sa présence m'aura aidé, de même que je l'ai sans doute aidé à supporter sa douleur. Nous continuerons de nous revoir, guéris, comme des anciens combattants, régulièrement, une fois tous les deux mois.

— Vous n'allez quand même pas écrire un autre livre, *La Rechute* ?

— Rassurez-vous.

*

Proverbe tibétain :

> *C'est toujours le mauvais danseur qui se plaint de la pente de la colline.*

Frank Lloyd Wright :

> *Je sens venir une étrange maladie : l'humilité.*

*

Le psychiatre qui succéda à Henry Cuche, cet ami disparu, m'a dit : « Vous ne pouvez pas vous permettre de risquer une troisième. » J'avais dressé une liste au sortir de cette « rechute » et couché sur le papier quelques préceptes volontairement simples, voire enfantins. Je veux les dédier à celles et ceux qui m'ont lu, suivi et écrit, qui viennent à ma rencontre, parfois, au restaurant, dans la rue, dans une gare, un aéroport, on se reconnaît comme des sœurs et des frères qui ont connu la vérité oppressante de la dépression et disent : « Si l'on n'a pas vécu cela, on ne peut pas comprendre. »

## NEUF PETITS PRÉCEPTES

*Premier précepte* : Quand tu sens que le mal s'insinue, n'attends pas, ne prends rien à la légère. Si ton corps t'a dicté un refus, écoute-le, c'est toi. En Occident, les gens disent : « Le corps que j'ai. » En Orient, les gens disent : « Le corps que je suis. » Va vite parler. Va vite chercher une écoute. N'attends pas !

*Deuxième précepte* : Essaie de ne pas succomber à la négation qui est en toi. On vit toujours un combat entre la négation et son contraire. Joue donc un peu sur l'espoir.

*Troisième précepte* : Fabrique-toi, autant que faire se peut, un rituel de formules, un mécanisme de rire pour lutter contre la résignation, la faiblesse et le vide. Pour t'empêcher de contempler le néant.

*Quatrième précepte* : Demande-toi ce que tu dois à ceux qui t'aiment et fais-leur connaître cette dette. Rembourse-la aussi fréquemment que tu peux. Demande-toi ce que tu dois à celles et ceux qui ne te connaissaient pas du tout, ne t'aimaient pas, mais qui t'ont sauvé. La douleur rend modeste : « Du calme, mon vieux, il y a toujours bien pire que toi. »

*Cinquième précepte* : Relativise. Prends de la distance pour t'attacher à l'essentiel. Demande-toi toujours ce qui est grave et ce qui ne l'est pas.

*Sixième précepte* : Alors, c'est donc quoi, l'essentiel ? Il repose dans les cinq mots que les gens chantent dans les églises lorsqu'on enterre quelqu'un : « Aimer et se savoir aimé. »

*Septième précepte* : Goûte tout. Écoute tout. Regarde les autres, prête attention aux autres.

*Huitième précepte* : N'aie pas honte d'avoir pleuré, n'aie pas honte de tes larmes. Elles ne sont pas destructrices. Elles signifient que la beauté et le bonheur ne sont plus très loin.

*Neuvième précepte* : Tout ce qui précède peut paraître d'une simplicité confondante, mais repose sur l'expérience, sur une vérité plus forte que toutes les théories, celle du vécu. La grande épreuve, tu ne pourras jamais la gommer, même si le quotidien te reprendra et il est nécessaire qu'il te reprenne. Mais conserve simplement un peu de ce « cadeau » que t'a proposé la maladie. Et recherche le sens du signal qui t'a été envoyé. Reviens à l'un de nos plus grands penseurs :

Pascal :

*Il existe un bon usage des maladies.*

# 8

## *« Toute musique me saisit »*

J'emporterai,

Les terres du Sud-Ouest avec le parfum des truffes et du chasselas ; les mimosas sur la route côtière entre Nice et Monte-Carlo ; les manèges qui tournent dans les squares ; les vieux, casquette ou béret sur la tête, assis sur les chaises de la petite place principale ; les visages embrumés des passagers des RER du matin ; Louis Prima chantant « Just a gigolo » ; les fougères et les ronces du maquis avec cette odeur qui saisit à peine arrivé en terre corse ; les sans-abri dans leurs oripeaux, se collant à la chaleur des bouches de métro ; les gros crayons jaunes américains, n° 2, Ticonderoga, « My First », avec une gomme de couleur violette ; le visage des femmes dans la prison de Rennes, elles avaient la fatalité dans le regard, l'impossibilité de sourire ; les athlètes du 800 mètres qui accélèrent à la cloche du dernier virage ; un clown qui se démaquille ; les carambars et les haribos ; les gueules ravagées des GI au retour d'une expédition sur le tarmac de Da Nang ; les « c'est plus comme avant » ; des vents de force 9 sur la falaise où on a failli être emportés ; les « et avec ça ? » demandés par les commerçants ou bien les « ça a été ? » des serveurs ou serveuses, ou bien encore les « y a pas de souci, y a pas de problème, ça marche ».

Les « c'est pas ma faute », les « j'ai pas fait exprès », les « vous pourriez au moins vous excuser » ; les phares jaunes des voitures qui finirent par tous devenir blancs ; les machines à sous avec les dames à Las Vegas, sacs à provisions aux pieds, qui actionnent en vain le bras des appareils ; les hommes qui réparent les poteaux électriques en pleine nuit ; les toboggans aquatiques ; les priapes de la vie politique, perdus par le cul, quand ils ne le sont pas par le blé, *Le Cul et le Blé*, on pourrait imaginer un titre de roman ; les funérailles des grands hommes ou des héros disparus ; le pli amer sur les lèvres d'un jockey qui vient d'être battu ; une nuit, sous la lune, dans une felouque à Assouan ; les brèves de comptoir ; le penalty raté, le penalty réussi ; la troisième mi-temps des rugbymen ; les scooters qui ne font pas signe en tournant ; les foules qui s'embrassent ; Ralph et Ricky sur leurs chevaux, dans l'air bleu de Ridgeway County.

Les choses de la vie. Les chansons de la vie :

Les « ne me quitte pas » ; « tombe la neige » ; « pourtant que la montagne est belle » ; « *let it be* » ; « je m'suis fait tout p'tit » ; « avec ma gueule de métèque » ; « *I can't get no satisfaction* » ; « tu la voyais pas comme ça ta vie » ; « ils étaient vingt et cent, ils étaient des milliers » ; « avec le temps va tout s'en va » ; « qui c'est le plus balèze, c'est tonton mayonnaise » ; « Ave Maria » ; « *I did it my way* » ; « ami entends-tu le vol noir des corbeaux » ; « qu'on est bien dans les bras d'une personne du sexe opposé » ; « *sittin'on the dock of the bay* » ; « ce soir nous allons danser sans chemise sans pantalon » ; « c'est une chanson qui nous ressemble » ; « *Hallelujah* » ; « que reste-t-il de nos amours » ; « sur un air de slow au Balajo » ; « la réponse est dans le vent » ; « *freedom's just another word for nothin' left to lose* » ; « toute la musique que j'aime, elle vient de là, elle vient du blues ».

*

Aragon :

*À chaque fois tout recommence*
*Toute musique me saisit*
*Et la plus banale romance*
*M'est l'éternelle poésie.*

# 9

## *Johnny Hallyday – portrait*

James Ellroy :

*N'espère rien – risque tout – donne tout.*

Johnny Hallyday n'espérait rien d'autre que survivre. Son désespoir était en lui depuis l'enfance, qui ne fut pas une enfance.

Il risqua tout puisqu'il n'espérait rien.

Il donna tout puisqu'on ne lui avait rien donné.

Il est mort. Sébastien Farran m'appelle, le jeudi soir, pour dire que l'on souhaite que je prononce un hommage lors de la messe qui se tiendra à la Madeleine d'ici quarante-huit heures. Ce sera sans doute le premier discours qui suivra celui du président de la République. « On t'attend », dit-il. La nuit est déjà tombée, il pleut, la voiture se fraie difficilement un chemin dans les voies étroites de Marnes-la-Coquette. Il y a des gens debout sous la pluie, qu'attendent-ils donc ? Rien. Ils sont venus, fans de la première heure, sachant bien qu'ils ne verront rien, mais ils sont là. Laeticia me reçoit, elle pleure, elle est calme. Elle dit : « Il était debout, il est tombé, il a levé les yeux au ciel. » Je demande : « Puis-je le voir ? » On va prévenir les gens du funérarium au mont Valérien.

Alors, en voiture à nouveau sous la pluie dans la nuit. Au mont Valérien, protégé par des gendarmes comme s'il s'agissait d'un chef d'État, il y a, là encore, des anonymes debout sous l'eau qui tombe, sachant pertinemment qu'ils ne verront rien et n'auront accès à rien. Mais ils attendent. Les policiers sont prévenus, on me conduit vers un salon gardé par des hommes en civil, silencieux, qui m'accompagnent jusqu'au cercueil ouvert.

Johnny est étendu, il a l'air tout petit, tout maigre, on lui a plus ou moins arrangé le visage, plus ou moins effacé les rides et les grimaces de douleur. Il est glabre, à l'exception d'une minuscule moustache noire. Il est bien sapé, avec une chemise western de ville et un lacet western en guise de cravate. Il n'a pas du tout l'air d'être Johnny. On dirait un étranger. Soudain me reviennent tous nos souvenirs partagés, les liens d'affection complice, si anciens, cette longue amitié sans un seul nuage ni une seule entaille à un contrat non signé établi entre deux hommes dissemblables avec, néanmoins, des affinités électives : cinéma, musique, Amérique, amour de la vie. Tous ces souvenirs, je les avais déjà passés en revue à l'annonce de sa mort – qui n'était pas une surprise –, mais dans ce funérarium, ils déferlent plus intensément alors que je me penche vers ce visage méconnaissable, comme celui d'une statuette chinoise ou inca, peu importe. Ce n'est pas l'homme que j'ai connu et aimé. J'éprouve une sensation de vertige, comme si j'allais tomber sur lui. Je me suis redressé et suis parti après l'avoir touché du doigt, à la place du cœur.

Au retour, en voiture, sous la pluie continue, j'ai pensé : il ne faudra pas parler de tous tes souvenirs, pas un « moi je », pas ce défaut rédhibitoire qui atteint certains lors des enterrements et consiste à parler de soi au point d'en oublier celui à qui l'on rend hommage. Le narcissisme ne s'expose jamais autant que dans ce genre de circonstances. Or, il faut, comme le disait Malraux, « monter d'un cran ».

Jeune journaliste, pour apprendre les rudiments de la télévision, il m'arrivait de suivre Roger Stéphane au cours de ses tournages. Stéphane était un romancier, un essayiste, un ancien résistant qui avait fréquenté tous les grands noms de sa génération, auteur de nombreux livres dont un passionnant *Toutes choses ont leur saison.* C'était un personnage brillant, indépendant, courageux, provocateur. Il avait, en août 1944, libéré l'Hôtel de Ville, avec à ses côtés un jeune inconnu en uniforme qui deviendrait le comédien Gérard Philipe. C'est à lui que Malraux a livré pour la première fois sa fameuse définition de l'intelligence.

André Malraux :

> *L'intelligence, c'est le jugement hypothétique, l'esprit de synthèse, et la destruction de la comédie.*

La troisième condition, « destruction de la comédie », demeure la plus difficile à accomplir pour chacun d'entre nous. Malraux lui-même avait-il détruit sa « comédie » ? Il venait d'achever une partie de l'entretien télévisé animé par Roger Stéphane. Celui-ci avait choisi une colline dans le parc de Saint-Cloud pour tourner le document. On fait une pause, il faut changer les bobines. À l'époque, les caméras et les projecteurs étaient encombrants, les équipes multiples, la technique pesante. Malraux s'assied près d'une petite table pliante installée là pour les besoins de la production, face à Stéphane. Il y a de l'eau, du café. Il pose les coudes sur la table et accomplit son geste familier : frapper son front de la paume d'une main, sa mèche noire entre les doigts. Il regarde Stéphane et dit :

— Montons d'un cran.

Cela signifiait qu'il n'était pas satisfait, que l'on pouvait faire mieux, élever le niveau de la pensée et de son expression. Cette exigence, cette formule, ce « cran » qu'il faut monter m'ont poursuivi toute ma vie. Pour écrire le discours de la Madeleine, il fallait tenter de respecter la phrase de Malraux. Dans l'église, ce 9 décembre 2017, de chaque côté de la travée centrale, les deux familles, les deux clans – et toute une assemblée de gens du spectacle, cinéma, politique, médias et médecine, avec les fans au fond de l'église. À gauche, sur un rang, trois présidents de la République et leurs épouses. Deux anciens présidents, François Hollande, rond et grave, Nicolas Sarkozy, grave et attentif, et l'actuel président de la République, Emmanuel Macron, l'air imprégné de la phrase de Nietzsche : « Nul vainqueur ne croit au hasard », ses yeux d'émerillon, le faucon au vol rapide.

*

*« La grâce et la gloire » (extraits)*

Cet homme aimait les mots simples. Essayons d'être à son diapason.

Non qu'il fût un homme simple, loin de là – mais il aimait choisir les mots, les chanter, les dire, pour qu'ils atteignent tous les publics.

Cet homme, seul capable, aujourd'hui, de créer un tel moment de communion populaire, Johnny Hallyday – qui était-il ? Cherchons les mots : un alchimiste – un voyageur – un aventurier – un combattant – un caméléon – un athlète – un artisan – un artiste – un fédérateur – un inventeur – un solitaire – un rocker – un biker – un amoureux – un généreux – un père par deux fois – puis un père par passion et dévotion – un enfant dans un corps d'adulte, un adulte aux yeux d'enfant – bleus, en amande, ce bleu qu'il a légué, avec Sylvie à David, et à Laura avec Nathalie, cette étrangeté dans le regard, ce mystère.

Car tout homme est un mystère. Lorsqu'il s'avançait sur une scène, ou dans un lieu quel qu'il soit, il avait cette démarche déhanchée, chaloupée, qui, à elle seule, suscitait une question : qui est donc cet être en apparence réservé, timide, pudique, voire humble et modeste, qui se transforme en monstre sacré de la scène, omnipuissant chanteur, crevant les écrans et les plafonds du son, dépassant les normes, habité, comme envoûté, par une force venue du plus profond de sa singulière nature ? Qui était-il ? D'où venait donc cette rage, cette fureur ?

Tout, ou presque, a été dit, écrit, filmé sur les origines de ce singulier mélange, cette enfance tronquée, truquée, trompée, cette plongée dans l'univers du spectacle, le goût d'apparaître et paraître, les traces génétiques, les influences, les modèles et les exemples qui ont fait de lui, comme il l'admettait avec une sorte d'étonnement souriant, une réussite quasi immédiate. Ce qui fascine, aux yeux des millions de gens qui ont voulu se reconnaître en lui, ce qui émeut et provoque estime et admiration, c'est qu'à travers toutes les chutes et rebonds, tous les excès et toutes les extravagances, Johnny est resté le même homme. « L'homme, cette corde tendue au-dessus d'un abîme », comme l'écrit Nietzsche.

Comme si la gloire ne l'avait pas fait vaciller.

La gloire – voilà l'un des mots-clés de l'énigme Hallyday. Il l'a connue très tôt, elle aurait pu le détruire. Car il y a la bonne et la mauvaise gloire. Il peut exister un poison de la gloire, elle peut vous entraîner dans les pires comportements, elle peut enfermer un être, le couper des autres, lui ôter toute notion du réel, toute clairvoyance. C'est une tentation, l'entrebâillement d'une porte vers l'enfer du moi hypertrophié, l'ego démesuré. C'est aussi la voix du désespoir, l'appel du néant. Johnny l'a suffisamment dit et raconté : sa peur de la nuit, sa crainte de la solitude, l'empreinte majeure – jamais effacée – de l'abandon paternel dont il fut la victime – lui ont souvent fait frôler le désastre, l'autodestruction. Or, et c'est là qu'il est, entre autres raisons, digne de respect et admiration, il a résisté aux dangers de cette gloire dévoyée. Et, ce faisant, il s'est fabriqué. Il s'est construit.

Un homme ne naît pas homme, il le devient. Hallyday devient un homme à travers ses épreuves, ses erreurs, ses virages sentimentaux, ses accidents et blessures, et par le déroulement de cette vie invraisemblable – invraisemblable ! – il accumule les expériences, approfondit son jugement, maîtrise sa voix – elle devient de plus en plus grave, profonde, vigoureuse, à mesure qu'il franchit les obstacles, se casse la gueule, et se relève. La voix d'Hallyday a été nourrie par ses douleurs et ses malheurs. Curieux phénomène : plus il prend de l'âge, plus il prend de la force. Plus les choses de la vie vont mal, enfin, vont chaotiques, plus il se fabrique. [...]

Il faut, dès lors, parler de grâce. La mauvaise gloire aboutissait au poison, la bonne gloire le conduit vers une sorte de grâce.

Grâce dans ses rapports aux autres : à leur écoute, interrogeant sur la vie de chacun, pourvu d'une dose inépuisable de gentillesse, de bienveillance, soulignées par un sourire d'indulgence et de compréhension. Une faculté de pardon. Un culte de l'amitié.

Grâce dans son travail : dans le processus de création, en studio ou ailleurs, il fait preuve d'une sûreté de choix, une intuition de ce qui va ou ne va pas et il accorde à une nouvelle génération de musiciens, chanteurs, compositeurs toute son attention, car il sait qu'il apprendra d'eux autant qu'eux de lui. La jeunesse ! Il la scrute, la suit, l'observe, ne s'en détachera jamais.

Grâce dans son insatiable curiosité : du temps qui passe, de ceux qui savent ce qu'il ne sait pas. Curiosité : synonyme d'intelligence.

Grâce dans son respect et sa proximité constante avec le public. Les gens, il les aime, il est en partage permanent avec eux. Il sait ce que ce public veut et il le leur donne, même quand il décide de changer de costume ou de thématique. Il donne et eux le lui rendent. [...]

La grâce, enfin, dans sa confrontation à la douleur, la souffrance. Le refus de la mort, une résistance d'acier, un combat dont, jusqu'au dernier jour, il voudra croire qu'il le gagnerait. Un courage inouï venu d'un corps, qui, même diminué, avait été le corps d'un colosse.

Ainsi donc, la grâce aura été l'aboutissement de sa gloire.

La gloire et la grâce, tel est le titre du roman de sa vie.

Laeticia confie : « Quand il est tombé au sol, dans le bureau transformé en chambre d'hôpital, Johnny a levé les yeux au ciel. » Et puis, il s'en est allé. Il n'est plus là, et une grande partie de toute notre histoire à nous tous et toutes, ici et ailleurs, est partie avec lui.

« Il a levé les yeux au ciel. »

On pense à la phrase finale d'un film de Robert Bresson. Johnny Hallyday aurait pu la prononcer : « Pour aller jusqu'à toi, quel drôle de chemin il m'a fallu prendre. »

*

La phrase du cinéaste Robert Bresson est celle, ultime, prononcée par le comédien Martin LaSalle dans le dernier plan du film *Pickpocket.* Je sacrifiais ainsi à mon amour pour la citation, à cette addiction aux « idées des autres » dont parle Simon Leys. De toute cette cérémonie, je me souviens de l'extrême délicatesse, la douce subtilité avec laquelle Jean Reno avait lu la « Chanson des escargots qui vont à l'enterrement » de Jacques Prévert. Ce géant au regard plein de bonté, avec une voix presque chuchotée, empreinte de gentillesse et de tendresse, ne s'adressait qu'aux deux petites filles de Johnny et Laeticia. Il avait choisi un poème pour elles seules, son talent bouleversa toute l'assemblée.

Pour le reste, je préfère ne pas m'arrêter sur tout ce qui est arrivé par la suite, je préfère m'en tenir à mon ami, porteur, désormais, « de grâce et de gloire ».

*

Talleyrand :

*On ne croit que ceux qui croient en eux.*

Il croyait en lui car il n'y avait rien d'autre ni personne en quoi vraiment croire. Alors, il traversa l'enfance et l'adolescence dans les séparations, abandons, allers et retours sans se plaindre mais en envisageant que, dans cet objet magique qu'il avait eu tôt entre les mains, une guitare, il trouverait de quoi accomplir un destin. Il était né et fait pour ça. Malgré son air timide lors de ses premières apparitions, malgré sa réticence à s'exprimer, Johnny Hallyday savait qu'il y arriverait. Il me l'a dit un soir :

— Je n'ai jamais vraiment douté.

Je l'ai rencontré une première fois dans la boîte de nuit de Casanova, Le Bilboquet, rue Bonaparte à Paris. Il m'a abordé en pointant les bottes de cow-boy à talons biseautés que je portais souvent, au retour d'Amérique, par insolence, ou, déjà, nostalgie de mon été dans l'Ouest.

— T'as acheté ça où ?

— Montrose, dans le Colorado.

— Moi, c'était à Albuquerque. New Mexico.

À l'époque, peu de gens portaient des santiags. On s'est regardés et jaugés. Il a eu ce sourire gagnant qui brise les barrières sociales, on s'est serré la main, il est parti saluer des amis au fond de la salle. On ne s'est plus revus tout de suite, mais je suivais son chemin, et l'écriture permanente de sa vie comme un roman, aussi bien dans la presse que sur la scène et ailleurs. Bien plus tard, à la sortie d'une projection privée de mon premier film (*Tout peut arriver*), rue des Dames-Augustines à Neuilly, il attend sur le trottoir, adossé à un réverbère. Je l'avais invité grâce à ma relation avec son beau-frère, Eddie Vartan, qui avait composé la musique du film. Son attitude était réservée, courtoise. On a oublié les santiags, il a voulu parler de cinéma. Il me vouvoyait. On en est vite arrivés au tutoiement. Je découvre alors qu'il est profondément imprégné de cinéma : Kazan, Brando, James Dean, Monty Clift, les noms défilent, les questions, ses désirs, ses ambitions, comme s'il fallait oublier le chanteur et ne parler que d'Hollywood, de l'Actors Studio, de Paul Newman, Marilyn. Il sait écouter, interroger, attendre une réponse avec assez de silence pour que l'on se sente obligé d'aller plus loin.

On va passer une bonne heure, debout dans cette rue tranquille, sans qu'il éprouve le besoin d'aller au bistrot ou de chercher à s'asseoir. Une amitié est née ce soir-là, faite d'affinités peu évidentes, il venait de nulle part, sans éducation, appartenant à l'univers de la roulotte, les tournées, les récitals, le public qui vous adule, la célébrité envahissante. Je venais d'ailleurs, ayant fait des études, passé deux ans à l'université de Washington & Lee en Virginie, pratiquant le journalisme, et me lançant dans le cinéma. Nous ne vivons pas dans le même univers – et c'est précisément pour cela que nous allons nous rapprocher. Je ne crois pas aux amitiés supplémentaires, mais aux complémentaires. Je crois, surtout, que la plupart des sentiments – amour, amitié, affection, attention, complicité, loyauté, fidélité – ne se commandent pas. Ils arrivent avec le temps, les expériences communes, les croisements, les comparaisons.

Nous nous quittons. Il dit :

— On se revoit, hein ?

Il est parti, se déhanchant sur le trottoir, solitaire et déjà chargé de déboires, critiques, controverses, chutes et rechutes. Quand je repense aujourd'hui à sa vie, curieusement, cela me rappelle Alain Bombard.

Malcolm de Chazal :

*Rien de grand ne se fait sans l'idée fixe –*
*Ce clou à transpercer l'invisible.*

En octobre 1952, le docteur Bombard s'embarque à bord d'un canot pneumatique – qu'on appelait aussi un dinghy – pour traverser l'Atlantique, seul, sans eau ni nourriture. Il veut démontrer qu'un homme peut survivre grâce à son moral et au plancton qu'il pêchera. Toute la communauté scientifique, marins, océanologues, va critiquer et contester son expédition. Ça ne fait rien, il part.

Bombard a vingt-sept ans. Au bout de soixante-cinq jours, il aperçoit la lumière du phare de la Barbade. Il écrira plus tard :

« J'ai pensé à tous ces cons qui m'avaient dit que mon projet était impossible. J'ai ri. »

Johnny a éprouvé ce même rire une grande partie de sa vie. Ce n'était pas un rire léger, plutôt un rire de dérision, de certitude : il franchirait les obstacles, il arriverait au sommet et y resterait malgré ses chutes et ce à l'instant même où on le disait passé, démodé, stérile et fichu, malade et mourant. Un rire néanmoins plein d'indulgence à l'égard de « ces cons » qui l'avaient pris pour un imbécile et le caricaturèrent jusqu'à ce que cette caricature leur revienne au visage. Le rire de Johnny, c'était le rire du survivant.

Le rire de Bombard, c'est le rire de qui prend conscience que son rêve, son projet, sa mission sont devenus réalité envers et contre tout le monde. Ce n'est pas un rire d'orgueil assouvi, de vanité satisfaite ou de revanche aboutie, mais plutôt celui de l'accomplissement du devoir fait et bien fait. La certitude qu'il faut balayer les négations et les réserves, les conservatismes, les « on n'a jamais fait ça », les « ça ne marchera jamais ». Cela peut être aussi, silencieux, interne et reposant, épanoui, empreint de béatitude, le rire d'une femme qui donne naissance à un enfant. Elle rit parce que sa vie, qui est déjà en soi un miracle, vient de créer une autre vie, un autre miracle.

Mark Twain :

*Rien ne peut résister à l'assaut du rire.*

Ainsi, Johnny va rire lorsque, quelque temps après notre longue conversation, je lui propose un texte. Retour de Californie où, en particulier sur le campus de Berkeley, j'ai observé les « *flower people* », les hippies, avec leurs cheveux longs et leurs discours « *peace and love* » – paix et amour. Cela se passe un an après la grande révolution culturelle de Mai 68 qui a en partie pris naissance en Californie, et s'est magnifiée dans le monde et de façon spectaculaire en France.

*

L'avion, comme le train, constitue un espace et représente un temps de parenthèse absolue. On réfléchit autrement, plus vite, plus décalé, l'altitude sans doute. On y perd, parfois, le sens du réel. Jospin a raté la présidentielle contre Chirac en avril 2002 parce que, dans les hauteurs, entre les rangées des sièges des journalistes, dans cet avion fatal, il avait prononcé quelques mots de trop à l'encontre de son adversaire, des mots regrettables et mesquins. Le pape François, lui aussi à bord d'un gros appareil là-haut dans un ciel sans contrôle divin, avait émis des phrases rédhibitoires – en particulier sur l'homosexualité. Comme on dit familièrement, « ça leur est monté à la tête ». Quoi ? Le déséquilibre hormonal. La vérité d'un verbe émerge avec les modifications neuronales dues à un autre oxygène.

Le cocon volant peut aussi stimuler créativité et inventivité. Je me souviens d'avoir découvert le compositeur Michel Legrand, génial Michel, penché sur son siège, ceinture attachée, avec, posé sur ses genoux, un mini-clavier sur lequel il tapotait avec concentration. Je m'approche :

— C'est toi ? Tu travailles ?

Il lève la tête, me reconnaît à peine, les yeux voilés derrière ses lunettes :

— Bah, oui, c'est ça, je travaille.

Il n'était pas question de le déranger. Il composait, fous-lui la paix, il en sortira peut-être « Les Moulins de mon cœur ». Il a repris sa position, tête courbée au-dessus du clavier, et j'ai filé.

Glenn Gould :

*L'objectif de l'art n'est pas le déclenchement d'une sécrétion momentanée d'adrénaline, mais la construction, sur la durée d'une vie, d'un état d'émerveillement et de sérénité.*

*

Dans le vol San Francisco-Paris, encore impressionné par la dégaine et l'attitude des hippies à cheveux longs, barbes blondes et tuniques flottantes, allure christique, c'est venu sans difficulté, rapidement, sans complexe : « Jésus-Christ est un hippie ». Trois couplets, un refrain, avant que l'avion atterrisse.

*Son père s'appelait Jo, je crois*
*Sa mère s'appelait Mary, je crois*
*Il a trente-trois ans, je crois*
*Le FBI lui court après, je crois*
*Et s'ils arrivent à le coincer*
*Ils mettront notre ami en croix.*

Je propose le texte à Eddie Vartan :
— Personne ne chantera ça.
— Si, dit-il, Johnny ! Je te fais la musique.
Nous avons parlé sérieusement. Johnny était conscient que nous pouvions provoquer une polémique, que nous frôlions le sacrilège. Je pensais sincèrement que la métaphore n'était pas insultante. Elle me fut beaucoup reprochée. Un violent éditorial à la radio dite « de service public », prononcé par Michel Droit, devenu plus tard

académicien, fustigea notre irrévérence. Ses termes étaient durs : « blasphème, indécence, inconscience ». Deux représentants de l'évêché me contactèrent. Je fis valoir ce que je continue de penser, que les « je crois » du couplet final étaient suffisamment explicites et ne traduisaient aucune hostilité, au contraire.

— Bien sûr, me dit avec indulgence un proche collaborateur du cardinal, le grand Jean-Marie Lustiger. Bien sûr, mais les « seins nus », la « marijane », ce n'est pas nécessaire. Vous jugerez plus tard, quand vous aurez passé le temps du hit-parade (la chanson était devenue numéro un dès sa diffusion à la radio), le temps du showbiz, vous jugerez quand vous ne serez plus un enfant.

— Je ne le suis plus vraiment, protestai-je.

— Vous l'êtes toujours. Nous ne nous exprimerons pas. Le cardinal ne dira rien, nous ne donnerons pas aux marchands l'occasion de vendre un peu plus d'exemplaires de votre disque. Mais quand vous prendrez du recul, votre raison l'emportera sur la satisfaction. Faites donc passer ce message à votre interprète.

Il répéta :

— Ce n'était pas nécessaire.

Il s'exprimait avec la même justesse que son supérieur que je devais rencontrer beaucoup plus tard, lors des années de direction à RTL. Invité de l'une de nos émissions, le cardinal Lustiger faisait preuve à l'égard de tous d'une profonde faculté d'écoute et d'attention, il avait la bienveillante certitude du juif converti, ce fut une figure irremplaçable de la vie intellectuelle et politique de la fin de XX^e^ siècle et du début du XXI^e^ en France. J'avais pour habitude de raccompagner les invités jusqu'au-delà du porche et des marches de l'immeuble du 22 de la rue Bayard, aujourd'hui détruit et disparu. En général, il y avait un moment où les collaborateurs ralentissaient le pas afin de me laisser seul pour dire au revoir à la personnalité du matin.

Monseigneur Jean-Marie Lustiger m'a tendu la main, souriant, les yeux pétillants. Il m'a d'abord remercié, puis, sans attendre, il m'a dit :

— Alors, monsieur Labro, vous croyez toujours que c'était nécessaire ?

Ça m'a cloué sur place.

On avait vraisemblablement dû soumettre au cardinal une fiche sur laquelle le prêtre que j'avais rencontré avait consigné notre échange. Mais enfin, cette affaire datait de plus de vingt ans ! Cela signifiait donc, entre autres choses, qu'il « faisait le métier », comme on dit des grands politiques. Lustiger se renseignait. Il était au cœur de la vie de la société, en rien coupé du monde et de ses soubresauts, ses superficielles anecdotes. Je n'ai pas su comment lui répondre. Il s'est installé à l'arrière d'une DS noire. La vitre était baissée. Toujours souriant, le cardinal Lustiger m'a regardé et a dit :

— Au revoir et bon courage.

J'ai raconté cet échange à Johnny. Il n'a pas ri. Lui aussi avait mesuré ce choix de notre jeunesse. Chaque matin, après avoir appris les résultats des ventes, il disait au téléphone :

— Alors, on est excommuniés ?

Il en riait, sans forfanterie, un peu craintif. Mais il avait osé. Il osait tout, ce jeune homme timide. Cette première collaboration et les remous qui suivirent ont scellé notre connivence, nous savions que nous ferions d'autres choses ensemble.

*

### JÉSUS-CHRIST EST UN HIPPIE

*S'il existe encore aujourd'hui, il doit vivre aux États-Unis*
*Il doit jouer de la guitare et coucher sur les bancs des gares*
*Il doit fumer de la marijane avec un regard bleu qui plane*

*Jésus, Jésus-Christ, Jésus-Christ est un hippie*

*Poncho mexicain sur le dos, autour de son front, un bandeau*
*Il est barbu et chevelu, il s'est battu à Chicago*
*Il aime les filles aux seins nus, il est né à San Francisco*

*Jésus, Jésus-Christ, Jésus-Christ est un hippie*

*Dans les parcs et le long des docks, il vit dans un sac de couchage*
*On n'arrête pas de l'arrêter pour délit de vagabondage*
*Au grand festival de Woodstock, c'est lui qui soignait les blessés*

*Jésus, Jésus-Christ, Jésus-Christ est un hippie*

*Son père s'appelait Jo, je crois, sa mère s'appelait Mary, je crois*
*Il a trente-trois ans, je crois, le FBI lui court après, je crois*
*Et s'ils arrivent à le coincer, ils mettront notre ami en croix*

*Jésus, Jésus-Christ, Jésus-Christ est un hippie*
*Jésus, Jésus-Christ, Jésus-Christ est un hippie*
*Jésus, Jésus-Christ, Jésus-Christ est un hippie.*

*

Baudelaire :

> *Il faut travailler, sinon par goût, au moins par désespoir, puisque, tout bien vérifié, travailler est moins ennuyeux que s'amuser.*

On s'est amusés avec Johnny Hallyday : sorties dans les boîtes où la bagarre démarrait vite grâce à Alan, son garde du corps, qui aimait le coup de poing, parce que des inconnus émoustillés par la présence d'une star étaient venus le titiller ; puis un séjour à New York, une balade dans une immense et ridicule Cadillac blanche qui nous emmenait écouter James Brown dans une salle du New Jersey. Cette nuit-là, j'ai cru perdre mes sens, trop de fumette ; et puis une journée de ski à Avoriaz quand, dérangé par un type un peu agressif, j'entends Johnny se retourner et lui dire : « Tu veux un coup de ma spatule sur ta gueule ? », ce qui fit taire tout le monde ; et d'autres longs dîners au cours desquels nous parlions cinéma, cinéma, cinéma. Au cours desquels, aussi, j'observais la qualité de ses silences. Il savait écouter, intervenir peu quand un interlocuteur lui semblait différent et sachant plus qu'il savait ne pas savoir. Son humilité face aux autres, les pudeurs de l'autodidacte.

Mais nous avons surtout travaillé et aimé travailler ensemble. En studio d'abord à Paris, dans le 20e, boulevard Davout, ensuite à Londres. Étonnant épisode. Son cousin par alliance, Lee Hallyday, cow-boy à rouflaquettes, ex-danseur professionnel qui l'aura protégé et élevé, son « père de cœur », devenu dans la décennie 70 son producteur et manager, me propose de partir pour

Londres avec Johnny et deux compositeurs, Micky Jones et Tommy Brown :

— On a un paquet de mélodies, un paquet de musiques, aucune parole, sinon un peu de yaourt, et on va faire un album entier avec ça, sauf qu'on a besoin de textes, tu viens avec nous ?

Dans l'univers des musiciens, le « yaourt » est le son d'une voix qui malaxe n'importe quel mot pour indiquer le rythme à suivre. C'est ainsi que pour « Oh ! Ma jolie Sarah », qui deviendra l'un des plus durables succès de Johnny, Brown et Jones avaient seulement prononcé « Gentle Sarah » à plusieurs reprises en « yaourtant » le reste des mots. Ce fut à moi d'adapter et d'écrire un texte original. Nous nous sommes installés dans un hôtel à trois pas des studios Olympic à Londres. Les musiciens choisis par Lee étaient tous des pointures, ils avaient travaillé avec les Beatles. Il y avait Hugh McCracken, Pat Donaldson, Jerry Donahue, Bobby Keys, Jim Price, Mickey Finn, entre autres. Je passais une partie du temps assis sur un tabouret, en régie, à écouter les lignes musicales et à prendre des notes – et une autre partie (la plus longue, des nuits entières) à « entrer dans le corset musical » avec des paroles. Lee faisait la navette entre ma chambre et le studio, attendant mes textes. Devant ma petite Olivetti portative, cet outil avec lequel j'ai pratiqué dix ans de reportages pour *France-Soir* dans les années 60, il fallait correspondre à l'esprit de ces musiques (Gary Wright en composa aussi quelques-unes), et cela chanson après chanson, nuit après nuit – puisqu'ils aimaient travailler la nuit. Le texte faisait l'aller-retour. Johnny, comme Piaf, sentait parfaitement ce qui lui convenait, ce qu'il ne pouvait pas interpréter, ce que son public aimerait.

— Ah ça, je ne peux pas le prononcer. Ah ça, je ne me vois pas le dire. Ça, c'est bien. Et pourquoi tu me fais dire ça ?

Persévérance, lucidité, discipline – mélangées à une sensation d'euphorie, la jouissance de faire. Une sorte de fièvre l'habitait, en régie, en studio, comme dans l'hôtel où il ne semblait jamais vouloir dormir.

— Alors, t'as bien travaillé ?

Il frappe à ma porte, il est 2 heures du matin, il porte sa guitare à la main et, dans l'autre, fichée entre ses doigts, une cigarette pas très légale. Il colle son corps contre le mien, m'embrasse sur les lèvres, recule et rigole :

— On pourra toujours laisser dire plus tard qu'il s'est passé quelque chose de sérieux entre nous.

Il s'assied au sol, dos contre le mur, commence à gratter sur sa guitare. On tambourine à la porte, Micky et Tommy apparaissent, bien cannabissés eux aussi, avec leur guitare. Tous imitent Johnny, assis à même la moquette. Ils s'amusent avec leurs cordes. Rapidement, ils se mettent à l'unisson, improvisent un blues qui ne sera jamais enregistré. Johnny prononce des paroles, ça évoque « quelque part entre Tulsa et Santa Fe » et ça parle de divorce et de prisons et d'enfants abandonnés. On dirait du Johnny Cash inachevé. La séquence est souvent interrompue par des rires, des commandes de boissons et de club-sandwichs au room service. Quand ils achèvent leur impro, ils partent en titubant et Johnny revient vers moi :

— Dors un peu, quand même. Demain on enregistre « Flagrant délit ».

J'ai quitté Londres après avoir livré tous les textes, en laissant Lee, Johnny et les autres encore absorbés par les séances de mixage, les arrangements, les ajouts, les nouvelles orchestrations, et je suis tombé malade à l'arrivée à Paris. J'avais craqué. Pneumonie. Je n'avais pas pu tenir ce rythme, ces nuits blanches que Johnny continuait à déchirer avec la même vigueur, la même fureur. On l'appelait parfois « la bête ». Il lui fallait travailler, c'était un besoin, une raison d'être. Le studio, la scène, les spectacles, les tournées, était-ce du « travail » ou sa seule façon de combattre ses manques affectifs ? Quand, près de quarante ans plus tard, il fera « Les Vieilles Canailles » avec Jacques Dutronc et Eddy Mitchell, rongé par le cancer et obligé, entre chaque chanson, de reculer vers les coulisses où on lui donnait de quoi continuer, Johnny illustrera de la façon la plus dramatique cette évidence : tant que je suis capable de chanter, je vis. Il enregistra un album ultime – posthume – quelque huit mois avant sa mort. Il vivait. Ensuite, ce ne fut qu'un cruel et fatal chemin de douleur. Il ne chanterait plus jamais. Il ne lui restait plus qu'à mourir.

Cet homme a aimé et a été aimé. Il n'a recherché que cela, l'amour. Il l'a reçu toute sa vie de la part du public. Il l'a reçu, aussi, des femmes et des enfants qui l'ont successivement entouré. Et de quelques amis qui ne le fréquentaient pas pour son argent, son charisme ou son pouvoir. Rarement dupe, toujours prêt à pardonner, même aux sycophantes, aux parasites, aux vestes retournées. Il a donné quelques leçons : volonté, capacité de rebond, impermanence des choses combattues par obsession du travail, quand l'instinct s'ajoute à l'expérience et que l'homme atteint sa vraie nature. Et puis, pour citer Piaf : « Sans amour, on n'est rien du tout. »

*

Ce ne sont que les mots d'une chanson, me direz-vous. « Ce n'est rien qu'une chanson », art mineur, pas d'art du tout, selon Gainsbourg. Serge avait tort, j'y reviendrai plus tard. Les chansons nous habitent, nous accompagnent, nous réunissent, il en est qui sont de vrais poèmes et appartiennent au patrimoine français, à notre culture.

Et que l'on ne vienne pas opposer la chansonnette à Mahler, Beethoven, Bach, Vivaldi ou Mozart. Car rien n'empêche d'aimer l'un et l'autre. Au contraire, tout se complète. « Il pleut sur la route » ne vous bouleversera pas autant que certains *Impromptus* de Schubert (n° 1 en *ut* mineur, allegro molto moderato, jusqu'au n° 4 en *la* bémol majeur, allegretto), mais à l'instant où vous écoutez l'un et les autres, vous parvenez à la même chance de vous évader, d'oblitérer la quotidienneté de l'existence – toute pensée abstraite vous échappe, toute image du vécu prend la fuite et le vide fait dans votre tête est désormais occupé par la musique.

Cela n'a pas toujours été le cas. Au sortir d'une réunion de travail, d'une émission de télé ou de radio, les effets seconds de ces moments persistaient et entravaient l'accès à la musique. J'étais en proie à la distraction. Il a fallu côtoyer la mort pour que cela cesse. Après la salle de réanimation à Cochin, après avoir été extubé, il y a eu cinq semaines de repos et de soins au deuxième étage du service de pneumologie. Un de mes premiers visiteurs m'a demandé :

— Qu'est-ce qui t'a manqué le plus en dehors de Françoise et des enfants ?

J'ai répondu :

— La musique.

Mais la musique est absente quand la mort dialogue en vous, quand les petits hommes à chapeau melon, accompagnés de nappes orange qui vont vous étouffer, viennent remplir l'espace des cauchemars dont, encore aujourd'hui, je n'arrive pas à identifier l'origine (pourquoi ces bonshommes, et pas d'autres, pourquoi cette matière épaisse qui ressemble à la lave d'un volcan ?), quand il n'y a que le conflit entre toi et toi :

— C'est ton heure, abandonne, laisse-toi aller à mourir.

Contre :

— Bats-toi, on t'attend dehors, tu n'as pas fini ton chemin.

Seule musique : celle du tambour métallique et lancinant de la machine à ventiler qui respire à votre place. Aussi, après avoir été vidé de toute émotion artistique pendant la « traversée », mon retour à la musique a-t-il bénéficié de cette période de manque, de ce vide, et la première fois que j'ai retrouvé une salle de concert, la faculté d'écoute était purifiée. Aucune interférence, aucune pensée collatérale. Plaignons ceux qui disent : « Je n'ai pas l'oreille musicale. »

Simone Weil :

*Quand on écoute du Bach ou une mélodie grégorienne, toutes les facultés de l'âme se taisent et se tendent pour appréhender cette chose parfaitement belle.*

Professeur Jean Bernard :

*Il se peut que quelque chose de fondamental nous échappe dans le domaine de la conscience et du fonctionnement cérébral.*

# 10

## *La deuxième prise de Charles Denner*

Roger Caillois a eu cette pensée lumineuse :

> *Il n'y a pas d'efforts inutiles. Sisyphe se faisait les muscles.*

C'est une belle idée qui pourrait modifier la vision habituelle du mythe de Sisyphe. Condamné à pousser sa pierre au sommet de la montagne, cette pierre qui retombe à peine le sommet atteint, Sisyphe est le symbole de l'absurdité de la vie, du manque d'espoir, et Camus en fait, dès lors, un héros. Sa lutte vers le sommet et ses retours vers le même sommet suffisent-ils à remplir sa vie ? Il faut, dit Camus, l'imaginer heureux. Ajouter à cet état l'idée de Caillois – « Sisyphe se faisait les muscles » – lui donne une allure, disons, plus romanesque, plus romantique. S'il se faisait les muscles, c'est qu'il se préparait à autre chose. Mais à quoi ? Un autre travail ? Oui, mais lequel ? Une autre montagne ? Y a-t-il d'autres montagnes que celle choisie pour Sisyphe ?

*

J'ai beaucoup de chance : aucun travail auquel je me suis consacré ne m'a rendu malheureux. C'est le privilège de ceux qui ont une vocation et parviennent en partie à la satisfaire. En parlant du travail du metteur en scène de cinéma, Jean-Pierre Melville écrit : « Il faut être libre, courageux, intransigeant et en bonne santé. C'est le premier commandement : "Tu auras de la santé." » Et Steven Spielberg ajoute : « Faire des films, c'est marcher sur un fil au-dessus d'un trou plein de crocodiles. »

Le cinéma !

Vous faites ce métier debout. Comme les boxeurs. Avec une idée fixe : que le film avance, le tournage, les comédiens, tous ces artisans dont vous êtes le chef d'orchestre, il faut que cela avance. Vous n'avez pas le droit d'être malade, affaibli, lassé. Autour de vous, un groupe d'hommes et de femmes attendent votre oui ou votre non plus de trois cents fois par jour. Ils sont, eux-mêmes, des professionnels. Coco Chanel disait : « La pire des choses, ce sont les amateurs. »

Chacun de ces artisans dépend de l'autre. Le chef opérateur de son assistant, le filmeur de sa script, le cascadeur du préparateur, le moindre second rôle de la maquilleuse, la costumière du décorateur. Et tous dépendent des stars. Ce matin-là, Depardieu a l'air fatigué, un peu opaque, il m'avoue qu'il a passé une drôle de nuit. Un autre matin, un autre film, Jean-Paul Belmondo n'est pas d'une humeur de rose. Il n'a pas apprécié le manque de gros plans sur lui, dans les rushes de la veille. Il va faire ce que Jean Négroni, un comédien attachant, a défini comme une « colère d'acteur » – c'est-à-dire qu'il est capable d'exploser tout le décor, d'élever la voix avec une extrême violence, mais cela ne va pas durer et il faut rester serein et solide face à un tel éclat, laisser passer l'orage. Jean-Paul avait, quelques jours auparavant, fait preuve d'un grand courage en courant dans un chemin montant vers un camion sur lequel il fallait grimper – longues séquences du film *L'Alpagueur*. On avait dû refaire plusieurs prises. Il avait couru, sauté, grimpé, sans se plaindre. Or, j'appris le soir même qu'il souffrait d'une sciatique qui transperçait son dos comme une lame d'acier. Il avait tout dissimulé. On avait presque songé à l'hospitaliser et j'avais recueilli cette indiscrétion de la part d'un entourage partagé entre loyauté à son égard et exigence du metteur en scène qui doit tout savoir. Lui-même ne m'en avait jamais dit un mot.

Susan Crew :

> *Être un professionnel consiste à faire des choses qu'on aime faire le jour où l'on n'a aucune envie de les faire.*

Votre scénario tient – sinon, ce n'est pas la peine de tourner, vous donneriez dans la médiocrité –, les techniciens ont été bien choisis, mais il reste ce qui est capital, le casting, le choix. Si le comédien ou la comédienne collent au rôle, s'ils correspondent à votre désir secret, à ce que vous avez écrit seul ou avec votre coscénariste-dialoguiste (hommage à Jacques Lanzmann), la machine peut se mettre en marche. À peine avez-vous besoin de les diriger. Cette affaire de « direction d'acteurs » m'a parfois semblé être une blague. Il faut simplement les accompagner, les aimer et le leur faire savoir. Toujours accueillir leurs inventions ou leurs transformations et conserver ce qu'ils vous donnent et que vous n'attendiez pas. Car leur corps n'est pas le vôtre, leur cœur ne bat pas à votre rythme, il faut les laisser se comporter comme ils veulent et comme ils savent le faire. Lorsque, dans *Rive droite, rive gauche,* Carole Bouquet se lève et quitte brusquement le salon de coiffure parce qu'elle vient de voir surgir la maîtresse de son mari, elle a un mouvement de la nuque, des épaules, des hanches, presque un simulacre de danse, et cela, vous étiez incapable de le lui dicter. Lorsque, dans un autre film, Charles Denner se penche sur *L'Héritier,* Belmondo, alias Bart Cordell, assassiné de la même façon que Jack Ruby a tué Lee Harvey Oswald à Dallas (j'ai toujours été obsédé par l'affaire Kennedy, elle a imprimé et influencé une grande partie de ce film), Denner a un regard et un silence, une expression de douleur que je n'ai évidemment pas requis. Vous ne pouviez pas lui dire : « Charles, il faut avoir l'air malheureux. » Il était étonnant, Denner. Il avait réussi à incarner la fidélité et la connivence avec l'homme qui est aussi son patron, joué par Belmondo. Nous démarrons le tournage. Il est agenouillé, au sol, le corps au-dessus du visage de son ami, il sait qu'il est mort. Il reste muet, tétanisé, rien ne bouge sinon ses yeux, un silence total l'entoure, c'est un instant de vérité intense, capté et ressenti par toute l'équipe. Je finis par murmurer :

— Coupez !

Charles Denner se redresse, de même que Jean-Paul.

Denner me fait signe pour que nous nous écartions du groupe et pour me souffler à l'oreille, sur ce ton de modestie lucide qui est le sien :

— Philippe, je ne pourrai pas refaire cela. Ne me le demandez pas. Je ne pourrai pas refaire une deuxième prise.

On se concerte avec Jean Penzer et André Domage, le directeur de la photo et son chef opérateur. Selon eux, il faudra tout de même, ne fût-ce que par sécurité, la faire, cette seconde prise. Jean-Paul l'a aussi compris. On lui demande de s'étendre à nouveau sur le sol. Alors, dans ce hall de l'aéroport de Fiumicino à Rome que nous avons privatisé pour les besoins de cette séquence capitale (elle nous servira dans le ralenti du générique final), on ne sait plus où est passé Denner. Un assistant m'apprend qu'il s'est assis sur un banc, en retrait dans le couloir. Je vais vers lui. Il est sombre et silencieux. Il n'est pas encore sorti du choc tellement il n'est plus Charles Denner. Il s'est mué en David Loweinstein, le personnage du film.

— Charles, je suis désolé, mais nous avons vraiment besoin d'une seconde prise.

Il me regarde – quel beau visage, comme nous l'avons tous aimé – et il redresse la tête :

— Eh bien, bon, d'accord, j'y vais. Je ne peux rien vous promettre.

Or, la deuxième prise sera plus forte que la précédente et c'est finalement celle que nous garderons au montage. Denner avait pu conserver encore en lui une forte charge d'émotion. Il avait pu, à nouveau, le visage encore proche et penché sur celui de Jean-Paul Belmondo, dont il ferme les yeux, transmettre ce chagrin sans larmes, cet accablement devant la fatalité. Je l'ai aimé comme tous les autres, un metteur en scène ne peut qu'aimer ceux qui rendent sa création possible. La discrétion de Denner était exemplaire. Il ne parlait pas de lui-même. J'ai appris beaucoup plus tard qu'à l'âge de seize ans il avait fait partie de la Résistance.

Un metteur en scène est un perfectionniste, un maniaque, un travailleur de l'instant, un artisan. Il partage le même sens du « bien faire » que ses comédiens. Avec cet amour pour un travail achevé et accompli, avec cette dévotion à un personnage et à une histoire, Charles Denner me fait penser au texte de Charles Péguy sur les artisans menuisiers. Notre père nous l'avait souvent récité et il est fréquemment mentionné par les uns et les autres. C'est devenu une sorte de classique.

« Il fallait qu'un bâton de chaise fût bien fait. C'était entendu. C'était un primat. Il ne fallait pas qu'il fût bien fait pour le salaire [...]. Il fallait qu'il fût bien fait lui-même, en lui-même, pour lui-même, dans son être même. Une tradition venue, montée du plus profond, une histoire, un absolu, un honneur, voulait que ce bâton de chaise fût bien fait. »

Péguy conclut : « Toute partie dans la chaise qui ne se voyait pas, était aussi exactement, aussi parfaitement faite que ce que l'on voyait. »

Eh bien, à leur manière, c'est ainsi que procèdent comédiennes et comédiens et c'est la leçon donnée ce jour-là, à Rome, par l'unique Charles Denner : il fallait que ce fût « bien fait ».

À travers toutes les années, la pensée de Charles Péguy

a rejoint celle de Francis Scott Fitzgerald pour qui écrire consistait à « *nager sous l'eau* ». Et pour Hemingway qui disait qu'il fallait penser à l'iceberg : « La partie la plus importante est celle qu'on ne voit pas. »

## 11

## *Le « radar à merde » d'Hemingway*

En mai 1986, au cours du festival de musique d'Évian, sous la supervision du grand violoncelliste Rostropovitch, nous écoutions le concerto pour violon et orchestre de Tchaïkovski, interprété par le Russe Maxime Vengerov avec son Stradivarius. Le luthier Étienne Vatelot dira plus tard :

— Je n'ai jamais vu cela en plus de vingt ans.

En effet, pour une raison que le luthier découvrira après la représentation, voilà qu'en plein passage solo une corde du Stradivarius de Vengerov casse. On voit alors ceci : Vengerov saisit instantanément l'instrument du premier violon de l'orchestre, assis tout près de lui, et enchaîne d'un *mi* à un *sol* en un quart de seconde. À peine a-t-on pu voir et entendre ce qui s'est passé tant le geste et la décision ont conjugué compétence, beauté, sang-froid.

*

L'humilité doit être la principale qualité de l'écrivain – cet être humain qui sait qu'« écrire n'est pas facile ».

L'Américain John O'Hara fut en son temps un romancier prolifique, best-seller en librairie, figure d'importance qui, après avoir reçu toutes les récompenses et les félicitations (d'Hemingway en particulier), imaginait qu'il aurait mérité le Nobel de littérature. Cela se passe au milieu du XXe siècle. Il est couvert de succès, de reconnaissance (il a écrit plus de quatre cents nouvelles), il ne se prend pas pour n'importe qui – se compare à Steinbeck, Faulkner, et à d'autres contemporains. Mort en 1970, sa suffisance était telle qu'il fit graver sur sa tombe l'épitaphe suivante : « Mieux que n'importe qui, il raconta la vérité sur son époque. C'était un professionnel qui écrivait bien, avec honnêteté. »

« Mieux que n'importe qui » ! Quelle outrecuidance, quelle certitude, quelle inconscience. On pense à ce qu'écrivait Victor Hugo à propos de l'un de ses cousins : « C'est une outre sonore. Il a toute la prétention d'un philosophe, toute l'apparence d'un charlatan, et toute la réalité d'un cuistre. »

Aujourd'hui, la réputation d'O'Hara s'est amoindrie. On admet qu'il a su parler des hommes et des femmes, du sexe, de l'alcool, de l'adultère, du statut social, de la petite bourgeoisie de province dans les villes de peu d'importance avec clarté et limpidité, avec ce sens du détail propre à tous les écrivains américains. Mais il est passé à côté de la vraie gloire. On ne le lit plus guère. Pourtant, il a compté. Ce qui est intéressant, c'est que, malgré son immense prétention et cette épitaphe inimaginable, O'Hara connaissait ses limites. Il avait un jour confessé : « Je sais mieux que personne que j'ai un talent inférieur. »

Cette petite phrase, rarement relevée, lui sert de rédemption. Elle correspond à une autre anecdote, livrée par Anaïs Nin, un soir à Hollywood, sur une colline dominant Sunset Boulevard. Jeune envoyé spécial de *Marie France*, je devais constituer puis rédiger un long reportage sur le Hollywood de la toute fin des années 50. Je vécus un mois passionnant, accompagné par Inge Morath, une photographe qui épousa Arthur Miller, après son divorce avec Marilyn Monroe. Nous pûmes rencontrer nombre de figures aujourd'hui disparues : Jayne Mansfield et ses seins protubérants, marchant à petits pas sur la haute moquette en fourrure rose tel un chasseur dans la savane, et qui, malgré son look invraisemblable, était d'une rare intelligence ; Ronald Reagan déguisé en cow-boy, bien loin de laisser imaginer qu'il pourrait devenir le quarantième président des États-Unis ; Charlton Heston, déjà réactionnaire, virulent adepte des armes à feu ; Rock Hudson, beau gosse, dissimulant avec habileté son homosexualité qu'un jour il eut le courage de révéler avant tous les autres. Un soir, donc, nous sommes invités par un couple de scénaristes, à la lisière d'une forêt, au-dessus des lumières de la ville. Il y a là Anaïs Nin dont j'ignore le rôle dans la vie littéraire américaine, ainsi que ses liens avec Henry Miller. Elle raconte une soirée avec Hemingway :

— Nous étions à New York, juste avant qu'il parte pour ses reportages sur la guerre en Europe, vers le milieu des années 40, chez moi, entre écrivains, gens de plume, éditeurs. On buvait tous beaucoup. Ernest faisait les cent pas dans le salon principal, il était très éméché, il avait absorbé beaucoup d'alcool, comme d'habitude.

À la suite d'une remarque d'un des convives, il lève les yeux au plafond. « Je sais, dit-il, qu'il y a une dimension supérieure, mais je n'arrive pas à l'atteindre. »

Comme le chanteur Randy Newman qui « regarde la rivière mais pense à la mer », Hemingway regardait son œuvre et pensait à Flaubert, Tolstoï, Dostoïevski, Maupassant. Quand vous mettez la barre haute, vous êtes condamné à la modestie.

Il existe une passion d'écrire, une mystérieuse euphorie à chercher les mots, et, parfois, à trouver mieux que les mots, quand on sent qu'ils pourront peut-être atteindre les lecteurs. Aucun succès de librairie, aucune reconnaissance littéraire de la part des « petites chapelles » des trois arrondissements de la rive gauche, n'a de valeur quand on les compare à une lettre d'un ou d'une inconnue, ou lorsque, au détour d'une rue, quelqu'un vient vous dire :

— Je vous ai lu.

À ce propos, citer Jorge Luis Borges :

> *J'écris pour moi, pour mes amis, et pour adoucir le cours du temps.*

C'est une sorte de rendez-vous intime, exclusif, avec soi et avec l'encre, le stylo, les crayons (une gomme pour effacer les bêtises) et la rame de papier – elle doit être très épaisse, vous avez besoin de sentir ces feuilles blanches que vous n'arriverez peut-être pas à remplir, vous avez besoin, épaules contractées, de sentir si ça coule, si ça vient, si c'est suffisamment clair. Anatole France avait écrit dans son carnet de notes sur toute la longueur d'une page : « Être clair, être clair, être clair. »

Un soir, dans une de ses émissions de télévision, Franz-Olivier Giesbert demande aux écrivains présents quel est leur mot favori. On entend toutes sortes de choses, subtiles, sophistiquées, cultivées, et lorsque c'est mon tour, le seul mot qui me vient aux lèvres est « rivière ». Quelqu'un dit alors :

— Ah ! Il est malin !

Mais non, il n'est pas « malin » du tout, il est habité par le flot du torrent, celui de la Haute-Engadine, celui de West Beaver dans le Colorado, celui du vallon de l'enfance dans le Tarn-et-Garonne et le Bas-Quercy. Il voudrait que son écriture leur ressemble. Et, dans ce cas, que tout le monde puisse le lire, qu'il soit intelligible, à défaut d'être intelligent. Le titre de Marcel Proust résume et définit tout à lui seul : nous sommes, tous, écrivains, « à la recherche du temps perdu ». Max Gallo avait dit : « Fais ce que tu crois être le seul à pouvoir faire. »

Dire, en outre, qu'il survient irrégulièrement des moments au cours desquels vous avez la sensation que quelqu'un écrit à votre place, qu'il y a une présence invisible, indéfinissable, derrière vos épaules. Les personnages et les situations vont surgir, rien ne vous y avait préparé. On ne peut pas appeler cela de l'inspiration. Il s'agit plutôt d'une porte intérieure de votre imaginaire que la seule mécanique et la discipline de l'écriture ont permis d'ouvrir. Engouffrez-vous-y – la fiction est là.

Gertrude Stein :

*Écrire, cela consiste simplement à dire ce que vous savez.*

William Faulkner :

*Tout ce qu'il faut à un écrivain, c'est un crayon et du papier.*

Scott Fitzgerald :

*Je ne blâme jamais l'échec. Il y a beaucoup trop de situations compliquées dans la vie. Mais je serai sans pitié envers le manque d'effort.*

De toutes les lettres de mon père, il en est une que j'ai pu conserver malgré mon manque d'ordre, les voyages, les vies, les déménagements, matériels, physiques ou spirituels. C'était à propos de mon premier roman, *Des feux mal éteints.*

*Un courant de pitié passe dans ton récit. Tu ne serais pas mon fils si le sentiment de la solitude ne hantait pas toutes les heures de ta vie et celles de tes personnages. Tu m'as occasionné une grande joie et je te demande pardon d'avoir souvent douté de ta vocation d'écrivain à la lecture d'articles rapides ou bâclés.*

Sans doute son amour paternel obscurcissait-il un jugement objectif, mais cette lettre me sert de modèle. De tous les mentors que j'ai pu avoir, celui qui a dominé et dominera est naturellement mon père – avec ma mère, à ses côtés. Mes parents m'ont donné une enfance et une jeunesse sans revanche à prendre – ni sur le pouvoir et l'argent, ni sur les institutions religieuses ou autres, ni sur mes contemporains. On peut souvent deviner chez eux la revanche volontaire ou inconsciente. Revanche sur un physique qui dérange, un rejet social ou sentimental, une rivalité de jeunesse, une injustice, un manque d'amour, revanche sur un espoir flétri, une humiliation en société, une ambition déchue, un rêve brisé, le principe de réalité.

*

Quand Willa Cather dit « J'ai utilisé mes yeux et mes oreilles », elle définit une partie de ce qui est nécessaire pour écrire : savoir, voir et observer, et ce faisant, nous en venons au journalisme.

Le journalisme est multiple et je préfère m'arrêter à celui qui, d'une manière ou d'une autre, fait appel à plusieurs disciplines. Refusons l'expéditif, l'immédiat sans vérification à la source, le « rumeurisme », le « buzzisme », l'insinuation et le conditionnel, bien pratiques pour faire passer une saloperie. N'oublions pas la morale. Il y a une morale en journalisme comme en tout. Oublions redondances et approximations, ainsi que l'un des défauts majeurs : le jugement. Il existe dans la langue américaine un terme difficile à traduire : « *judgemental* » – c'est-à-dire celui qui, du haut de son siège, exprime un jugement sur un ton péremptoire. Le sermonneur professionnel. Cette propension à juger avant de comprendre, à juger avant d'avoir vu, écouté, analysé ou vécu est plus qu'une tentative, c'est une tentation généralisée. Le journalisme que j'aime est celui de Kessel, Hugo (*Choses vues*), Hemingway (« Tout écrivain devrait posséder en lui un radar à merde »), Albert Londres (« Je ne connais qu'une ligne, celle du chemin de fer »), Mauriac (*Bloc-notes* : « Le style fait la lumière »). Et tant d'autres qui ont su naviguer en permanence entre ce qu'on appelle la littérature et le journalisme. Lorsque Philippe Lançon propose son admirable *Lambeau* (le livre de l'année 2018 et qui durera plus que tant d'autres), il fait du journalisme intime, certes, mais il y ajoute un regard d'écrivain, un talent de romancier. La soixantaine de pages consacrées à l'attentat de *Charlie Hebdo*, c'est la « chose » la plus « vécue et vue » des récentes années – c'est du reportage, mais c'est de l'écriture pure car Lançon fait entendre sa « longueur d'onde ». Paul Morand disait : « Tout écrivain doit posséder une longueur d'onde. » Le bon journalisme, en réalité, se confond avec la littérature, c'est celui qui survivra à une parution du lendemain.

Hemingway :

> *Un écrivain sans oreille est comme un boxeur sans main gauche.*

*

J'ai aimé un homme qui s'appelait Henri de Turenne. Il possédait l'élégance, la courtoisie, la finesse de l'humour, l'indépendance de ses choix, la clarté du style. Il avait couvert la guerre de Corée, le blocus de Berlin ; avait été correspondant de l'AFP à Washington ; il avait vu l'Algérie, les Balkans, vécu les soubresauts de la IV$^{e}$ République. Il était modeste mais fier de son métier : « On ne visitait pas les cathédrales », m'avait-il dit pour ironiser sur cette vérité selon quoi un journaliste n'a pas le temps de jouer les touristes. S'il fait le tour du monde, il n'en connaît pas toujours les musées ni les édifices anciens. Henri voyageait, comme tout reporter, à la poursuite de la réalité, « toujours plus forte, plus riche, plus déconcertante que la fiction que nous nous sommes racontée à son sujet avant de partir » (Patrice Van Eersel). Turenne vérifiait à la source, penché sur un papier, avec son stylo trempé dans l'encre noire, barrant et corrigeant, soulignant et rectifiant :

— Tenons-nous-en aux faits. Ils ne se discutent pas, ils se vérifient.

Sans être graphologue, on apprend à reconnaître une certaine forme d'écriture, parfaitement lisible, bien composée, comme un devoir de classe – c'était celle de Jean d'Ormesson, de Truffaut, c'est celle de Dabadie. Lisible, claire. Henri de Turenne la possédait. Pour avoir côtoyé les cadavres des soldats du bataillon français de Corée, pour y avoir vu l'un de ses meilleurs amis sauter sur une mine, pour avoir échappé au « haut mal », celui de la télébrité, Henri se nourrissait de peu d'illusions sur la nature humaine, mais il avait, dans ses yeux, la lueur du sage et de celui qui préfère en rire. Maupassant a toujours détesté les journalistes. Selon lui, ils étaient « ondoyants et divers, sceptiques et crédules, méchants et dévoués, enthousiastes et ironiques, et toujours convaincus sans croire à rien ».

Turenne, que l'on appelait Tutu, ne cochait aucune des cases négatives de Maupassant. Il était l'exact opposé. Ni ondoyant ni crédule, il avait les qualités de l'honnête homme confronté à la malhonnêteté du monde. Lorsqu'il me rejoint à Dallas, quelques jours à peine après la mort de JFK, alors que nous sommes tous acharnés à découvrir les détails sur les acteurs de cette tragédie, en pleine enquête, il dit :

— On va travailler ensemble, non plus sur l'émotion, mais sur le concret. On va refaire ensemble tout le parcours de Lee Harvey Oswald, depuis la minute où il a quitté le Texas School Book Depository d'où il est censé avoir tiré jusqu'au moment où il est arrêté dans la salle de cinéma après avoir, au passage, tué à bout portant l'officier J. D. Tippit. On va faire ça, pas à pas, ensemble. On va oublier les rumeurs, les mensonges, les insinuations, les hypothèses, le complotisme. On va faire du terrain. Suis-moi.

Ce fut un soulagement de le voir débarquer à Dallas. C'était lourd, cette histoire, je n'avais pas toujours tout réussi, et certains soirs on pouvait se sentir très seul. Il fut un de mes mentors en journalisme : travailler le terrain, affronter le réel, tenter de le reproduire.

## 12

### *Dans la poche de la veste de Pompidou*

De même qu'il y a toutes sortes d'écrits, de fleurs, d'oiseaux, de misères et de mystères, il y a toutes sortes d'intelligences. Si Stephen Hawking nous dit que « l'intelligence, c'est la capacité de s'adapter au changement », qui va le contredire ?

La fameuse définition de Malraux à laquelle il a déjà été fait référence, « L'intelligence, c'est le jugement hypothétique, l'esprit de synthèse, et la destruction de la comédie », amène la question : combien d'entre nous ont détruit notre comédie ? Lequel d'entre nous, devant son miroir, peut se vanter d'avoir échappé à la vanité, aux faux-semblants, à l'amour de l'apparence, à la construction d'une image qui permet d'« avancer masqué » ? Détruire sa comédie revient tout simplement à tuer son ego et s'élever au-dessus de son orgueil, s'accepter en se connaissant, ne pas trop s'aimer, ne pas céder à l'hubris des Grecs – la perte d'humilité.

Sommes-nous tous des comédiens, jouons-nous tous une comédie ? Avons-nous décidé un jour que nous étions « bons » dans un certain rôle et l'avons-nous endossé au point d'oublier notre naturel ? Mesurons-nous, précisément, ce que nous valons, ce que nous faisons pour autrui ? Et la destruction de la comédie, n'est-elle pas, là encore, l'attention aux autres, le rejet du « moi je », la mort de ce que Guitry appelait le « moi-trinaire » ?

Un jour, Picasso regarde Jean Cocteau droit dans les yeux et lui demande :

— Tu es content de ce que tu fais ?

Cocteau éclate en sanglots.

Simon Leys :

> *Quiconque, en fin de parcours, a le sentiment d'avoir réussi sa vie, ne devait pas au départ avoir visé bien haut.*

*

Il y a toutes sortes d'intelligences : celle de l'athlète, celle du navigateur, celles de l'alpiniste, du tennisman, du footballeur, du boxeur, de l'escrimeur – aucun sport ne se pratique sans une forme d'intelligence. Quand on y ajoute l'élégance, cela s'appelle Federer, une exception. À leur manière, les sportifs, pour l'exercice précis de leur discipline, rien d'autre que cela – à un millimètre près, à une seconde près –, doivent posséder une capacité de synthèse et recourir à l'hypothèse. Ainsi, d'une certaine manière, ils rejoignent la définition de Malraux. Au cours de leur exercice, la comédie peut difficilement intervenir car seuls comptent le geste et le dépassement de soi. Viendront, ensuite, l'argent et la notoriété, beaucoup d'argent, beaucoup de notoriété, et c'est alors que la comédie resurgira. La civilisation de l'image et la société du spectacle (parfaite définition de Debord) favoriseront la comédie, érigeront même cette comédie en une sorte d'art.

*

La première fois que Michel Poniatowski fit rencontrer VGE à son grand-père, celui-ci lui dit : « Ton ami doit faire attention. L'intelligence est presque inutile à celui qui ne possède qu'elle. » Cela ne suffit pas et VGE, comme d'autres présidents (tous les présidents français sont intelligents), l'aura vécu. Seule l'épreuve, aussi bien la quotidienne que l'inattendue, aura mis son intelligence au défi.

Hugo disait qu'il existe une « *imminence de l'impossible* ». Le 11 septembre 2001 était impossible mais imminent. Si George W. Bush Jr avait écouté et pris au sérieux les multiples avertissements d'août 2001 – venus de nombreux agences ou individus –, aurait-il pu éviter l'impossible ? Ces tours du World Trade Center de New York détruites par des avions pilotés par des fanatiques d'al-Qaida, certains membres du FBI l'avaient pressenti, sinon prévu. Aussi, devant l'événement quel qu'il soit, l'intelligence ne suffit-elle pas. Il y a le sang-froid, le courage, l'esprit de décision, l'appréciation du danger et le sens du destin.

Georges Pompidou a eu cette phrase crue et vraie :

*À l'heure du destin, il n'y a pas de place pour la combinaison.*

« La combinaison », bel usage de la langue française. Je revois cet homme dans son bureau donnant sur le boulevard de La Tour-Maubourg, dans le 7e arrondissement à Paris. Pompidou a quitté Matignon, il n'est plus Premier ministre, il est en « vacance de pouvoir » et mon patron, Lazareff, dit :

— Allez le voir, c'est quand ils ne sont plus aux commandes que les hommes sont les plus intéressants.

Une cigarette fichée entre ses lèvres dégage une fumée quasi permanente. Elle va jusqu'à ses yeux qui clignotent sous des sourcils peints à l'encre noire. Au goudron. Il enchaîne clope sur clope. Tout, chez lui, m'intéresse : cette voix, légèrement brumeuse et rauque, forcément voilée par le tabac, ce regard sans comédie, sans souci de plaire, et un phrasé et un vocabulaire, ceux du prof de lettres, auxquels s'ajoutent la lourdeur de l'expérience politique et, donc, une certaine gravité sceptique. Il n'y a pas de place pour la combinaison – il n'a pas dit la « combine », il pèse ses mots, ni aigri, ni amer, ni vindicatif, mais précis, déterminé et pudique, expliquant d'un sourire en coin qu'il découvre, lorsqu'on a été autant assisté, autant entouré d'adjoints, de collaboratrices, de stagiaires, autant protégé, qu'il est difficile d'aller acheter soi-même ses timbres, ses cigarettes, ou de garer sa voiture. C'est dit avec bonhomie, recul sur soi, certitude à peine cachée que cela ne durera pas. Il a gouverné et commis des fautes, il l'admet – et donne à la gouvernance toute la difficulté et toute la précarité qu'il a ressenties. Une lueur de férocité n'apparaîtra qu'au moment où j'ose parler du complot de l'affaire Marković, la cabale qui souilla l'image de son épouse et le blessa au plus profond. Il dit :

— J'ai ma liste, ils sont là.

Et de tapoter de la main droite sur son veston à la hauteur du poumon gauche. Avec un timbre de colère rentrée – c'est-à-dire que le ton se fait plus grave, la voix encore plus rauque – il continue :

— Elle est là. Des noms que je n'oublierai pas.

Il s'agit, Pompidou le sait, de ceux qui ont contribué à la rumeur et l'ont discrédité auprès du général de Gaulle, lequel Général n'a pas du tout été solidaire. Il va même sortir cette liste de la poche intérieure de sa veste, l'agiter sous mes yeux une seconde, puis l'y remettre aussi prestement. Il portait un costume croisé, gris pâle. La liste semblait courte.

Privé provisoirement de tout pouvoir, il en profitait pour lire encore plus que de coutume.

— On n'a jamais assez lu, jamais assez. Tocqueville, Pascal, Descartes, Balzac, Montesquieu, se rend-on compte seulement du trésor qui nous a été laissé par tant de siècles d'intelligence et de lumière ?

Notre entrevue aura été courte. Il se lève de son fauteuil, le corps est lourd.

— Et n'oubliez pas La Fontaine, car il a tout dit.

L'auteur d'une des meilleures anthologies de poésie française (publiée en 1961, huit ans avant son élection à la présidence de la République), l'agrégé de lettres, avait pris le dessus sur l'homme politique. Il est vrai qu'à l'époque j'étais un novice en matière de politique et n'avais pas trouvé beaucoup de questions à lui poser. Il avait enregistré cette lacune avec l'œil averti et indulgent de l'homme mûr qui reconnaît les fragiles ignorances de la jeunesse. L'intellectuel était revenu en force avec la même voix qui, un jour, citerait Éluard à propos de l'affaire Gabrielle Russier, ce professeur coupable d'avoir aimé un élève de seize ans. Il m'accompagna sur le pas de la porte vers l'un de ces vieux et lourds ascenseurs avec des grilles et à l'intérieur desquels se trouve parfois un siège. Il récita quelques vers de La Fontaine :

*Ne faut-il que délibérer,*
*La Cour en conseillers foisonne ;*
*Est-il besoin d'exécuter,*
*L'on ne rencontre plus personne.*

Étais-je conscient qu'en citant ces lignes de La Fontaine il parlait de ceux qui avaient pris le pouvoir après son départ ? La fumée de sa cigarette continuait de monter en ligne droite vers son œil dont la paupière ne cessait de cligner. Je l'ai remercié. Il a eu un sourire franc et ouvert, soudainement chaleureux :

— Nous nous reverrons peut-être.

Un temps :

— Ce sera sans doute dans d'autres circonstances.

Un demi-siècle plus tard, dans la rubrique nécrologique du *Monde*, voici le portrait d'un haut fonctionnaire qui vient de disparaître, Jean Sérisé. Il avait observé et fréquenté à peu près tous les politiques de plusieurs générations. Dans un écrit inédit, il livrait sa vision du « petit cercle des hommes d'État ». C'était un vivier restreint dans lequel Sérisé incluait de Gaulle, Valéry Giscard d'Estaing, Pierre Mendès France, Raymond Barre et Georges Pompidou. Homme de droite, il oubliait François Mitterrand. Que disait donc ce « connaisseur » ? Quatre choses :

Les hommes d'État assimilent tout de suite.

Ils ont plus mauvais caractère que beaucoup d'autres.

Ils sont d'une adaptabilité à toute épreuve.

Ils savent se hisser à la hauteur des événements grâce à cette certitude en eux, selon quoi, en ayant accédé à de hautes responsabilités, ils doivent être utiles à la collectivité.

Napoléon :

*Si vous dites que vous allez prendre Vienne, vous prenez Vienne.*

Daladier :

*La politique n'est ni une logique ni une morale, mais une dynamique, généralement irrationnelle.*

Le père du cinéaste Alejandro González Iñárritu, alors que celui-ci vient d'obtenir un Oscar, l'appelle depuis sa modeste maison au Mexique :

*Si tu goûtes au succès, recrache-le, c'est un poison.*

À quoi l'on pourrait ajouter :

*Si tu goûtes à l'échec, conserve-le bien en bouche. C'est une leçon.*

## 13

### *Glaciers bleus et rideau rouge*

J'emporterai,

Border un enfant dans son lit ; la lumière de Paris qui tombe comme une caresse ; la voix volontairement neutre des astronautes américains en péril (« *Houston, we have a problem* ») ; les cafés glacés de Royan, Capbreton, Hossegor ; le sourire d'une employée des Postes ; le dernier concert de Leonard Cohen à l'Olympia aux côtés de Claude et Bénédicte ; les regards perdus des Afghans dans les squares ; la « cuvette » de Sapiac, temple du rugby « viril mais correct » ; la première fois qu'on rate un examen ; la première fois qu'on embrasse sur la bouche ; la première fois qu'on croit voir le rayon vert ; les premières larmes à l'écoute du premier « Ave Maria » ; le mur de Berlin qui tombe, stupéfaction et liesse ; les vagues sur les flancs des paquebots qui vous emmènent vers l'ailleurs ; les cités interdites ; les regards qu'il ne faut pas croiser ; la solitude des personnages d'Edward Hopper ; les virées en mer de Corfou avec Niko le Grec ; les chevaux mavericks, ceux qui sortent des rangs du troupeau et galopent sur le haut de la colline dans l'ouest du Montana ; la musique de Michel Colombier ; le précieux petit port de Kastelorizo ; la minutie d'un artisan serrurier ou plombier ; les grands Italiens, Fellini et Sergio Leone ; le plaisir pur des éclats de rire dans une salle de cinéma quand toute une génération découvrait que le Père Noël était une ordure ; la vraie recette du vrai œuf mayonnaise avec le vrai œuf dur ; se coucher la nuit sur le sable de l'île d'Yeu en écoutant Despont réciter « Le Bateau ivre » ; un livre de poche tout écorné, tout fatigué, tout lu et relu, tout jauni entre les mains d'une jeune femme dans un TGV pour Bordeaux ; les glaciers bleus de Patagonie qui s'écroulent lentement, les uns après les autres, désastre planétaire ; le rideau rouge des théâtres ; les ballades languides de Lana Del Rey ; Charlie Chaplin chaussant ses lunettes pour vérifier, ligne par ligne, l'addition du restaurant où il emmène sa famille ; les bruits des claquettes sur les trottoirs des comédies musicales ; les taches de sang sur le tailleur Chanel de Jackie Kennedy ; le chien Ficelle qui saute sur les rideaux en chassant le mulot ; Alfred Hitchcock qui m'accorde un peu de son temps parce que j'ai livré quelques indications pour le rôle d'un journaliste dans *L'Étau*, généreux et bonhomme, opaque et orgueilleux ; quand les gens écrivent « amitié » à la fin d'un SMS, ça veut dire quoi ce mot ? ; Alexandre Dumas et La Bruyère ; Tintin et Bibi Fricotin ; la *Putain de mort* de Michael Herr, le meilleur livre sur les hommes et la guerre ; les superstitions des comédiens, les mots qu'on ne doit pas prononcer sur un plateau ; le bruit singulier des roues des cyclistes autour de l'Arc de triomphe pour l'étape finale du Tour de France ; Coppola et son *Apocalypse Now* et ses *Parrain*, parfaite description de la société américaine ; tous les matins du monde.

# 14

## *Les 5 leçons de Winston Churchill*

Mes grands hommes ? Mon père, bien sûr, « Juste parmi les nations » avec ma mère, Juste, elle aussi.

J'ai déjà raconté comment ils avaient protégé et hébergé des juifs pendant l'occupation nazie dans les années 40. C'est loin tout ça, et pourtant, je ne connais pas de souvenirs plus constants. C'est la villa à Montauban avec la buanderie dans laquelle dormaient les juifs avant de partir le lendemain matin vers les deux fermes de mon père, celle des Pench et celle des Morère, où ils restaient quelque temps puis repartaient par d'autres filières qui les exfiltraient vers les Pyrénées pour passer la frontière espagnole. Épisodes romanesques mais vrais, vécus dans cette villa de mon enfance où pendant quelques mois les juifs étaient planqués au sous-sol alors qu'un officier nazi avait réquisitionné le premier étage. Il est utile de souligner les réflexions qui demeurent pour toujours :

Ils ont servi d'exemples. Nous avons besoin de modèles et d'exemples. Je n'ai pas toujours – loin de là – respecté leur leçon de générosité et de sens moral. Mais ils ont été des modèles, des feux d'avertissement. Nous avons besoin de « *warning* » : attention, ne franchis pas cette barrière. Il y a ce qui se fait et ce qui ne se fait pas. Ils ont servi de paratonnerre.

Ils m'ont forcé à me poser une question à laquelle je n'ai pas de réponse : qu'aurais-tu donc fait si tu avais été à leur place ?

Et ils en ont posé une autre : savaient-ils, en toute conscience, qu'ils risquaient leur vie et celle de leurs quatre garçons ? Et si oui, cela veut-il dire qu'ils avaient choisi le risque et le danger au seul nom de la loi d'amour, de la main tendue vers l'autre ?

Un demi-siècle plus tard, ma mère a été honorée par Yad Vashem. Mon père n'était plus là pour assister à cette cérémonie. Cela se passait à Nice. Ma mère ne bougeait plus beaucoup de son petit fauteuil roulant. Colette Hazan avait lu mon livre et obtenu que, à la suite de quelques témoignages écrits, on reconnaisse nos parents comme Justes parmi les nations. La cérémonie se déroula dans l'intimité. Après quelques interventions, ma mère prononça ces mots : « Ce n'était pas difficile. On les aimait. » Ce couple, ce moment, leur geste m'ont permis de connaître Jérusalem. Parce que j'étais fils de Justes, j'ai été honoré par l'université hébraïque de Jérusalem et, grâce à Martine Dassault, malheureusement disparue, j'ai découvert Israël. Traverser le musée de l'Holocauste marque n'importe qui, pour toujours.

Il faut, surtout, écrire que mes parents n'étaient pas seuls. Il y a eu des milliers de Justes, dans le Sud-Ouest et le reste du pays. La France pendant l'Occupation, ce ne fut pas seulement la délation, la lâcheté ou l'inertie. Ce fut aussi le courage silencieux, le bon choix, la volonté. Les Justes disaient tous la même chose lorsqu'on les interrogeait : « C'était normal, nous n'avons fait que la plus normale des choses. » La France, ce n'est pas seulement l'envie, la dénonciation, la mesquinerie, la jalousie, la médiocrité, la bassesse. C'est aussi le don de soi, l'attention à l'autre, le culte du beau et du simple, l'invention dans tous les domaines. Ce pays bouge en permanence, il regorge d'intelligences et d'initiatives : le vol d'un astronaute ; les bataillons de jeunes *start-uppers* dont l'ingéniosité est convoitée par la Silicon Valley ; la fureur de vaincre de vingt-deux jeunes footballeurs qui y ont cru, emmenés par un homme prénommé Didier dont la pugnacité et le culte de la gagne ont transcendé une génération ; la foisonnante richesse de notre littérature ; et la discipline d'une nation que l'on croyait indisciplinée.

*

Autre grand homme, Churchill, dont le pouvoir des mots traduit l'entêtement de la volonté : « Qui croient-ils que nous sommes ? » lance-t-il face aux premiers bombardements allemands sur Londres. Il y a cette réponse à Violet Asquith qui lui demande : « Qui sommes-nous ? » Il dit : « Nous sommes tous des vers de terre, madame, mais je pense que je suis un ver luisant. » Dans son célèbre discours du 4 juin 1940, après l'épisode de Dunkerque, quand il déclame : « Nous nous battrons sur les plages, nous nous battrons sur les terrains de débarquement, nous nous battrons dans les champs et dans les rues, nous nous battrons dans les collines ; nous ne nous rendrons jamais », il paraît qu'il aurait murmuré, une fois le micro éteint : « Nous nous battrons avec des fourches et des manches à balai, si c'est tout ce qui nous reste. »

Un de ses biographes, l'historien Paul Johnson, rapporte qu'en 1938 Churchill disait : « Les mots sont la seule chose qui durera pour toujours. » Ce même fin connaisseur a établi une liste de cinq leçons qui, selon lui, définissent la personne de Churchill. Cette liste peut s'appliquer à n'importe quel d'entre nous. Nous pourrions tous en faire notre credo.

*

### LES 5 LEÇONS DE CHURCHILL :

*Toujours viser plus haut* : Conscient de ses échecs à l'école, il combat son aversion pour les maths. Il maîtrise un objectif : savoir écrire une phrase en bon anglais. Dans toutes les matières, où, dans un premier temps, il avait échoué, il va gagner pouvoir et amplitude. Telle est la vertu des échecs (si bien décrite par Charles Pépin).

*Rien ne remplace le travail* : Il travaillait seize heures par jour et revenait cent fois sur un texte. Ce n'était pas un orateur né, naturel. Mais il avait, en travaillant, appris à maîtriser la façon de construire un discours. Il déployait une énergie dans tout ce qu'il faisait. Il aimait « faire ». Il disait : « Il faut savoir conserver son énergie. Ne vous levez pas si vous pouvez rester assis. Ne vous asseyez pas si vous pouvez vous étendre. Conservez votre énergie pour les moments nécessaires. » C'est-à-dire, par exemple, la guerre.

*Ne jamais céder à la déception* : Un désastre, une erreur, rien ne pouvait l'abattre, lui faire baisser la tête. Après une chute – et il en connut quelques-unes – il fallait se relever. Il avait un courage inouï. Ce courage était communicatif et servait d'exemple. Ainsi inspira-t-il les citoyens britanniques pendant les années 40.

*Négliger la méchanceté* : Les récriminations, la recherche de la vengeance, la malice, l'étroitesse, la petitesse des choses, les humeurs laides, les inutiles querelles : négligées ! Il n'y a pas plus épuisant et asséchant que la haine. La perversion déforme le jugement. Rien ne convenait mieux à Churchill que de se réconcilier avec ses ennemis. L'amitié devenait une vertu rédemptrice.

*Privilégier la joie* : Cette absence de haine laissait toute sa place à la joie. Il bannissait l'ennui, l'inconfort, le désespoir, la peine. Il aimait partager sa joie avec les autres. Il faisait des blagues. Il aimait les mots d'esprit, les saillies, le rire. Il aimait chanter, chantonner des ritournelles ou des hymnes militaires. Son émotivité lui faisait souvent venir les larmes aux yeux mais elles séchaient vite sous l'emprise de la joie. Les gens le rendaient heureux. Sa joie était contagieuse.

*

Viser plus haut – travailler – se relever – être bon – être joyeux : telles sont les cinq leçons de Winston Churchill. Il en est au moins une qui n'est pas très difficile : je chante tous les jours, il y a tout le temps dans ma vie, toujours dans ma tête, une chanson.

*

D'autres grands hommes, et, bien sûr, de Gaulle.

Parce qu'il a dit non quand tout le monde disait oui.

Parce qu'il avait un don prophétique, une vision. Il avait tout prévu.

Parce qu'il écrivait comme l'on n'écrit plus.

Parce que sa pensée était compatible avec son action.

Parce qu'il avait souffert, et qu'il ne le montrait pas, dans l'intimité de sa famille. Sa fille, Anne, trisomique, morte à vingt ans : « Elle m'a aidé à dépasser tous les échecs et tous les hommes, à voir plus haut. »

Parce que son intelligence lui permit de reconstruire.

Parce qu'il fit des erreurs et les admit, au point de se retirer sans un mot.

Parce qu'il inventa la meilleure manière d'arrêter de fumer. (Il dit à ses collaboratrices : « Demain, je ne fume plus. » Et il est bien obligé de respecter sa parole devant elles le lendemain, sinon il perd la face.)

Parce que, à quelqu'un qui lui demande « Êtes-vous heureux ? », il répond : « Vous me prenez pour un con ? »

Parce qu'il était plus froid, plus machiavélique, plus roué encore que ce que l'on croyait, mais parce que la somme de ses défauts et de ses échecs ne pèse rien sur la balance, rien comparé à ses réussites, ses qualités, ce destin qu'il embrassa avec audace.

Parce qu'il est surprenant, pathétique, énigmatique, lorsqu'il s'enfuit secrètement le 29 mai 1968 sans prévenir personne afin d'aller chercher un réconfort auprès des militaires, auprès d'un général d'armée, Massu.

Était-ce tout à fait délibéré, était-ce un geste irraisonné ? Une panique ? Un terrible burn out ? En tous les cas, Massu lui confie qu'il le soutiendra et il l'engueule. De Gaulle se lève alors et dit : « Je repars. » Il était donc un stratège, un comédien, un dramaturge.

Parce qu'on n'en finira jamais d'écrire et réécrire le roman de sa vie. Car il est romanesque. En ce sens, il entre dans la littérature autant que dans l'Histoire. C'est un personnage surréaliste.

Parce qu'il dit des choses surprenantes : « Toujours, nous savons où nous allons, même s'il nous faut mourir, nous allons à la vie. » Je n'ai pas encore tout à fait saisi le sens de cette phrase.

*

Parler de De Gaulle fait revenir à Churchill. Dans une plus récente biographie du grand petit homme rond (il en a paru des centaines) signée Andrew Roberts, *Walking with Destiny* (beau titre, « En marche vers le destin »), on découvre cette réflexion d'Alexander McCallum Scott :

> *Les hommes d'exception n'attendent pas qu'on vienne les chercher ; ils viennent quand ils sentent que leur heure est venue. Ils ne demandent pas qu'on les reconnaisse, ils se révèlent eux-mêmes ; ils arrivent comme la destinée, ils sont inévitables.*

Je conserve une de ses tirades notées dans un de mes carnets moleskine et qui n'apparaît dans aucune des biographies qui lui sont consacrées :

*Ne jamais, jamais, jamais croire qu'une guerre sera souple et facile ou que quiconque s'embarque dans cet étrange voyage peut mesurer les vagues ou les ouragans qu'il rencontrera.*

*L'homme d'État qui cède et tend vers la guerre doit prendre conscience qu'une fois que le signal aura été donné, il n'est plus pour longtemps le maître de la politique mais l'esclave d'événements imprévisibles et incontrôlables.*

Je l'avais lue à mon ami Alain Minc qui pensa devoir soumettre ce court texte à un homme proche du cabinet de Tony Blair, Premier ministre britannique de l'époque. C'est alors que George W. Bush Jr entraîna précisément Blair dans l'« étrange voyage » de la guerre absurde et catastrophique en Irak, tournant décisif des années de conflits qui déchirent encore le Moyen-Orient. J'ignore ce qui fut fait. En vérité, Blair ne lisait pas Churchill. Il s'embarqua aux côtés de Bush dans le mensonge des armes de destruction massive de l'Irak (il n'y en avait aucune) et ce fut une alliance dévastatrice pour son image et celle d'une partie de l'Occident. À cet instant, la France eut raison avec Chirac et avec le discours de Villepin à l'ONU, face à Colin Powell. Ah, Colin Powell ! Le bon et sage Noir du gouvernement Bush, l'alibi impeccable envoyé au mensonge forcé face à la terre entière, par une CIA elle-même falsificatrice. Tous ont menti. Seul en effet, ou presque, Chirac eut la lucidité de dire : non, on n'y va pas.

*

Les politiques ? « Vous leur donnez votre cœur et ils le brisent, parce que, qu'ils perdent ou qu'ils gagnent, ils n'ont jamais fait ce que vous attendiez qu'ils fassent » (Richard Holbrooke).

Lu sur un briquet Zippo d'un GI de l'US Army au Vietnam :

*We are the unwilling*
*Led by the unqualified*
*Doing the unnecessary*
*For the ungrateful*

Si l'on s'efforce de bien traduire, cela donne :

Nous sommes les involontaires
Conduits par les inqualifiés
Faisant ce qui n'est pas nécessaire
Pour ceux qui ne seront pas reconnaissants.

Ce quatrain sardonique, les poilus de 14-18 auraient aussi pu le graver sur leurs casques quand ils allaient à la mort, baïonnette en avant, dans la gadoue des tranchées, en gueulant pour avoir moins peur.

*

Einstein. Autre grand homme.

À cinq ans, on lui offre une boussole. Il la regarde longuement avant de la toucher. Il se met à trembler, son corps devient tout froid. Il dit : « Il doit y avoir derrière les choses quelque chose de profondément caché. » Il n'a que cinq ans et rejoint ainsi Victor Hugo : « Nous ne voyons jamais qu'un seul côté des choses. »

Einstein a la précocité de Mozart, l'inventivité de Galilée, le don visionnaire et prophétique de Vinci, la sagacité et la sagesse de notre siècle des Lumières, l'humour des satiristes et romanciers juifs, il a redéfini le temps et l'espace, rendu intelligible ce qui ne l'était pas, il est l'auteur d'une des plus belles phrases que je connaisse :

> *Tout est déterminé par des forces sur lesquelles nous n'exerçons aucun contrôle. Ceci vaut pour l'insecte autant que pour l'étoile. Les êtres humains, les légumes ou la poussière cosmique – nous dansons tous au son d'une musique mystérieuse, jouée à distance par un flûtiste invisible.*

C'est une définition très pratique car elle permet de parler de Dieu sans jamais prononcer son nom. Einstein, d'ailleurs, à la question « Croyez-vous en Dieu ? » répliquait : « Vous me donnez votre définition de Dieu et je vous répondrai. »

Ce « flûtiste invisible » d'Albert Einstein, c'est ce que Balzac appelait une « force obscure », une « puissance inconnue », ce qui nous détermine sans que nous connaissions cette force. Jorge Semprun, autre grand homme (il faut revenir à ses écrits, la postérité est cruelle, on ne parle plus de lui, Semprun ne mérite pas cet oubli temporaire), avait dit : « Dieu a été inventé par les hommes pour se rassurer et se protéger, et les religions n'étaient donc que cela : des systèmes de protection et de certitude face à l'incertain du monde. » Ce qu'il appelait, aussi, des « sciences de consolation ». C'est plutôt bien vu, mais ce n'est pas suffisant.

Tout être humain qui s'exalte, ne fût-ce qu'un moment, devant la naissance d'un papillon aussi bien que devant le spectacle de la voûte étoilée au-dessus de lui, la construction sophistiquée et mathématique d'une araignée tissant sa toile, aussi bien que les déferlements des vagues de dix mètres de haut aux alentours du cap Horn – l'infinie diversité des micro-mondes et des systèmes de vie et de mort des espèces et des plantes, la complexité des mécanismes des neurones dans ce territoire pas encore entièrement exploré qu'est notre cerveau –, tout être raisonnable, en vient à s'interroger, réfléchir, choisir, accepter ou refuser.

Quoi ? La Nature, ce serait cela, Dieu ? La « force obscure » dont parlait Balzac aurait, à partir du bigbang, il y a 13,7 milliards d'années, déclenché cette vertigineuse série d'enchaînements et entamé l'implacable loi de l'évolution ? Darwin avait raison. Einstein n'est pas loin de l'évidence : il n'y a pas de hasard, tout s'est déroulé selon un schéma abstrait et concret.

« Définir » Dieu, selon la réponse provocatrice d'Einstein, c'est accepter l'idée simple qu'une explication proprement scientifique ne suffit pas à l'homme et ne lui suffira jamais. On ne peut se limiter à la seule école du rationnel. L'enfant de cinq ans me poursuit : « Quelque chose de profondément caché... »

Pascal :

*Deux excès : exclure la raison. N'admettre que la raison.*

Einstein aurait dû rencontrer Stephen Hawking. Que se seraient-ils dit ?

— Bonjour, monsieur Hawking.

— Bonjour, professeur Einstein.

Hawking, le cosmologue, spécialiste des trous noirs, atteint d'une sclérose latérale amyotrophique, auteur d'une remarquable *Brève histoire du temps*, aurait peut-être ainsi entamé sa conversation avec l'inventeur de la relativité :

— Monsieur Einstein, vous et moi sommes d'accord. Il y a les lois de la Nature. Elles sont éternelles. L'Univers s'est créé à partir de rien, en obéissant à ces lois. Personne n'a créé l'Univers. Et personne ne manipule le destin.

À quoi Albert aurait pu répondre :

— Nous ne savons rien sur tout cela. Dieu, le monde. Tout notre savoir n'est qu'un savoir d'écoliers. On en saura peut-être un peu plus que ce que l'on sait maintenant. Mais la vraie nature des choses, nous ne la connaîtrons jamais.

Einstein n'avait pas toujours raison – ou plutôt, son raisonnement avait ses limites. Celles de son époque, même s'il était en avance sur elle. Car au bout d'un siècle qu'il a contribué à révolutionner, les physiciens en savent plus que lui. Hawking est allé plus loin :

— Comme je suis très optimiste et que je ne vois aucune limite à l'intelligence humaine, je pense que nous allons comprendre.

Un neurologue m'a dit avec un grand sourire : « On finira par savoir. Aussi bien sur le cœur, le cancer, et, le plus loin et le plus difficile, le cerveau. Mais on finira par savoir. On finira par trouver. »

*

Le message ultime d'Hawking a quelque chose d'émouvant dans sa simplicité et son optimisme. Nous allons comprendre ? Il faudrait le faire passer aux enfants des écoles – nos enfants dans nos écoles – en même temps que les paroles de l'hymne national ou la table de multiplication :

> *Rappelez-vous qu'il faut regarder les étoiles, pas vos pieds. Essayez de donner du sens à ce que vous voyez et de vous interroger sur l'existence de l'Univers. Soyez curieux… N'abandonnez jamais. Faites confiance à votre imagination. Faites advenir le futur.*

On trouve ces lignes dans les *Brèves réponses aux grandes questions* (Odile Jacob). Si l'on n'a rien lu d'autre d'Hawking, c'est déjà suffisant, il possède cette faculté qui atteint et captive l'enfance : il est intelligible. Comme les poètes, comme les musiciens, comme Apollinaire et comme Mozart. Et puis, il dit : « Soyez curieux. » La curiosité est impérative.

Je m'émerveille encore et toujours de savoir qu'en ce moment, au milieu d'un monde où le désordre, la vulgarité, la violence, l'autodestruction, le mélange de tous les genres, la domination d'une nouvelle pensée totalitaire qui veut imposer des dogmes et des comportements affligeants, le sociétalement-correct, ce début de XXIe siècle plus menaçant, sanglant, affamé, cynique, je m'émerveille de savoir qu'en ce même moment, dans ce constant et gigantesque chaos, il y a des savants, des chercheurs, des scientifiques, des biologistes, des physiciens qui avancent. On ne peut pas désespérer tout le temps. L'Australie qui brûle, la couche de plastique qui forme un deuxième océan sous le Pacifique ne doivent pas nous empêcher de dire aux enfants : « Soyez curieux. N'abandonnez jamais. »

Trois milliards d'oiseaux ont disparu aux États-Unis et au Canada en un demi-siècle. Il y a déjà très longtemps, la prophétique Rachel Carson, dans son puissant *Printemps silencieux*, écrivait : « Dans les matins qui résonnaient d'un chœur des voix des rossignols, geais, colombes, roitelets, il n'y a plus désormais que le silence. » Ils sont 11 258 hommes de science du monde entier appartenant à 153 pays qui déclarent : « La planète fait face sans équivoque à un péril climatique urgent. » Il reste peut-être quelques années, cinquante ans ? Nous le savons. Néanmoins, nous ne devons pas abandonner. Un virus nous a dévastés ? Nous ne devons pas abandonner.

De Gaulle :

*Jamais las de guetter dans l'ombre la lueur de l'espérance.*

## 15

### *Fabrice Luchini – portrait*

Juvénal :

*L'homme qui a pour lui la chance est plus rare qu'un corbeau blanc.*

Fabrice.

Il se déhanchait et faisait tournoyer son corps comme s'il n'avait pas de colonne vertébrale – comme s'il n'était que souplesse, personnage caoutchouteux dont les boucles blondes accompagnaient sa sensuelle et comique interprétation du boogaloo. Les filles autour de lui, subjuguées, oubliaient la mélancolie de leur âge et la limite de leurs ambitions. Elles se savaient provinciales et s'étaient déjà résignées à leur condition et, devant ce phénomène venu d'ailleurs, elles entrevoyaient un autre monde mais sentaient qu'elles n'y accéderaient jamais. Lui, petit ludion androgyne et habité, continuait sa danse, en extase. Soudain, ayant vu un adulte débarquer dans cette arrière-salle du bar, il s'arrêta et fit quelques pas vers moi. Ses yeux roulaient comme des billes.

— Comment t'appelles-tu ? lui dis-je.

— Cebrifa, répondit-il.

C'était la deuxième fois que j'entendais parler verlan. La première fois, c'était il y a bien longtemps, dans une prison militaire en Algérie. Depuis, rien – et voilà que Cebrifa, Fabrice, entamait notre relation.

— Que fais-tu là ? lui dis-je.

— Je suis assistant coiffeur chez Alexandre à Paris, je suis venu faire les brushings des dames. Le shingbru des meda.

Cela se passait à Angoulême. Un astucieux propriétaire de salles de cinéma, ami de ma famille, une vraie puissance dans le monde de la distribution de films à l'époque, Michel Deschamps, avait découvert, lors d'un de ses nombreux séjours à Paris, le nouveau Drugstore Publicis des Champs-Élysées, près de l'Arc de triomphe, et sa réplique, près du rond-point des mêmes Champs-Élysées. Deschamps était un fonceur, un entrepreneur, il n'avait peur de rien. Au retour, encore ébaubi par les boules orange de lumière créées par Slavik, ce que l'on appela le « style Drugstore », celui de la fin des sixties, Deschamps décida de construire le plus vite possible « le premier Drugstore de province ». J'étais informé de l'inauguration. À la recherche d'une séquence pour mon premier film qui racontait la redécouverte de son propre pays par un journaliste français ayant passé plusieurs années de reportages à l'étranger, il me sembla que cela pourrait constituer une séquence de mon « film de route », mon *road movie.* Je me baladais donc dans les espaces tout neufs, procédant à ce que l'on appelle un repérage, quelques heures avant la grande soirée, croisant des Angoumoisins, épatés et ravis, des techniciens qui achevaient la sonorisation et l'éclairage – lorsque, entendant les *wa wa boum boum boum* d'un boogaloo, je me dirigeai vers une arrière-salle et m'immobilisai devant le spectacle de ce très jeune homme en train de s'exhiber avec jouissance et dérision. Car tout en s'adonnant à la danse du moment, il la parodiait, l'exagérait, la travestissait.

— Et toi, me dit-il, tu fais quoi ici, exactement ?

Je lui expliquai ma présence. Nous allâmes jusqu'au comptoir du bar où un garçon en livrée blanche nous servit deux negronis alors que nous n'avions rien commandé.

— Je ne bois pas, dit Fabrice, mon corps n'est pas fait pour ça.

Woody Allen :

> *L'avantage d'être intelligent, c'est qu'on peut toujours faire l'imbécile – alors que l'inverse est totalement impossible.*

André Gide :

> *Ne me comprenez pas trop vite.*

*

Il me plaisait de plus en plus. Il avait tout juste seize ans et commençait à lire Nietzsche :

— Ça va me prendre toute une vie, dit-il.

Puis, m'examinant des pieds à la tête, assis sur un tabouret de bar à côté du mien, il égrena les raisons de son contentement à propos de mes vêtements :

— Flanelle grise, très bien. Blazer cachemire bleu-noir, très bien. Chemise oxford bleu ciel avec les boutons du col déboutonnés, parfait ! Chaussures ? Des Weston ? Cirées en dessous, comme Vittorio De Sica ?

— Pardon ?

Qu'un garçon coiffeur de seize ans sache que le célèbre, talentueux, élégant metteur en scène et comédien italien Vittorio De Sica faisait cirer les semelles de ses brodequins acheva de me convaincre : j'étais en face d'un personnage singulier.

— Tu vas venir dans mon film, lui dis-je.

Il sauta sur l'occasion. Sans doute ce gamin surdoué, autodidacte impénitent, entretenait-il déjà l'espoir, le désir, de « faire comédien », mais ce fut, pour lui, la première occasion, et pour moi, une belle addition à un film dont la trame jouait sur le principe des rencontres.

*

Paul Éluard :

> *Dans la vie, il n'y a pas de hasard. Il n'y a que des rendez-vous.*

Prévert :

> *Le hasard ne frappe jamais par hasard.*

Ensemble alors, nous avons écrit toutes les scènes où il apparaissait. Écrire, c'est beaucoup dire. J'annonçais la structure et le déroulé de la séquence, il lançait des phrases drôles, truffées de références à Nietzsche ou Bouddha, et on les retenait. On faisait ça la veille du tournage sur des tables de bistrot. J'aurais dû ajouter plus de scènes et d'apparitions car j'avais un joyau entre les mains, j'aurais dû en faire plus, lui donner plus d'espace et de temps. Lors des projections, il éclata sur l'écran : *Tout peut arriver* fut un petit succès critique et un flop commercial, mais partout on pouvait lire : « Une révélation, un inconnu nommé Luchini. »

Lorsque, dans le film, Jean-Claude Bouillon (il incarnait le personnage principal, Marlot, le journaliste) lui dit qu'il est amoureux d'une fille et qu'il hésite à la rejoindre, Fabrice l'admoneste :

— Mais vas-y ! Fonce !

Et il a cette fulgurance :

— Valise !

Un mot, un seul, pour signifier que Marlot devait partir dans l'instant. Il l'avait inventé en plein tournage. Déjà, Luchini démontrait sa science du mot, son don pour l'essentiel, la métaphore ou la formule qui résume tout.

« Valise ! », ça disait tout, en effet.

Je ne pouvais imaginer qu'il deviendrait ce pédagogue national, cette figure célèbre, capable de lire – ou réciter – du Céline, du Péguy, du Baudelaire, du Muray, du La Fontaine, du Jean Cau, voire du Lançon, devant des salles archi pleines, ce professeur de littérature devenu star nationale grâce aux médias audiovisuels dont il savait exploiter les caméras avec insolence, avec ce sens inouï de l'improvisation au cours d'émissions dans lesquelles on l'invitait. Ce sceptique, pessimiste, corrosif, désespéré, souriant, qui observe et commente la gauche, la droite, les ridicules et les policiers de la pensée, cet aimant qui attire les hommes politiques intrigués et séduits. Je ne pouvais pas imaginer un tel destin. J'étais convaincu qu'il en aurait un, certes, et qu'il irait « loin », comme on dit familièrement, mais ce « loin » n'était pas aussi ample que celui qu'il devait atteindre en quelques décennies.

Je ne l'avais pas « découvert ». Il se serait révélé de toutes les façons, je n'avais été que le premier. Il eut quelques autres mentors, Bouquet (comédien), Barthes ou Foucault (philosophes), Privat (éditeur), Rohmer (cinéaste), et s'il dit devoir beaucoup à ces maîtres, on sait qu'il doit ce qu'il est devenu à sa discipline, sa rigueur, sa capacité à découvrir l'essence d'un texte, son talent dans la maîtrise du corps, des mains, de la voix. Le travail de ses neurones – le mélange précieux de mémorisation, de choix des textes, de réflexions et pensées venues de ses constantes lectures, le développement permanent de sa dialectique. Il s'est fait lui-même, en se souvenant et se nourrissant de tout, pygmalion de sa propre personne, analyste analysé, héritier de Molière, Voltaire, Paul-Louis Courier, Villon, Rivarol, Montaigne, cet étrange mélange de ce que la France a fabriqué, récepteur et diffuseur d'un patrimoine sans égal.

Nous ne nous sommes jamais perdus de vue. Fidélité réciproque, loyauté et connivence. Survient l'épisode de l'Académie française. Pourquoi pas, pourquoi non ? Un nuage provisoire d'hubris et d'euphorie entretenu par Jean d'Ormesson va flotter au-dessus de sa tête. À celui qui me dit, lors d'un déjeuner ou lors d'un de nos coups de téléphone :

— Il ne faut jamais poétiser au-dessus de son luth.

Je réponds :

— Pourquoi pas ? Tu n'as rien à perdre.

Il aurait pu évoquer la phrase de Melville qui fait dire à Jef Costello dans *Le Samouraï* : « Je ne perds jamais, jamais vraiment. »

Mais il a réfléchi, son intelligence l'a rapidement emporté sur le poison des honneurs. Il a un peu attendu et, après avoir bien lu Jean Cau (dont la candidature et les déboires à l'Académie forment un récit brillant et hilarant – quelle farce !), il a fait savoir :

— Je ne suis pas fait pour ça.

Il a donc fait « valise » pour son propre voyage, sans habit vert et sans épée, avec pour unique uniforme un costume volontairement banal et pour seule arme un livre entre les mains, debout sur la scène, artiste de sa vie. Fabrice Luchini, totalement libre.

## 16

*Un fabuleux poème en prose*

J'emporterai,

Jouer à plante-couteau ; choisir un camembert ; subir l'attraction mystérieuse de la savane ; l'hortensia bleu au milieu du chapeau de la jeune reine Élisabeth d'Angleterre ; la première représentation de *Hair* à Broadway, quand on est tous montés sur scène pour chanter « Let the Sunshine In » ; l'odeur des pelures de mandarine dans les couloirs des trains de deuxième classe des années 40 ; le regard ambigu de Robert Mitchum (« Il avait ce voile sur le visage de qui a vu le pire et sait que pire encore est à venir ») ; le trou dans le menton de Cary Grant ou de Kirk Douglas ; les châtaignes brûlantes vendues devant les bouches de métro ; chanter « Les Saltimbanques » d'Apollinaire pour endormir les enfants ; les tranches de noix de coco sur l'envers des parapluies des camelots sur les trottoirs des Grands Boulevards ; un vol de hérons, un vol de cigognes au-dessus des rizières de Brejos ; les gens qui sourient à la fin des enterrements, et Yves Simon qui dit, à la fin de celui de Michel Berger : « Aimons-nous tant que nous vivons » ; le baiser de Laurent Blanc sur le crâne de Barthez ; faire des ricochets sur un étang ; les filles avec des serre-tête dans les cheveux ; les familles des Philippines de Paris réunies le dimanche sur une colline herbeuse au bois de Boulogne ; les péages asphyxiés les soirs de grands retours ; le jour où l'on croit avoir perdu celle qu'on aime ; un mariage à Beach Lane, à Wainscott, avec Jean-Pierre jouant du piano sur la terrasse face à l'Atlantique.

La valse aux adieux, l'ami retrouvé, le lièvre de Patagonie, le troisième homme, le facteur humain, j'aurais dû rester chez nous, la moisson rouge, mon amie Flicka, les misérables, les choses de la vie, le roman inachevé, qu'elle était verte ma vallée, le soleil se lève aussi, un cœur simple, un singe en hiver, le salaire de la peur, les liaisons dangereuses, le temps, ce grand sculpteur, les anneaux de Bicêtre, illusions perdues, trois hommes dans un bateau, soumission, la promesse de l'aube, des journées entières dans les arbres, le facteur sonne toujours deux fois, inconnu à cette adresse, l'armée des ombres, tendre est la nuit, l'insoutenable légèreté de l'être, l'attrape-cœurs. Tous ces titres de livres, lorsqu'on les énumère ainsi, forment comme une musique symphonique sans fin, un fabuleux poème en prose. Ils se répondent tous et se réunissent sous l'autorité suprême de Proust.

Nous n'avons pas besoin d'être des romanciers. D'une certaine façon, à partir d'un certain âge, toute vie n'est qu'un roman à la recherche du temps perdu. Trenet l'a chanté mieux que personne : « Que reste-t-il de nos amours ? » Que reste-t-il en effet – sauf si l'on a connu le miracle d'une rencontre.

## 17

## *Une lettre à Jean-Louis Trintignant*

François Mauriac :

*Le travail, unique opium.*

Pierre Desgraupes, dans son bureau de patron d'Antenne 2, me regarde, ses yeux plissés à l'orientale, avec ce visage dévoré par l'excès de clopes qui, petit à petit, comme pour Pompidou, semble modifier la nature de ses paupières. Il dit :

— J'ai eu un prof de philo à Tarbes qui m'a appris ceci : toute chose appelle son contraire. Pense à ça quand tu exerces ton métier.

Un temps :

— Et même, lorsque tu conduis ta vie.

Avec cette voix basse, tonalité à peine colorée par les réminiscences de sa jeunesse dans le Sud-Ouest, avec ce captivant et lent rythme de parole, celui de qui sait maîtriser un entretien (« Lectures pour tous » ou « Cinq colonnes à la une » – lorsque Desgraupes interrogeait, il parvenait à extraire la part obscure des invités), il était le meilleur intervieweur qu'ait jamais connu l'audiovisuel français. Il dominait. Il aura été le mentor de toute une génération. Demandez donc ce qu'ils lui doivent, à celles et ceux qui ont dessiné leur propre chemin : Pierre Lescure, Christine Ockrent et tant d'autres.

J'entends encore son pas claudicant dans le couloir de la rue Cognacq-Jay, celui des salles de montage, au rez-de-chaussée, au temps heureux de « Cinq colonnes » à la télé, au début des années 60, sans doute parmi les plus belles années de ma vie. Victime d'un accident de ski, il devait s'appuyer temporairement sur une canne. Nous étions penchés sur notre table de montage, hésitant sur telle ou telle coupe, le sujet était trop long, et nous attendions, anxieux, que le vibrato de la canne de Desgraupes s'arrête à notre porte. Nous savions qu'il apporterait la réponse. Ce n'était pas le « Diable boiteux », mais le Mentor boiteux. D'un regard, il avait vu où couper – et quoi soustraire. Il repartait en boitillant et ce bruit résonne encore dans les couloirs de ma mémoire, la rassurante présence du mentor.

Les mentors. Il y en a d'autres, beaucoup d'autres. C'est une chance – encore faut-il le savoir, qu'on ne vienne pas trop raconter d'histoires sur la « chance » –, c'était surtout une recherche, j'ai toujours été attiré par les figures de cette dimension, celui qui sait, celui qui transmet. Celui qui ne méprise pas l'ignorant mais tend à l'aider, celui qui tend la main à la jeunesse.

Ainsi Pierre Lazareff, patron de presse omniprésent et influent tout au long de plusieurs décennies, et dont, aujourd'hui, le nom ou le rôle ne signifient rien pour ceux qui ont vingt ans ou moins, ou plus. Il disait plusieurs choses :

« À défaut d'être intelligents, soyez intelligibles. »

Et puis :

« Quand vous rencontrez un malheureux, une victime d'un fait divers, ou, au contraire, une réussite, quelqu'un que la gloire a atteint, demandez-vous qui a été leur mère. Il faut toujours chercher la mère. »

Une courte histoire : dans les couloirs de *France-Soir*, rue Réaumur à Paris, au sein du journal le plus lu de l'époque (1 million d'exemplaires par jour), il m'arriva d'entrer en conflit avec l'un des adjoints du « petit homme », ainsi appelait-on Pierre Lazareff. On le surnommait aussi « Pierrot les bretelles » car il en portait depuis ses quinze ans. Il était chauve aussi, après avoir eu sur le crâne une ridicule houppette rousse comme Riquet. Il se chaussait de curieuses pantoufles noires. Fort de mon statut de « petite merveille » (ainsi m'avait-on étiqueté après que Lazareff eut fait connaître un certain favoritisme à mon égard), fort de mon insolence, j'avais contredit un des membres de l'équipe dirigeante de la rédaction. Il m'avait traité de « prétentiard ». Les autres avaient approuvé en silence.

Vexé, j'emprunte l'escalier intérieur du bureau de Charles Gombault qui mène au demi-étage où Lazareff a installé son quartier général. Dans une première pièce, il y a une batterie de quatre ou cinq secrétaires, toutes dévouées, enregistrant les appels, organisant les rendez-vous, triant le courrier, faisant figure de rempart. On n'entrait pas dans le bureau de Pierre sans leur approbation. Je passe la tête par la porte : « Je peux ? » « Eh oui », répond l'une d'elles qui connaît l'indulgence du mentor vis-à-vis de la « petite merveille ». Assis derrière un meuble-bureau encombré de colifichets, brimborions, miniatures en tout genre, figurines de porcelaine, nains en cire, soldats de plomb, danseuses enfermées dans une bulle qui fait de la neige quand on la remue, de crayons, de papier, de stylos, Lazareff est visiblement occupé par une information inédite. Il est au téléphone, une dépêche à la main. Il semble peser l'importance de ce qui lui est dit, il fait un geste qui veut dire : « Allons, allons, asseyez-vous, on va voir. » J'insiste :

— Je veux vous parler, Pierre, c'est important.

Il finit par raccrocher, interrompt la lecture de la dépêche, la pose sur un buvard, impatient, et a un regard moins bienveillant que d'habitude. Je lui dis :

— Pierre, vous êtes entouré de cons.

Il prend son temps, son regard n'est plus du tout souriant, j'y vois de l'acier et de la sévérité. Il répond :

— Mais Philippe, j'aime aussi les cons.

Et il me congédie d'un geste du doigt, ce qui jusqu'ici m'avait été épargné. Redescendu au premier étage, l'un des « cons » me dit :

— On va vous envoyer à Melun où s'entraîne Michel Jazy pour les jeux Olympiques de Tokyo.

Toujours aussi pénétré de mon statut de « grand reporter » et de ma morgue, je réponds :

— C'est où, Melun ?

Il a éclaté de rire. Les autres aussi. Ils avaient raison. On est toujours le con de quelqu'un.

*

La phrase de Lazareff était lumineuse. Elle voulait signifier qu'il faut aimer les gens pour ce qu'ils sont, qu'un semblant de générosité et de compréhension vis-à-vis de l'autre, quel qu'il soit, est la première vertu de celui qui se croit capable de diriger des femmes et des hommes. Que l'on ne doit jamais oublier l'évaluation des atouts de chacun. Comment sont-ils devenus ce qu'ils sont ? Qu'est-ce qui leur a « manqué » ? Il m'a fallu quelque temps pour intégrer la leçon du mentor. Je n'avais pas encore assez lu Diderot selon qui, parmi les clés du bonheur, s'il y a la décision et la persévérance, il y a aussi la gentillesse. Aldous Huxley a dit sur son lit de mort : « Essayez d'être un peu plus gentils. »

*

Parmi mes mentors figure Jean-Pierre Melville.

On organise une projection privée de mon premier long métrage. Je l'invite. Je ne le connais pas mais j'ai vu tous ses films et les admire. Il m'importe de compter une personnalité d'envergure dans la salle. Il accepte et arrive accompagné de son épouse, Florence, qu'il appelle Flo. Il porte son Stetson blanc, son grand loden noir et ses Ray-Ban aux verres opaques dissimulant des yeux qu'il n'aimait pas. Devant la salle qui l'attend, il a un peu de retard. Debout, avant de s'asseoir, de sa voix grave, il dit lentement :

— J'aime déjà votre film.

*

Il m'a appris le cinéma. Il avait le goût du partage des idées et une curiosité insatiable pour tout ce qu'on appelle « l'air du temps ». C'était aussi un grand enfant. Quand il vous téléphonait à minuit pour dire : « On va faire le tour du périphérique et se chronométrer », eh bien, il fallait accepter cette invitation incongrue de la part d'un homme qui avait connu sept ans de guerre, avait vu son studio brûler, avait été poursuivi par le fisc, avait été trahi, blessé, avait tout sacrifié pour faire ses films, vivant parfois dans la dèche et toujours dans l'angoisse. Il avait néanmoins compris que tout n'est qu'un jeu. Malgré les querelles et les controverses, malgré un caractère insupportable, il était devenu l'un des hommes les plus influents du cinéma français, jalousé et détesté, admiré et vénéré par les enfants de la Nouvelle Vague qui venaient l'écouter pour reproduire plus tard les méthodes de tournage de ses premiers longs-métrages. Minuit était son heure. Soit pour rouler sur le périphérique – à l'époque tout juste inauguré, sans limitations de vitesse –, soit pour vous convoquer à une projection :

— Allô, Max, c'est Max. Je projette *Le Coup de l'escalier.* Je vous attends.

Max, parce que, dans ma guerre (l'Algérie) et dans la sienne (la Deuxième, la décisive, celle qui fit basculer tant de destins), les soldats s'appelaient Max.

*

Nous habitions tout près, dans le 13^e^ arrondissement, lui rue Jenner, et moi avenue des Gobelins. J'arrivais en pleine nuit. Il m'attendait, son chapeau sur la tête, en pantoufles et peignoir. Son « homme à tout faire », Léo Fortel, installait les bobines et, dans la salle vide, projetait *Le Coup de l'escalier* de Robert Wise. Melville considérait que c'était un polar exemplaire. Au cours de la projection, il vous donnait, plan par plan, les explications et les raisons du choix du metteur en scène.

Souvent, nous allions dîner dans une grande brasserie qui faisait l'angle du carrefour Gobelins-boulevard de l'Hôpital, La Modèle, tenue par un couple d'Auvergnats, dont la figure d'autorité principale était l'épouse, une petite vieille sèche de visage, ronde de hanches, vêtue de noir, qui parcourait la salle sans interruption, délivrant les ordres et s'assurant de la ponctualité des plats servis. Sévérité et concentration. Un soir, un serveur (Melville disait « un loufiat »), un large et lourd plateau de fruits de mer dans les mains, fait un faux pas et s'étale sur le carreau. Le plateau explose. Huîtres, coquillages, pinces de homard, langoustines, citrons et glaçons se répandent, le tout dans un grand fracas. La vieille se plante au milieu de ce petit désastre et, au milieu du silence apeuré de son personnel, prononce trois mots :

— La pelle, la sciure, la balayette.

Que vive la langue française et que vive l'intelligence des artisans et des anonymes ! Car avec ces trois mots, pas d'adjectif, aucun verbe, la vieille avait livré le plan à exécuter : on ramasse d'abord les dégâts avec une pelle, on distribue ensuite de vastes poignées de sciure pour sécher le carreau, et enfin, on balaie pour tout évacuer. Pas la peine de faire de la littérature, tout est dit. Leçon d'efficacité à laquelle Melville se référa plusieurs fois, lorsqu'il me prodiguait ses leçons de tournage :

— Trois mots suffisent, pas plus. Ne jamais trop parler sur un plateau de tournage, pas plus qu'en extérieur. Conserver et respecter silence et mystère.

Il eut la grande générosité de relire, crayon en main, le scénario du film que je m'apprêtais à tourner à Nice, de l'amender, de signaler les écueils de telle ou telle séquence, de conseiller tel ou tel objectif (le 40, le 50) pour tel ou tel plan, bref de donner une « master class » intime qui, à la veille du tournage, améliora sérieusement mes chances d'en faire un bon film. Je l'appelais tous les soirs de Nice. Il possédait une copie du scénario découpé, et nous discutions de ce qu'il faudrait faire le lendemain. Je n'ai jamais rencontré un tel altruisme dans l'attitude d'un mentor envers un jeune élève. Il distribuait une série de détails sur l'importance du champ contre-champ qui doit, à lui seul, constituer une histoire – et d'ailleurs, ajoutait-il, chaque plan doit être une histoire. Je possède un carnet de ses principes, que j'ai appelé « La loi selon Max ». Je ne l'ai fait lire à personne, sauf à Serge Gainsbourg (dont je parlerai plus tard) la veille du tournage de son premier film (*Je t'aime moi non plus*, 1976).

Quelques conseils :

— Faire autant de répétitions que l'on veut, mais ne jamais rater la première prise. Si possible, garder la première prise. Si l'acteur sait que vous ne gardez que la première, il va se défoncer.

— C'est le troisième jour qui va compter, le jour où

tout doit être rectifié au regard des deux premiers. Vous commencerez, par ailleurs, à avoir peur à partir de votre troisième long-métrage. Pourquoi ? C'est à ce moment-là seulement que vous aurez commencé à savoir.

— Le problème de votre film (*Sans mobile apparent*, il s'agissait de l'adaptation d'un policier américain que j'avais, avec l'aide du talent inventif de Jacques Lanzmann, adapté et transformé pour qu'il se déroule sur la Côte d'Azur) sera de transcender un récit classique.

— Vous ne serez jamais content de ce que vous avez obtenu. Il faudra essayer de faire la part entre le film tel que vous l'aviez rêvé et le film tel qu'il existera.

— François Truffaut dit : « L'important n'est pas de distraire mais d'intéresser. » Ce n'est pas vrai. L'important, c'est de distraire ET d'intéresser.

— Samuel Goldwyn a dit : « Il n'est pas indispensable d'être fou pour faire du cinéma, mais ça aide beaucoup. »

— Sachez imposer et maîtriser le temps lent – c'est la clé du suspense. Ne pas hésiter à prolonger le déroulé d'un plan, la démarche du héros y prendra plus de force.

— Le cinéma doit être une étude des mains, des yeux, des lèvres.

— On ne peut pas mettre le cinéma en théorie.

— Au cinéma, lorsqu'on veut faire des économies, on perd de l'argent.

— Au mixage, au montage, il faut toujours choisir la solution la plus difficile. En ce sens, respecter les conseils de Rainer Maria Rilke.

— Il ne faut pas de procédé. Il ne faut jamais répéter un effet. Il faut qu'il soit suprême, et qu'il n'intervienne qu'une fois, en plein dans la gueule.

— Le metteur en scène de cinéma doit être dans un état physique parfait, car il est comme le batelier de la Volga qui doit ramer à la tête de toute une équipe pour faire avancer le navire.

*

Mais « La loi selon Max » m'aura joué un très mauvais tour. Jean-Pierre Melville aimait le conflit, il aimait provoquer les gens, il aimait ne pas être aimé, à un point tel que cela relevait sans doute d'une maladie psychique. Il existe un très grand nombre de témoignages de stars, assistants ou confrères, qui ont peint de Melville le portrait d'un pervers narcissique, égocentrique, dictatorial, obsessionnel. Aucun de ces attributs ne peut supplanter l'ampleur de son œuvre, les treize longs-métrages qui, avec le temps, ont pris encore plus de dimension, de profondeur et de perfection. Mais sa personnalité était dérangeante, corrosive, abrasive, destructrice. Melville considérait que la seule façon d'être respecté sur un plateau était d'être craint. Encore plus, d'être haï.

J'ai commis l'erreur de l'écouter et voulu imiter cette perversité. J'ai joué les cadors, envoyé des vannes, j'ai été odieux et distant lors du tournage de ce deuxième film. Il m'avait maraboute, comme on dit. J'étais habité par la volonté de reproduire cette attitude et par son effroyable conseil. Or, j'avais une chance folle, celle de faire tourner Jean-Louis Trintignant, au plus haut de sa forme, tout juste sorti du chef-d'œuvre de Bertolucci, *Le Conformiste*. Trintrin, comme on l'a appelé à une époque, aura été admirable de patience face à ma manière de le maltraiter. Ce faisant, je m'imaginais obtenir de lui ce que le rôle principal, celui de l'inspecteur Carella, devait afficher : une solitude mystérieuse, des monomanies, un comportement qui dérange les autres flics, ses patrons et les témoins d'une série de meurtres perpétrés à Nice. Je lui avais dit : « Pensez à Humphrey Bogart. » On ne dirige pas les comédiens, surtout les grands. Il avait parfaitement lu le texte et avait tout compris, tout assimilé, ma seule suggestion à propos de Bogart avait suffi. Il a été remarquable et a transcendé le personnage. Quand on revoit ce film, on reste épaté par la subtilité avec laquelle Jean-Louis Trintignant a adopté et amélioré ce qui avait été écrit. Rigueur, distance, sérénité, sensibilité, réflexion, autorité, sang-froid, il possède tout cela, ce mythique « inspecteur » qui ne répond jamais aux questions que lui posent ses deux adjoints. Trintignant a réussi à composer le surprenant portrait d'un homme « à la recherche d'une vérité cachée », ce qui est, selon Raymond Chandler, la clé de toute intrigue policière.

Je sais que j'ai chaque jour un peu blessé son immense gentillesse et sa susceptibilité avec ma grotesque comédie du « chef qu'on doit haïr ». Quelle erreur ! J'ai très vite compris avec le temps, c'est-à-dire, en réalité, dès la fin du tournage, à peine revenu de l'hubris provoqué par le fait d'être « metteur en scène » (je portais des chapeaux de cow-boy, des jeans avec des clous sur les côtés, je me la jouais, comme ils disent) et n'ai jamais reproduit ces erreurs dues aux vices melvilliens. Il a simplement fallu un peu de recul, une fois l'euphorie narcissique disparue. Une fois seul, devant la table de montage maîtrisée par Claude Barrois, le meilleur monteur de sa génération, j'ai pris conscience de ce qu'avait fait Trintignant et comment j'avais raté, bousillé une relation avec un être aussi fin et aussi doué.

Je m'en suis excusé, beaucoup plus tard (douze années), lorsqu'il a accepté de tourner dans mon sixième long-métrage, *La Crime.* Tôt le matin, on nous conduisait vers un château en Normandie pour une séquence au cours de laquelle, face à Claude Brasseur, il va déployer, encore une fois, grâce à un texte au cordeau de Jean-Patrick Manchette, son talent, il va imposer sa diction, sa crédibilité, son don pour incarner et sublimer le personnage écrit par Manchette.

Qui n'a pas aimé et connu Manchette ne mesure peut-être pas l'influence qu'il a exercée sur les romanciers français. Je crois que son écriture blanche parfaitement réussie dans ses deux chefs-d'œuvre, *La position du tireur couché* et *Le Petit Bleu de la côte Ouest,* a marqué de nombreux écrivains. Non seulement ceux que l'on publie en Série Noire, mais aussi les autres. Il y a du Manchette chez Houellebecq. Jean-Patrick était un homme fragile, agoraphobe, qui aimait sa femme Mélissa et vivait reclus au cinquième étage sans ascenseur, avenue du Docteur-Arnold-Netter, dans le 12e arrondissement. Venir chez lui pour travailler autour d'une bière, belge si possible, l'entendre parler de films inconnus et dérouler le cheminement d'une pensée subversive et ironique – fort souvenir.

À bord de la DS qui s'avance dans le brouillard matinal, Jean-Louis Trintignant, silencieux à mes côtés, écoute mes explications et mon apologie. Il n'a pas réagi.

Il a enregistré. J'ai bien senti que cette confession ne suffirait pas à obtenir son pardon, encore moins l'amorce d'une amitié, mais j'avais éprouvé l'impérieux besoin de le faire. Je ne lui ai jamais écrit la lettre que je lui devais. Depuis, cet homme a vécu la tragédie majeure, le meurtre commis par un salaud qui a tué sa fille Marie, et Jean-Louis est entré dans un chagrin qui efface tout. Aussi, pour lui, mes petites blessures, mes petites explications n'ont-elles aucune importance. Elles en ont encore aujourd'hui pour moi.

Voici ma trop tardive lettre : « Jean-Louis, vous êtes digne d'Apollinaire et de Prévert et de tous les autres poètes dont vous savez dire le génie et la vérité avec votre voix reconnaissable entre toutes. Vous êtes devenu éternel, une légende, et je voudrais que vous sachiez que je vous admire et vous aime. Je vous demande de me pardonner encore une fois de ne pas vous avoir respecté comme il le fallait, pas aimé comme je le devais, pas compris comme il le fallait. C'est un de mes plus lamentables échecs personnels. Nous vous avons, grâce au scénariste et à l'équipe technique, réussi dans l'inspecteur Carella, certes, mais je vous ai raté comme homme, et cela n'est dû qu'à la prétention et l'ignorance de ma jeunesse et à ma faiblesse sous l'emprise d'un homme dont je n'avais pas su séparer le bon grain de l'ivraie. Pardon, Jean-Louis. Salut à votre belle personne. »

Le père Foucauld sur son lit de mort :

*Amala Numquam Satis – je n'aimerai jamais assez.*

## 18

## *L'abbé Pierre dans le Río de la Plata*

Charles Trenet :

*Philosophes, écoutez cette phrase est pour vous.*
*Le bonheur est un astre volage*
*Qui s'enfuit à l'appel de bien des rendez-vous.*
*Il s'efface, il se meurt devant nous.*
*Quand on croit qu'il est loin il est là tout près de vous.*
*Il voyage, il voyage, il voyage.*
*Puis il part, il revient, il s'en va n'importe où,*
*Cherchez-le, il est un peu partout.*

— C'est bien gentil, votre litanie de regrets et d'erreurs, vous passez la première moitié de ce livre à vous excuser, vous justifier, vous flageller, ça va comme ça, mon petit vieux, ne nous dites pas que votre vie est une vallée de larmes.

— Bien sûr, vous avez raison. Si l'on fait le compte et le décompte, malgré les maladies et les frôlements de la mort, les échecs et les erreurs, les failles psychologiques, ce n'est pas une vallée de larmes mais plutôt une vallée de roses. Je sais, comme l'a écrit Marguerite

Yourcenar, qu'il n'y a pas de bonheur continu, mais je vis trop le bonheur d'aimer et d'être aimé pour oser me plaindre. Il n'est pas interdit de réfléchir, sans complaisance ni autosuffisance, à ce qu'apporte la joie de vivre. Je me souviens de ce que David Halberstam avait dit à celui que nous appelons notre « fils américain », Jaimie Novogrod : « Une fois par jour, offrez-vous votre propre récompense. »

Cela peut être une glace à la vanille, un *Impromptu* de Schubert ou une mélodie de Barbara, un film de Sautet ou un film noir des années 40 (*Le Faucon maltais*, pourquoi pas, ou *Le Grand Sommeil*, puisque ce cinéma américain des années 40 et 50 survit au temps). Ce peut être un rire énorme et absurde avec un copain, et ce peut être aussi votre main passée sur la douceur de la nuque de votre femme.

— On va y revenir à votre femme, mais parlez-nous d'abord d'autres joies, d'autres satisfactions, vous, l'éternel insatisfait.

La mère de Geneviève Hebey disait : « N'oublie pas que les roses ont des épines. »

Lorsque, avec Jérôme Ducros et Renaud Capuçon, j'ai alterné (dans un court spectacle que nous n'avons, hélas, donné que deux fois) des poèmes d'Aragon, Whitman, Ronsard, Éluard et d'autres avec, entre chaque texte, les jeux de piano et de violon de Ducros et Capuçon, Schuman, Beethoven, Weber. C'était en Belgique chez Axel Vervoordt. Je revenais à ce que j'avais aimé faire à l'âge de douze ans, sous la férule de mon premier véritable mentor, un professeur de lettres de Toulouse venu enseigner au lycée Ingres de Montauban, Max Primault :

réciter, se trouver sur le devant d'une scène, satisfaire l'histrion qui a toujours sommeillé en moi, et aussi le mélomane qui, grâce à ce duo, comprenait et vivait la musique autrement que comme auditeur. Ce moment de joie parfaite s'est renouvelé une fois, toujours grâce à Renaud Capuçon. Il dirigeait un quatuor avec son frère Gautier, grand violoncelliste, Béatrice Muthelet à l'alto et Aki Saulière au deuxième violon. Ils interprétaient « Les Sept Dernières Paroles du Christ en croix » de Haydn dans la chapelle du château de Madame de Sévigné, à Grignan, et avaient souhaité qu'entre chaque mouvement je lise une parole du Christ. Osmose parfaite avec les instrumentistes, immergé dans la musique, je vois, ressens et vis leurs regards, les relances, les appuis, les liens, cette complicité due au génie de Haydn qui les habite, et je fais partie de cet instant de bonheur.

— Ok, d'accord, et encore ?

— Lorsqu'ils sont tous arrivés au monde, les enfants, et, de longues années plus tard, les petits-enfants. Quand nous les avons tenus dans nos bras, quand nous avons vu progresser l'enregistrement constant de leur accès à la complexité des choses, le chemin suivi par leurs neurones, la pure intelligence de leurs mots, et cette innocence absolue, non corrompue, ce questionnement perpétuel, cette poésie involontaire, cet humour à l'égard des « vieux » que nous sommes. Le spectacle permanent de la création d'un être, ce qu'il devient avant même de nous inviter à réfléchir à ce qu'il deviendra.

Ils disaient, ils disent des choses à partir de quatre ou cinq ans jusqu'à dix ou douze :

« Je vous aime si fort que je louche. »

« Je suis tombé parce que j'allais trop vite, il ne faut pas aller plus vite que sa vitesse. »

« Je parle comme un enfant puisque j'en suis encore un. »

« Je voudrais que vous mouriez ensemble en vous tenant par la main. »

« Le corps, ce n'est rien. Ce n'est qu'un moyen de transport. »

« J'aime le présent parce qu'il va devenir du passé. »

L'immaculé de la peau, la douceur de la main, l'œil envahi par la curiosité, un rire irrépressible, celui de la joie qu'on leur donne et que l'on reçoit. Celle de l'abandon des complexes, tout lâcher, baigner dans ce que Mauriac a définitivement identifié comme : « Le lait de la tendresse humaine. »

*

À quatre-vingt-dix ans, le grand chef d'orchestre Carlo Maria Giulini dit à Marie-Aude Roux (journaliste au *Monde*) :

— Le plus important, ce sont les sentiments. Et puis, il faut faire des enfants.

*

Autres bonheurs. Autres fiertés. Autres instants.

Clarisse est diplômée d'architecture, Jean réussit ses examens, Alex crée des photos aussi oniriques qu'un tableau (deux ombres sous la lune, sur une plage), mon deuxième frère, Jacques, construit une ville entière, il est

Prix de Rome, Valérie enregistre son premier disque, Claude, le quatrième frère, devient ingénieur.

Puis des moments précis, très brefs, mais qui demeurent quand on les passe au tamis de la mémoire. De tous ces éclairs de contentement, je retiens, par exemple, celui du tournage d'une séquence de *L'Héritier* lorsque Jean-Paul Belmondo pénètre dans le bureau du journal *Globe.* Au moment de prononcer les deux mots magiques – « Moteur », « Action » –, aux côtés du chef opérateur André Domage, surgit une sensation aussi courte que vertigineuse d'accomplissement : « Ça se passe bien. Ça va être un bon plan. Tout est en place. Tu fais ce que tu aimes faire. » À RTL, pour la quinzième année consécutive (nous sommes en 2000), nous demeurons les premiers dans les sondages, ce qui continue de nous stimuler, Olivier Mazerolle, Gaya Bécaud, Pierre Conte, Axel Duroux, Monique, la grande Monique Le Marcis, et d'autres.

*

Dans les faubourgs de Buenos Aires, en 1963, à la sortie d'une petite église, j'intercepte l'abbé Pierre qui vient de survivre à un naufrage dans le Río de la Plata. *France-Soir* m'a envoyé pour tenter de le rencontrer et lui faire raconter cette épreuve. Il a fallu un peu de travail pour retrouver cette église. Il est interloqué :

— Que faites-vous là, qui êtes-vous ?

— Je suis journaliste, je viens de Paris pour vous interviewer à propos du naufrage.

— Je n'ai pas le temps, je suis désolé, je prends un

avion dans l'heure qui vient pour rencontrer des fidèles à Mendoza.

— Eh bien, ça ne fait rien, je monte avec vous.

Il me racontera tout, siège contre siège, dans le bimoteur qui survole la pampa. Je prenais des notes sur mon carnet, rapidement, parfois cela serait illisible lorsqu'il faudrait tout revoir afin de pondre, dans l'urgence, ce qui ferait l'équivalent de toute la page 2 du journal pendant trois jours consécutifs. Ce fut un beau moment de journalisme. Je revis l'abbé bien longtemps après, à RTL. Il y avait entre nous cette complicité, le souvenir de ce petit avion au-dessus de la pampa argentine et comment, en toute modestie et humilité, il m'avait confié ce qui lui était arrivé dans le Río de la Plata. Il aurait pu se noyer, il avait pensé rejoindre Dieu. Et cela le réjouissait, m'avait-il dit, ce qui m'avait stupéfié. Mais non, il avait survécu et contribué à sauver plusieurs passagers dans les flots du Río. C'était un vrai curé, un type bien.

Autre bonheur, autre moment, sur la route d'un retour de vacances, Françoise téléphone : « Ce sera un garçon. » Elle avait suivi avec discipline un régime alimentaire qui pouvait permettre de décider du sexe de l'enfant. Personne n'y croyait. Ça faisait rire, sauf que cela avait réussi. Jusqu'ici, elle n'avait eu que des filles. Elle en fit un livre, *Choisissez le sexe de votre enfant.* Preuve supplémentaire d'amour, elle décida d'appeler ce garçon Jean, le prénom de mon père. C'est un miracle.

— Une femme, donc les femmes ? On voit apparaître beaucoup d'hommes, de mentors, d'amis, des Luchini ou des Lazareff, des Melville ou des Gainsbourg, ou un

Desgraupes, et puis votre propre père. Mais les femmes, où sont-elles ?

Paul-Jean Toulet :

*La condition de comprendre, ce n'est pas l'intelligence, c'est l'amour.*

# 19

## *L'amour existe*

Sans les femmes, ma vie aurait été et serait une série d'erreurs, de chutes, de lacunes, de fausses pistes et de faux-semblants, un brouillon. Un bordel. Un désespoir intranquille.

D'abord, « aurait été », c'est-à-dire ma mère, « cette inconnue ».

Elle n'aura, pendant toute mon adolescence puis ma jeunesse, jamais cessé de me pousser, de m'encourager à combattre ma timidité pour aller vers l'aventure. J'ai quinze ans, elle apprend l'existence d'un temporaire *Journal des Jeunes*, organisé pour un salon de l'Enfance par *Le Figaro*, et rédige ma candidature. C'est là que je me prendrai de passion pour le journalisme. J'ai seize ans, elle lit qu'il existe une bourse de voyage et d'études appelée Zellidja. Elle réunit les papiers nécessaires et m'oblige à y participer. Grâce à cette bourse, je partirai dans les îles Britanniques, faisant du stop, étudiant la presse du pays, me familiarisant avec la langue, ce qui, deux ans plus tard, m'aidera à obtenir une autre bourse, celle-là plus importante, la Fulbright, pour les États-Unis. Un tournant dans mon existence.

Chacun de ses gestes va déterminer mon métier, permettre d'assouvir ma curiosité, ma vocation, mon goût pour l'inconnu, et poursuivre « l'inaccessible étoile » (Brel). Vivre l'aventure, un des mots que j'aime le plus avec liberté, lumière et rivière. En vérité, chaque geste va satisfaire son propre désir – celui de voir son fils faire ce qu'elle n'a pas pu accomplir.

Il y a des mères castratrices, des mères égocentriques, des mères si protectrices qu'elles vous fragilisent pour la vie, des mères hélicoptères qui volent en permanence au-dessus de vous, des mères chasse-neige qui veulent éliminer tous les problèmes sur la route afin que tout vous soit facile. Il y a des mères qui abandonnent et des mères qui donnent le sein toute leur vie à des enfants qui ne grandiront jamais. Il y a des mères qui vous battent et vous quittent. Il y a des mères qui vous instruisent et vous confortent et vous comprennent et vous entraînent et vous écoutent et vous tolèrent et vous organisent et vous structurent et construisent votre échelle des valeurs, une éthique, et dont les interdits font partie de ces lois non écrites, mais universelles, dont parle Sophocle. Les mères sans amour exerceront autant sinon plus d'influence sur un enfant, puisque, comme toutes les mères, elles l'ont porté. Il est fait par elles – quitte à ce qu'elles le défassent.

Ensuite, « serait » : j'ignore comment cela se serait passé sans elle, Françoise. Ma vie sentimentale ne s'est pas toujours bien déroulée, désordres conjugaux, divorce, torts partagés, mauvais souvenirs, puis elle est arrivée. J'avais appris un poème d'Aragon pour le lui réciter devant des amis réunis à l'occasion de son anniversaire :

*Ma vie en vérité commence*
*Le jour que je t'ai rencontrée*
*Toi dont les bras ont su barrer*
*Sa route atroce à ma démence*
*Et qui m'as montré la contrée*
*Que la bonté seule ensemence*

*Tu vins au cœur du désarroi*
*Pour chasser les mauvaises fièvres*
*Et j'ai flambé comme un genièvre*
*À la Noël entre tes doigts*
*Je ne suis né vraiment de ta lèvre*
*Ma vie est à partir de toi*

C'est un des plus beaux poèmes d'Aragon. Son titre, « L'amour qui n'est pas un mot ». Qu'est-ce donc, dès lors, si ce n'est pas un mot ?

C'est une grande aventure. Vous vous aventurez d'abord vers la passion, vous vous découvrez, de corps à corps, de sexe à sexe. Il faudra, ensuite, former un couple. Roger Vailland l'analyse très bien dans *Drôle de jeu* (paru en 1945. Qui lit encore Roger Vailland ? Qui lit encore les livres d'il y a moins d'un siècle ? De tous ces « grands contemporains », que reste-il ?). Selon Vailland, pour la plupart des romanciers, l'aventure de l'amour est terminée lorsque les deux personnages parviennent enfin à coucher ensemble. Chez Stendhal, dans *Le Rouge et le Noir*, on lit cent pages de séduction pour une ligne de coucherie. Or, pour Vailland, c'est à ce moment-là que commencent les choses, une fois la conquête achevée. Vailland nomme « amour » le récit du couple. Il ne conçoit pas un amour qui ne soit pas partagé. Il exprime sa conviction, dans une formule que l'on a tort d'attribuer à Proust. Elle appartient à l'auteur de *La Loi* :

> *L'amour, c'est ce qui se passe entre deux êtres qui s'aiment : comment ils s'approchent, se fuient, se rapprochent, parviennent à échouer et à faire un couple et ce qu'il advient de ce couple.*

Et qu'advient-il, entre autres choses ? Il advient le bonheur et l'achèvement, de la même manière qu'il advient l'inattendu, la maladie.

C'est alors le combat contre la mort. L'hôpital, Cochin. La seule chose qui me relie à la vie, entre deux réveils d'un coma artificiel, en salle de réa, c'est la main tendue de ma femme au-dessus du lit, entre la machine à ventiler et les murs nus. Cette main me parle, puisque je ne peux parler.

Elle a été organisée pour faire face au malheur. La perte brutale (cancer foudroyant) de sa mère, quand elle avait vingt ans, a conditionné sa capacité à encaisser les coups, refuser la tristesse, dominer les choses. Devant l'énormité d'un événement (son mari est peut-être en train de mourir, en tout cas, on ne sait pas ce qu'il a, on cherche, on n'a pas encore trouvé), elle va vivre de multiples exigences, continuer à exercer son métier, tenir la maison et s'occuper des enfants, établir un agenda quotidien au sein duquel deux visites en réanimation s'imposent. Les exigences : s'adonner à des nécessités pratiques, entretenir calme et douceur, le soir, dans la cuisine, avec « les petits ».

Gérer ! Elle gère, ce mot qui me déplaît mais qui, en l'occurrence, convient à cette période de tous les dangers. Que signifie-t-il ? Maîtriser le temps, utiliser à plein son énergie, ne jamais se résigner, ne pas faiblir, économiser ses forces et croire. Ce qui est essentiel. Croire qu'une nouvelle positive surgira enfin des nuits et des jours d'inquiétude. Avec le recul, la réflexion et un retour à la norme, je juge qu'elle a agi dans un état de grâce. Cette « traversée » aura été pour elle tout aussi difficile que la mienne. Car sur son lit d'hôpital, le malade est aidé, entouré, soigné, assisté, intubé, extubé, anesthésié et réveillé, entre les mains de femmes admirables, infirmières et aides-soignantes, supervisées par des hommes admirables, les médecins français, les grands profs. Elle, de son côté, n'était aidée que par son amour – et l'amitié de quelques-uns. Comme me l'avait écrit Jean Contrucci :

> *Les amis, c'est comme les fiacres. Y en a pas beaucoup quand il pleut.*

Il pleuvra encore deux ou trois autres fois dans la vie, la pluie noire des deux crises de dépression. Chaque fois, Françoise encaissera et réorganisera la « gestion du malheur » avec cette même ténacité, cette même endurance, cette même preuve quotidienne d'amour.

Pierre Reverdy :

> *Il n'y a pas d'amour, il n'y a que des preuves d'amour.*

Une amie lui dira plus tard : « Tu lui as sauvé au moins deux fois la vie et tu te rends compte que tu es venue dans sa vie pour le sauver. » L'amie avait raison. Il existe ce que l'on doit appeler un talent de l'amour, un talent du bonheur. Elle le possède, agissant avec un don d'artiste, une capacité à s'adapter aux changements parfois brutaux et aux évolutions professionnelles. Aussi égoïste que je puisse être, il m'est dès lors assez simple de renvoyer le même altruisme, la même générosité. L'ego, ça se poignarde, disait Yourcenar, en référence aux moines tibétains. Ce n'est pas une contrainte, c'est une joie qui aura grandi avec le temps, et répondra à la phrase relevée sur le fronton d'un hospice d'orphelins en Inde :

*Tout ce qui n'est pas donné est perdu.*

*

Maurice Pialat, le grand cinéaste français disparu, avait entamé son œuvre par un court-métrage dont le titre me convient : *L'amour existe.*

# 20

## *Le talent d'un pays*

Tchekhov a dit : « Il ne faut pas rouler ses écrits dans le sucre. »

Ce n'est pas la peine, non plus, de les rouler en permanence dans la merde ou le sperme. On veut bien admettre que le néant, la destruction de socles autrefois solides, la fin possible de l'Occident, la tristesse et la vacuité humaine, la solitude et le suicide, la pornographie, ses limites et ses impuissances, la dégénérescence des civilisations, les menaces des totalitarismes, on veut bien admettre que toutes ces particules élémentaires ont nourri le talent supérieur de celui qu'on nomme « le plus grand écrivain français vivant ». Il n'y a pas de « plus grand écrivain français vivant », certes, mais il y a ce talent dominant – celui de Houellebecq ne se discute pas. Il a dépassé les frontières. Il est lu partout. C'est un phénomène social et quand on le lit, on ne le lâche pas. C'est une formidable nouvelle pour les Français : que deux des plus sérieux journaux – *Le Figaro* à droite, *Le Monde* à gauche – lui consacrent, lorsqu'il publie un nouveau livre, leur une et trois ou quatre pages intérieures prouve notre singularité, l'importance que nous accordons à la lecture et aux écrivains. Cela n'arrive dans aucun autre pays et surtout pas dans le siècle du numérique et de l'algorithme. Rien à dire, donc, et bravo, sauf ceci : il n'est pas seul. Nous avons toutes sortes d'excellents écrivains français, il existe un talent extraordinaire dans ce pays. Chaque rentrée littéraire, automne, hiver, en donne la preuve. Nous avons de la chance. Je ne parle pas du passé (bien entendu, Balzac, Flaubert, Proust, Céline, les monuments, on les a tous visités, bien entendu), mais d'aujourd'hui.

Tout n'est pas appréciable à l'aune du pessimisme. Il y a le pessimisme dont on se contente, dans lequel on se love, et celui dont on se défend. « Je suis pessimiste par l'intelligence, mais optimiste par la volonté », disait Gramsci. Francis Scott Fitzgerald – un écrivain autant détruit que notre « grand écrivain » –, auteur de deux chefs-d'œuvre, *Gatsby le Magnifique* et *Tendre est la nuit*, nous a offert sa célèbre profession de foi : « L'intelligence supérieure d'un individu se mesure à sa capacité d'entretenir simultanément deux pensées contradictoires, tout en conservant son aptitude à fonctionner. On devrait, par exemple, être capable de voir que les choses sont désespérées et néanmoins être déterminé à faire en sorte qu'elles ne le soient pas. »

Bobby Kennedy se servait souvent de cette formule. Elle correspondait au cliché : « Un pessimiste est un optimiste bien informé. » Cela ne l'a pas empêché de mourir flingué par un illuminé nommé Sirhan Sirhan, le 5 juin 1968, dans les cuisines de l'Ambassador Hotel à Los Angeles. Flingué aussi, peut-être, selon certains, par les complices des comploteurs, car les circonstances de sa mort sont aussi confuses et mystérieuses que celles de son frère aîné, JFK, à Dallas. À ce sujet, j'ai eu des convictions parfois différentes et des jugements parfois contraires à ceux de nombre de mes collègues. Mais enfin, ce qui compte, c'est que Bobby Kennedy a vécu dans l'audace et le désir de l'audace. Il ne s'était pas soumis au nihilisme.

Cela posé, il est inutile de comparer les écrivains. Le comparatisme est une perte de temps, un rétrécissement de la pensée. Chacun chante sa chanson, danse sa danse, chacun sa comédie, chacun son œuvre et son destin, chacun son histoire, parfois pleine de bruit et de fureur, mais elle n'est pas racontée par des idiots.

Cela posé aussi, Houellebecq est un génial prophète, il suffit de lire *Soumission.* Il annonce ce qui peut arriver à la France, ce qui arrive déjà dans certains « territoires » conquis. Houellebecq a vu plus loin que les politiques. En ce sens, il est un écrivain unique.

# 21

## *Sur le tronc coupé d'un* aspen

Mack, contremaître du West Beaver Camp de l'US Forest Service – été 1955, Colorado :

> *Pour comprendre la forêt et la nature, s'asseoir, se taire. Attendre. Voir venir.*

Voir venir les oiseaux, s'il en reste. Les entendre, s'il en reste. Leur volume sonore diminue dans le monde dit civilisé, urbain, posturbain, suburbain. Un inconnu de quatre-vingt-sept ans, Jean-Claude Roché, a passé sa vie à enregistrer leur musique, partout, tout le temps, tant qu'il est encore temps : oiseaux d'eau, oiseaux de forêt, de montagne, d'Afrique ou d'ailleurs. Il dit à Olivier Lamm, dans *Libération* : « Les oiseaux ont atteint leur perfection évolutive bien avant nous. » J'ai une vénération infinie pour ce que La Fontaine a appelé « la gent ailée », je suis fasciné par le mystère de leur existence, leur condition ; leur traversée de continents et d'océans sans escale, avec rien, ou si peu, dans le ventre. Leur radar interne. Leurs repères et vibrations. La grâce absolue de leurs formes, avec leur gorge et leur bec, leurs fines pattes, le frétillement des ailes au moment de l'envol à partir d'une branche, aussi bien l'aigle bleu du Chili que le pinson de Paris, la rousserolle ou la paruline azurée, et le colibri, l'alouette des champs, le chardonneret élégant, la gélinotte huppée, le moqueur à robe rousse. Et ces puissants et minuscules instruments dont ils disposent pour passer du nord au sud, de l'est à l'ouest, maîtres d'eux-mêmes, conduits par une force mystérieuse, adoptant une formation de vol, en V inversé, oscillant entre les pôles terrestres.

Leur musique, seuls ou en chœur, de véritables mélodies, avec modulations et changements de ton, allégresse et plénitude. Un pionnier comme Audubon a su les répertorier et a tenté d'expliquer leur univers en les illustrant. Ornithologue maître : le patron.

Il s'appelait Jean-Jacques, d'origine française, il devint américain et se transforma en John James. Ses hérons, ses oiseaux moqueurs, ses aigles de l'océan, ses geais bleus. De la fenêtre d'un jardin français, autrefois, on pouvait tous jouer les Audubon. Il suffisait d'ouvrir la fenêtre et de voir le chardonneret à gorge dorée, le merle noir au bec jaune, la mésange à queue et tête bleues, le bouvreuil (celui qui s'agite dans la cage de la chambre du *Samouraï* de Melville, il veut dire quelque chose à Jef Costello, qui a tout compris). Nous pouvions les regarder et les entendre. Encore aujourd'hui, avec un peu de chance, dans la clairière d'une forêt en Normandie, je contemple le rebord d'un nichoir sur lequel une grive musicienne se penche pour picorer les graines posées à son intention. Elle va bientôt partir. Elle va faire ce que « nous souhaitons tous pouvoir faire mais y échouons, sauf dans nos rêves : ils volent » (Jonathan Franzen). Son temps n'est pas le mien. Quelque chose que j'ignore l'appelle. Sa destination et son objectif sont programmés. Par qui, pour quoi ? On en sourirait presque tant elle séduit, cette minuscule créature. On irait même jusqu'à en rire.

Chamfort :

*La plus perdue de toutes les journées est celle où l'on n'a pas ri.*

En 2018, le biologiste américain Stuart Pimm accompagné d'une équipe d'étudiants, est allé filmer la faune au cœur de la forêt des Andes colombiennes. Il interroge : « Comment pourrions-nous vivre sans les oiseaux ? »

*

J'ai aussi rencontré un lion des montagnes, il y a longtemps, dans la forêt d'Uncompahgre, dans le sud-ouest du Colorado, seul endroit des États-Unis où quatre frontières d'État se rejoignent et se croisent : les Four Corners. Rencontré, c'est trop dire. Le lion évoluait sur le flanc nord d'une montagne entourant notre camp de base. Je gagnais de quoi payer mes études en travaillant comme ouvrier forestier pour l'US Forest Service. J'étais sous l'influence et les conseils d'un contremaître qui m'apprit à regarder la nature. Le lion des montagnes aux aguets, à l'affût. Une odeur, une présence, un frottement avaient allumé les feux de sa sauvagerie. Fidèle aux préceptes de Mack, j'avais attendu, assis sur le tronc coupé d'un *aspen*, sans bouger, en retenant ma respiration, car le fauve n'était pas loin. Il était toute certitude, toute concentration. Il semblait nous dire : « Je suis le maître de ce lieu précis, maître total à ce moment précis, et je recherche ce qui va être ma proie, ce qui doit être ma proie, la raison de ma vie. » Cet instant est loin et j'ai lu récemment que le puma est une espèce en danger de diminution, voire de disparition. Tel que je pouvais l'admirer, il faisait l'effet d'un gros chat aux pattes lourdes et musclées, au corps assez épais, habité par une violence retenue, une densité dans l'attente. Il ne fallait pas le quitter des yeux. Il représentait un danger pour toutes choses vivantes autour de lui. Son immobilisme de guerrier guetteur n'allait pas durer. En effet, au bout d'un temps que je ne parvins pas à mesurer, le temps de ma fascination, le temps de sa préparation à une tuerie nécessaire, les choses ont bougé. Il s'élança, ses pattes avant comme un crochet, ses pattes arrière qui appuyaient le saut et le propulsaient au-delà de mon regard pour se ruer sur un animal et sans doute le dépecer par-delà les rochers et la broussaille d'altitude (ce *brush* gris et jaunâtre que j'aime autant que les brousses du maquis de Corse). Il s'élança vers ce que je n'avais pas eu la chance de voir. C'était fini. J'ai imaginé qu'il était déjà en train de dévorer sa proie.

Ce qui compte, avec le recul et la réflexion, ce fut d'avoir vécu cet « instant décisif de l'approche où la vie, telle qu'elle était conçue jusque-là, change de sens, s'éclaire brusquement d'un jour nouveau » (André Breton). Avoir assisté à l'instant fatal, avec des yeux d'enfant.

Lao Zi :

*Un mouvement parfait ne laisse aucune trace.*

*

Il y a aussi cet autre mystère, celui des « bois flottés ». Ils ont été emportés par les courants, roulés, brisés et transformés par les vagues, sculptés par les tempêtes sous-marines, puis polis et usés et lustrés et lissés et miniaturisés par les sables, et lorsqu'on en trouve sur les grèves, ils sont blanchâtres et noués, tordus ou droits, et il est simplement impossible de savoir d'où ils viennent. Charlotte Perriand disait : « Ils ont été ennoblis par la mer. » On peut leur faire raconter n'importe quelle aventure. Ils sont comme une fiction.

Ainsi disait Braque sur l'art :

*La seule chose qui vaille : celle que l'on ne peut expliquer.*

*

Une étude de l'université du Michigan a montré que les étudiants apprennent mieux et améliorent leurs résultats après avoir marché dans les bois plutôt que dans une rue encombrée.

Trop de tâches à accomplir et une addiction aux téléphones ou aux ordinateurs fatiguent le cerveau, sèchent la faculté de concentration. La nature peut rafraîchir le cerveau, nos sens changent, ils se recalibrent. Vous remarquez des sons – des crickets qui cliquettent, les cloches des chèvres dans les montagnes, le chant d'une rivière, le froissement des feuilles sous les pieds –, vous êtes relié au physique, à la terre, plutôt qu'à un environnement artificiel, et l'attention que vous avez portée à toutes ces choses est une clé. Trop de stimulation numérique peut dégrader la réflexion, amoindrir les neurones.

*

Victor Hugo :

*À qui n'interroge pas le tout, rien ne se révèle.*

## 22

## *Les choses fondamentales*

J'appartiens à une génération qui s'est souvent nourrie d'une chanson (« As Time Goes By ») dont l'auteur (Herman Hupfeld) reconnaît l'influence d'Einstein et sa notion de la relativité. Hupfeld avait écrit un prélude à cet air devenu célèbre grâce au film culte *Casablanca.* Cette préface n'a pas toujours été lue par les chanteurs avant qu'ils entonnent la chanson elle-même. Elle dit : « L'âge et l'époque que nous vivons peuvent causer de l'appréhension [...]. Nous sommes un peu troublés par la théorie de M. Einstein, aussi bien devons-nous revenir sur terre. Quel que soit le progrès et ce qu'on a prouvé, les simples choses de la vie sont telles qu'on ne peut les changer. »

C'est alors que la chanson commence :

*You must remember this,*
*A kiss is still a kiss.*
*A sigh is just a sigh ;*
*The fundamental things apply,*
*As time goes by*

Souviens-toi de ceci
Un baiser n'est qu'un baiser,
Un soupir n'est qu'un soupir,
Les choses fondamentales
Sont à leur place
Tandis que passe le temps.

(Telle est ma traduction d'« As Time Goes By » – il y en a d'autres. L'essentiel est dans l'expression : « *Les choses fondamentales sont à leur place.* »)

Autre phrase fondamentale des Indiens, en réponse à la question : Qu'est-ce que la vie ? « L'éclat d'une luciole dans la nuit, le souffle d'un bison en hiver. La petite ombre qui court dans l'herbe et se perd au couchant » (chef indien Crowfoot, de la tribu des Blackfoot, 1879). Il y a l'enfant qui chante juste, le sans domicile fixe qui vendait de la poésie au coin de l'impasse de la rue de Sèvres et disait aux passants : « La poésie, ça vaut bien quelque chose » ; il y a la sagesse ironique de Jankélévitch : « Pour que la vie reste vivable, il vaut mieux ne pas l'approfondir » ; il y a le geste phénoménal de Coluche, l'invention des Restos du Cœur, et sa phrase : « Circulez, y a rien à voir » quand il était sur scène, irrésistible ; il y a le mantra du cinéma : « Fais tout ce que tu peux faire pour que le film se fasse », accompagné de la parole de Spielberg : « On tire plus difficilement sur une cible qui bouge » ; il y a Claudette Colbert qui demande à Hemingway : « Qu'est-ce que vous en pensez, Ernest ? », et celui-ci répond : « Je pense qu'il ne faut jamais oublier de penser à la connerie » ; il y a Flaubert qui dit : « L'art est une lutte, il y faut des mains blanches et calmes » ; et Emmanuel Berl : « En fin de compte, tout le monde est capable de tout. »

Gorbatchev :

*Celui qui est en retard est puni par la vie.*

Une très bonne phrase écrite en très bon français : « *Le général Dourakine mourut, pleuré de tous, laissant à chacun des sommes considérables* » (la comtesse de Ségur).

J'ai entendu sur une terrasse en plein soleil, au mois de juin, sur la place principale de Montpellier :

*Ici, la ponctualité est suspecte.*

*

Il y a la *sprezzatura*, la nonchalante élégance d'un homme italien – Gianni Agnelli par exemple, ou Marcello Mastroianni, ou celui qui fut un ami, Benno Graziani, plus italien que tous ; la souffrance amère de celles et ceux qui subissent le rejet de la société ; Aragon et l'amour : « C'est toujours la première fois quand ta robe en passant me touche » ; Einstein qui dit : « L'insanité, c'est faire la même chose une fois, deux fois, dix fois et attendre que quelque chose de différent en résulte » ; « Le duvet des lapins en automne », titre d'un scénario que Jean-Patrick Manchette devait écrire pour que nous en fassions un film, et qui n'a jamais vu le jour ; Picasso qui disait : « Si j'étais en prison et que l'on me prive de couleurs, je peindrais encore avec ma merde » ; Steve Jobs qui nous adjure de « rester affamé, de rester fou ». Cela se passait en juillet 2009 sur le campus de Stanford, en Californie, devant des milliers d'étudiants. Combien d'entre eux ont suivi le conseil du génie d'Apple, combien d'entre eux sont restés fous et affamés ? Il y a les visages hallucinés des enfants-soldats de la fin du nazisme ou des massacres au Rwanda ; les visages innocents et concentrés des écoliers, face à une maîtresse qui les marquera pour la vie ; il y a Bernanos : « On ne comprend rien à la civilisation moderne si on n'admet pas d'abord qu'elle est une conspiration universelle contre toute espèce de vie intérieure. »

*

La télévision :

*Donnez-nous aujourd'hui notre superflu quotidien* (François Mauriac).

*

Enfin, la phrase fondamentale :

*Toutes les tragédies que l'on peut imaginer reviennent à une seule et unique tragédie : l'écoulement du temps* (Simone Weil).

## 23

## *Pardonner, c'est chrétien.*
## *Oublier, c'est couillon*

Puis il y a la politique. Est-ce « fondamental » ?

Jean-François Deniau :

*C'est comme la navigation à voile : au début les problèmes s'additionnent, ensuite ils se multiplient.*

Vus, écoutés, côtoyés, croisés, reçus en particulier pendant les années RTL, certains hommes politiques m'ont parfois semblé correspondre à la définition qu'en donnait Arthur Koestler : « Le désir de faire de la politique est habituellement le signe d'une sorte de désordre de la personnalité et ce sont ceux qui ambitionnent le plus ardemment le pouvoir qui devraient en être tenus le plus soigneusement à l'écart. » Comme toute définition, celle-ci à ses limites. Elle est aguichante mais incomplète.

Sur les marches de la rue Bayard, alors qu'il est Premier ministre, Jacques Chirac me serre chaleureusement la main tout en disant dans un grand sourire :

— Je vais vous attaquer en diffamation ce matin.

Il n'en fit rien. Il ne s'agissait que d'un édito matinal

un peu sournois, qui lui avait déplu. Mais il avait ainsi voulu me déstabiliser. On attaque d'abord, on tape fort sur un dossier, par exemple en regardant l'adversaire pour lui faire comprendre qu'il y a des choses dans ce dossier, mais en réalité il n'y a rien (méthode Gaston Defferre). Ce matin-là, Chirac se comportait en vainqueur, en mâle dominant. Avec le temps, les combats vont se diversifier et se transformer et l'homme que je verrai plus tard en face de moi, toujours sur les marches de la station de radio, ne sera plus le même. Cette fois-ci, il est donné battu dans les sondages par Balladur pour la candidature à la présidentielle de 1995. Il a été trahi par quelques-uns des siens (Pasqua, Sarkozy), lâché par la majeure partie des faiseurs d'opinion. Mais il n'abandonne pas.

Il fait campagne, avec persévérance et rage rentrée, heure après heure, jour après jour. Le pur-sang s'est transformé en cheval de labour. Il fait le tour des radios, des télés, seul, accompagné de sa fille, l'exemplaire et lumineuse Claude. Personne ne croit qu'il peut gagner. Il est un peu plus de 7 heures du matin. J'ai toujours attendu les invités sur les marches, devant l'entrée aux portes coulissantes. Il en paraît surpris, sincèrement touché. Or, c'est une façon normale d'exercer le métier. Mais il semble interpréter cela comme un geste, un signe. Il pénètre dans les couloirs et les studios, serrant systématiquement la main au gardien, à l'hôtesse, aux techniciens, aux journalistes. L'interview achevée, je le raccompagne jusqu'à ces mêmes marches, tandis qu'une pluie fine et désagréable nous attend. Il en paraît tout autant surpris et étonné et m'en remercie avec une émotion rentrée. Il marche dans la rue, Claude à ses côtés, image de solitude et d'opiniâtreté.

*

Voilà que tout s'inverse sur la scène politique, il bat Balladur, Jospin disparaît, il est élu président de la République au second tour, à une majorité écrasante.

*

Un peu plus tard, il invite à un déjeuner élyséen, sous les lustres et les « grandeurs d'établissement », une petite élite journalistique : éditorialistes et patrons de chaîne. Il me fait asseoir à ses côtés, à sa droite. À peine le repas entamé, il boit une première bière et s'adresse aux invités en me prenant par l'épaule avec sa large main, forte, cordiale :

— Ah, voici quelqu'un qui se levait tôt pour accueillir un futur perdant. Ce ne fut pas le cas de tous ceux qui se trouvent à cette table.

Il les passe en revue, jouissant de sa puissance. Les invités se taisent. Il boit une deuxième bière, il adore ça, il allume une cigarette pour la tendre à une consœur – geste suranné d'un machiste courtois. Singulier personnage, qui fait tout pour dissimuler sa culture, prêt à l'autodénigrement, habité par le doute de soi, relativisant les choses, n'exposant jamais ses véritables traits de caractère, agissant au contraire pour laisser croire qu'il ne possède qu'un instinct sauvage en évoluant entre « estafiers et icoglans » (les domestiques armés, les maîtres du sérail) – pour mieux les éliminer les uns après les autres, soit un par un, soit en groupe, aux moments opportuns. Cela fait de lui ce qu'on appelle un « tueur ». Or, c'est le même homme qui ne passe pas un jour de sa vie intime sans penser à son enfant-adulte malade – cette déchirure du cœur, le drame de sa vie. De Gaulle, lui aussi, portait cette croix : une enfant irrémédiablement malade. Lorsque Anne, trisomique, meurt en février 1948, de Gaulle eut ces mots : « Maintenant, elle est comme les autres. » Cette croix, ils l'ont tous portée, comme tant d'individus sans doute, et il n'est nul besoin de se limiter à la politique pour savoir comment chaque vie ou presque reçoit, à un moment ou à un autre, ce poids qui vient alourdir les consciences, alimenter les culpabilités, ronger les ailes du désir, détruire notre sens de l'immunité. Le jour de sa mort, l'opinion publique découvrit qu'au fond elle aimait Chirac parce que, de son côté, il « aimait les gens ». Ce fut un deuil national. La mort, comme souvent, avait transformé une vie en destin.

*

Il y avait François Mitterrand qui, lui aussi, traversait les années et les événements avec cette sensation que « tout est permis », que « rien ne peut arriver » qu'on ne puisse maîtriser, sauf quand on trébuche dans les jardins de l'Observatoire. Ce même homme qui, pendant cette crise du faux et du vrai, en avait, raconte-t-on, pleuré un soir dans les bras de Roland Dumas (il se croyait « foutu ») deviendrait président de longues décennies plus tard et marquerait le pays, son histoire et une génération. Il avait tout ce qu'il fallait pour devenir « Dieu » (quand on pense qu'on a osé l'appeler « Dieu » !), c'est-à-dire qu'il avait la culture, l'intelligence, la stratégie, la réflexion, le cynisme, l'expérience, et cette conviction en fer forgé qu'à partir du jour où il gagnerait le pouvoir suprême, il aurait le plaisir de l'exercer à plein et à fond, comme a écrit Thucydide :

*Tout être exerce tout le pouvoir dont il dispose.*

Je le revois dans les jardins de l'Élysée, sa chienne noire, Baltique, à ses côtés, à l'occasion d'un long entretien. Il entame une description lyrique et détaillée de la richesse des régions de France, il est éblouissant. Il semble tout connaître de notre pays, les moindres villages, les moindres monuments, les moindres ressources. Quand il partait en voyage, il prenait un hélicoptère pour la Bourgogne et allait savourer un pigeon chez Bernard Loiseau, il choisissait un livre dans sa bibliothèque et lisait en survolant ce pays qui, provisoirement, lui appartenait. Il exerçait son pouvoir de jouir, connaître, dominer. Son « désordre » n'était en vérité qu'un ordre parfaitement contrôlé, seulement contrarié par la maladie fatale – l'imminence de la mort. On peut imaginer que, chaque matin au réveil, il se disait :

— Sois fort. Sois fort.

Et si cette force le distanciait de tout, il n'en souffrait pas moins atrocement dans l'enveloppe de son corps. Or, il était son corps, comme le savent les Orientaux. L'équilibre, qu'il eût aimé continuer de connaître entre plaisir et douleur, basculait de jour en jour. Quand on est ainsi broyé, laminé, asséché et cadavérisé, peu importent les ortolans, les livres et les femmes, il n'y a plus que cette croix à laquelle le destin a cloué vos pieds et vos mains. Il y avait tant de tragédie à la fin, là où, autrefois, il y avait eu tant d'hédonisme et de volupté, tant de réussite. Marilyn Monroe aurait prononcé un jour cette phrase : « La gravité finit toujours par vous rattraper. » Bien plus que la gravité, le tragique s'était inscrit dans son existence, comme cela survient chez tant d'autres.

*

Robert Green Ingersoll, un des biographes de Lincoln, disait : « Rien ne révèle mieux la vérité d'un caractère que l'usage du pouvoir. Si vous voulez savoir qui est réellement un homme – une femme – donnez-lui du pouvoir. » Alors, la manière dont il l'utilisera permettra de connaître sa véritable identité.

L'université Stanford avait procédé à une « simulation de prison ». On distribuait des rôles de prisonniers à certains étudiants et des rôles de gardiens à d'autres. Figurez-vous que les « gardiens » finissaient par déshabiller les « prisonniers », les forçant à s'étendre nus à même le sol. Le psychologue chargé de cette simulation observa que, en quelques jours, ceux qui avaient été chargés de jouer le rôle de gardiens étaient devenus de véritables sadiques. Les résultats de cette expérimentation à l'américaine choquèrent tellement les experts qu'ils en oublièrent un détail d'importance : les étudiants volontaires pour jouer les gardiens de prison avaient auparavant passé des tests qui leur donnaient 26 % de plus que les autres en matière d'agressivité – et de foi dans la domination sociale ; 12 % de plus en narcissisme, en autorité, en machiavélisme que les autres étudiants de la même classe de psychologie. En d'autres termes, le pouvoir ne corrompait pas les gens dits normaux. Il corrompait seulement ceux qui possédaient déjà un instinct de corruption.

En vérité, votre autorité définit votre personnalité. L'épreuve ultime pour juger ceux qui exercent le pouvoir se trouve dans la façon dont ils traitent ceux qui n'en ont aucun.

(Adam Grant est un psychologue à la Wharton School.)

*

Marilyn Monroe était ce qu'on appelle une star, Mitterrand aussi. Il remplissait toutes les cases pour accéder au statut de star – tel qu'on l'a conçu ailleurs qu'à Hollywood mais surtout à Hollywood. C'est là-bas qu'a été poli et peaufiné le statut de star. Trois lois : pour être une star, il faut cultiver un mystère ; il faut sécréter du plaisir ; il faut atteindre un degré de schizophrénie médiatiquement plausible et commercialement rentable. Ainsi, à cette aune, sont stars Marilyn, Kennedy, Delon, Belmondo, Sarkozy, Michael Jackson, Brel, Gabin, Piaf, de Gaulle, Clinton, Churchill, Depardieu, Hemingway, Houellebecq, Godard, Melville, Chaplin, Coco Chanel, Tom Wolfe, Deneuve, Gainsbourg, Audrey Hepburn, Brando, Truman Capote, Johnny Cash, Zidane, Jean-Claude Killy, Bob Dylan, et quelques centaines d'autres.

*

Mais une star n'est pas un héros. Une star peut être une poubelle humaine. Le vrai héros ne cultive pas la starité. En 1940, les vrais héros ignoraient jusqu'à ce mot. Ce furent les Compagnons de la Libération, les compagnons de valeur qui dirent tous, après leur épopée : « Nous n'étions pas des héros. » C'est très bien raconté dans le beau livre de Benoît Hopquin, *Nous n'étions pas des héros* (Calmann-Lévy, 2014). Il y a ceux qui savent et qui sauvent, se jettent à l'eau, s'interposent entre deux voyous armés de couteaux, grimpent à un balcon pour saisir un bébé qui va tomber, se comportent « comme des voleurs de banques » (consignes données aux Seals, les commandos américains des opérations spéciales). Il y a ceux qui survivent à la calomnie, au complot, à l'insondable ignominie. Ainsi de Dominique Baudis.

*

Je le revois, alors qu'il présidait le CSA, au début des années 2000, dans de longues séances de travaux pour faire avancer le dossier encore improbable de la TNT (les nouvelles chaînes de télévision). Nous étions cinquante à cent personnes autour d'une vaste table en U dans une salle de la rue Saint-Dominique, face au ministère de la Défense dans le 7e arrondissement à Paris. Baudis dirigeait les débats, distribuait la parole, et, cependant, en même temps, il subissait l'assaut quotidien du « bûcher de Toulouse » – accusé de toutes les turpitudes par un tueur nommé Alègre, roulé dans la fange par deux prostituées mythomanes, par quelques gendarmes manipulés, le tout alimenté par la rumeur de la ville, la détestation du notable, la vengeance de certains adversaires. Il était porteur de tous les péchés, diffamé, souillé. Les hommes politiques, du moins une partie, ne se pressèrent pas beaucoup pour le soutenir. La lâcheté, en politique, peut parfois être une routine, comme le refus du réel et l'ignorance du terrain. Baudis se tenait face à nous, le visage amaigri, une totale absence de sourire, le regard parfois égaré, lointain, dirigeant et gérant un important dossier – et vivant un enfer intime. Quelques médias publièrent mensonges et affabulations, le récit d'horreurs sexuelles sans aucune preuve, aucune vérification des sources. Seule régnait, impérieuse, la violence d'une calomnie érigée comme un dogme. Il ne se passait pas un jour sans qu'une « révélation » éclate, monnayée par des indignes. On a offert une voiture à l'une des prostituées, celles-ci eurent accès à certains micros, certaines caméras tendues par certains marchands de haine – quelques-uns, toute honte bue, toute vergogne assouvie, ont continué. Certains possèdent encore des cartes de presse, ils ont retrouvé des employeurs, ce sont des zéros. Celui qu'on appelle le « journal de référence » ne fut pas le dernier à publier des horreurs invérifiées. Plus tard, *Le Monde* procéda à un éclatant mea culpa. Une nouvelle équipe de journalistes eut la vertu et l'intelligence de revenir sur toutes les affabulations, les mensonges – et fit un acte majeur, si rare dans les médias, avec excuses et explications. Ce fut l'honneur du *Monde*, après son déshonneur.

Ainsi, Baudis faisait face, il tenait bon, c'était une figure héroïque, celle d'un homme honnête qui persiste à accomplir son devoir (CSA) tout en subissant les assauts des corbeaux et des vipères. Il faut relire Marie-France Etchegoin et Matthieu Aron (le très bon livre, *Le Bûcher de Toulouse*, Grasset, 2005). Il souffrait chaque jour dans sa chair, ainsi que sa femme, entouré de quelques amis solidaires. De longues années plus tard, lorsque tout fut éclairci, que son honneur fut lavé, les falsificateurs devenus discrets et muets disparurent provisoirement, oubliant leurs méfaits. Je l'ai interrogé alors qu'il exerçait de nouvelles fonctions. Il lui était arrivé, au Parlement européen, de croiser un homme qui, passé du journalisme à la politique, avait contribué à la tuerie médiatique :

— Que lui dis-tu quand tu le vois ?

— Rien. Je ne lui parle pas.

Baudis avait tout encaissé avec le regard du stoïque et, dès lors, ce héros sans éclat ni rodomontade souriait. On lisait sur ses lèvres le dessein du sage. J'avais admiré cet homme comme on doit s'incliner devant le courage, « principal levier de l'intelligence » (selon de Gaulle). J'avais compris qu'il avait suivi, à la lettre, le proverbe corse :

*Pardonner, c'est chrétien. Oublier, c'est couillon.*

Les héros ne sont pas des couillons.

*

Les « fondamentaux » en politique :

Vouloir, c'est ce qui ne s'apprend pas.

Durer, ce qui veut dire avoir conscience du temps.

Surmonter toutes les critiques, « aussi utiles que les pigeons le sont aux statues ».

Accepter toute vérité contraire : l'autre n'a pas tort.

Être présent à l'instant inattendu et maîtriser cet instant.

Faire preuve d'un appétit sauvage, improviser, adapter et surmonter.

Résister au « mal des hauteurs ».

De quoi s'agit-il ? En mai 2006, à 8 848 mètres d'altitude, en montant vers l'Everest, des alpinistes japonais laissèrent sur leur chemin des grimpeurs indiens qui mouraient de leurs brûlures. Ils étaient entrés dans la zone de mort. Saisis par la folie des sommets, la fièvre des hauteurs, les alpinistes avaient sonné le glas de la morale. « Au-dessus de 8 000 mètres, on ne peut pas se permettre d'avoir de la morale », déclara l'un des survivants. La fin de la morale, c'est la fin de la politique.

*

Les faiblesses et les erreurs n'occultent pas ce qui, malgré ou grâce à ce « désordre de la personnalité », constitue la raison d'être, la croyance de la majorité des femmes et des hommes politiques qui se veulent au service du public, utiles au fonctionnement démocratique, à la survie de la République. Aussi, n'accablons pas la politique française, elle est pleine de gens honnêtes et les préjugés selon quoi ils seraient « tous pourris » ne sont que pourriture et populisme. La classe politique s'évertue à servir, d'un simple maire de village à un président de la République. Qu'ils se soient prénommés Charles, Georges, Valéry, François, Jacques, Nicolas, François ou Emmanuel, ils accomplissent leur devoir, tentant de faire face à l'impossible tâche. À un moment ou à un autre, ils ont rencontré la tragédie. François Hollande l'a dit avec justesse lors de la commémoration des attentats de 2015 : « Être président, c'est être conscient du caractère tragique de l'Histoire… Beaucoup pensent que la politique se réduit à des joutes, des calculs, des intrigues. Qu'elle n'est que cynisme et ambitions. Or, la politique, c'est toujours se dépasser pour le bien commun, croire en des valeurs, servir la nation. Je ne connais pas de mandat présidentiel qui n'ait été touché par le tragique. »

Aussi bien, il ne faut jamais oublier la réponse du Britannique Harold Macmillan, alors Premier ministre du Royaume-Uni. Un jeune stagiaire lui demande ce qui est le plus difficile en matière de gouvernement. Il répond, avec le flegme des British :

— Les événements, mon garçon, les événements.

En d'autres termes, la force du destin.

Retour d'un long voyage, j'interroge un observateur de la vie politique française :

— Quoi de neuf ?

Il répond :

— Rien, sinon la perpétuation des enlisements en cours.

Eh bien, le fondamental, en politique, consiste à faire exploser l'enlisement. Le fondamental, en politique, consiste à être plus clair, plus proche des gens et du réel. À éradiquer l'ambition au profit du bien commun.

À ne pas se limiter à la terrible phrase de Claude Cheysson : « Bien sûr, nous n'interviendrons pas. »

*

Aldous Huxley :

*62 400 répétitions font une vérité.*

Samuel Beckett :

*Le soleil brillait, n'ayant pas d'alternative, sur le rien de neuf.*

## 24

## *La maladie des riches*

Marguerite Yourcenar :

*Il faut se servir du poignard à tuer l'ego des Tibétains.*

Vertigo Ego. Il existe un vertige de l'ego. Ce n'est pas un hasard si nous faisons suite, ici, au passage consacré à la politique. Mais le vertige de l'ego va bien au-delà du politique. L'ego est une réalité de la nature humaine. Ce qui donne le vertige, c'est la surdimension de cet ego, le Moi trop souverain. Il saisit plusieurs couches de la société, en particulier celles du spectacle, des médias, du show-biz, de la télévision – ce que l'on appelle les « people », mais aussi toute une humanité avide de savourer son quart d'heure de célébrité, selon Warhol. Il s'empare des anonymes : « Et moi donc, je veux la reconnaissance, moi aussi, je veux ma part de lumière, moi aussi, je veux être dans l'image. » On disait de Bill Clinton, quarante-deuxième président des États-Unis (deux mandats) : « Il voudrait être le marié à chaque mariage et le défunt à chaque enterrement. » Il lui fallait toujours la première place. On peut reconnaître le vertigo de l'ego à la façon dont les gens s'expriment, celui – ou celle – qui commence toutes ses phrases par « moi je ». Mais l'ego vertigineux disparaît face à la vérité de la douleur ou de la mort possible. L'ego a besoin d'une bonne santé. L'ego surdimensionné est une maladie de riches.

Il n'y a aucune surdimension d'aucun ego sur les trottoirs de Manille, dans les bidonvilles de Lagos, aucune place pour le « moijeisme » chez les analphabètes d'Éthiopie, les mères sidéennes et les millions d'enfants sans accès à l'eau potable, les affamés des Appalaches côté ouest de la Coal River Valley, les miséreux de l'Aude ou de Montreuil, les migrants qui escaladent les camions dans le Pas-de-Calais, les sans-papiers du centre d'action de la Seine-Saint-Denis. La lutte pour la vie dispense de toute ivresse égocentrique. Au fond, cette dérive n'est réservée qu'aux bien-nourris, aux nantis, ou alors, et c'est différent, aux créateurs.

Car de même qu'il existe un « bon usage des maladies », on peut sans doute parler d'un « bon usage de l'ego ». Sans ce vertige, la plupart des créateurs (musique, peinture, littérature, cinéma, mode) n'auraient guère surgi de l'anonymat. Le génie accompagne le sur-ego. Picasso en fut l'un des plus puissants exemples. Ce qui fait peur, c'est la surdimension sans génie – cela s'appelle alors la vanité.

Paul Valéry :

> *Paris enferme et combine et consomme ou conserve la plupart des brillants infortunés que leurs destins ont appelés aux professions délirantes. Je nomme ainsi tous ces*

*métiers dont le principal instrument est l'opinion qu'on a de soi-même et dont la matière première est l'opinion que les autres ont de vous.*

Mort en 1945, Paul Valéry – sans pouvoir imaginer ou anticiper l'existence des réseaux sociaux, Facebook ou Twitter, de la télévision et du media-business – avait déjà bien dit les choses : les « professions délirantes ». On peut explorer plusieurs remèdes pour soigner cette maladie :

— L'humilité, comme celle d'Henri Matisse : « On n'a qu'une idée, on naît avec, toute une vie durant on développe son idée fixe, on la fait respirer. On n'a jamais fini. »

— L'œil d'un enfant qui discerne la trace de la démesure dans la démarche de son père : « Tu sais papa, tu n'es pas aussi génial que ça. »

— La vertu et le modèle de l'exemple. N'avoir aucun scrupule à se donner des modèles : l'Histoire en est pleine. Bien savoir qu'on n'atteindra pas leur niveau, mais en faire des balises, des phares, des repères, des bateaux dans la nuit.

— Accorder toute sa place au rire face au comique des gens et des choses. Voir le ridicule dans le faste, dans l'apparat, et savoir en rire, et donc, savoir rire de soi.

— Dès lors, inscrire saint Bernard sur son carnet quotidien :

*Spernere mundum.*
*Spernere ipsum.*
*Spernere neminem.*
*Spernere se sperni.*

Se moquer du monde.
Se moquer de soi.
Ne se moquer de personne.
Se moquer du fait que l'on se moque.

*

Lorsque mon père voulait parler de quelqu'un pour qui il éprouvait estime ou respect, il disait simplement : « C'est un type bien. »

Un « type bien », cela suffisait. Il aimait la sobriété des mots et se plaisait aussi à verser dans le lyrisme d'Edmond Rostand. À la fin des dîners, il se levait, faisait le tour de la table, et nous récitait des extraits de *Cyrano de Bergerac* en marchant. Il aimait, en particulier, la tirade des « Non, merci » :

*[…] se changer en bouffon*
*Dans l'espoir vil de voir, aux lèvres d'un ministre,*
*Naître un sourire, enfin, qui ne soit pas sinistre ?*
*[…]*
*Non, merci ! Calculer, avoir peur, être blême,*
*[…]*
*Non, merci ! non, merci ! non merci ! Mais… chanter,*
*Rêver, rire, passer, être seul, être libre,*
*Avoir l'œil qui regarde bien, la voix qui vibre,*
*[…]*
*Et modeste d'ailleurs, se dire : mon petit,*
*[…]*
*Vis-à-vis de soi-même en garder le mérite,*

*Bref, dédaignant d'être le lierre parasite,*
*Lors même qu'on n'est pas le chêne ou le tilleul,*
*Ne pas monter bien haut, peut-être, mais tout seul !*

Ce qu'il y a d'étrange chez Rostand, c'est qu'à part *Cyrano* il n'a rien écrit de très exaltant : *Chantecler* comme *L'Aiglon* n'ont pas grand-chose à voir avec son seul chef-d'œuvre, sinon des vers de mirliton. Les rimes dans *Cyrano* ne sont pas forcément éblouissantes – mais il y a ce charme, ces situations et ces interventions romanesques, ces inventions, telle la scène où l'homme laid aide l'homme beau et bête à grimper au balcon et lui dicte ce qu'il faut dire à la femme qu'il aime en secret. Cette laideur et cette incongruité physique le distinguent des autres et le transforment à vie (il y a de l'*Elephant Man* en prévision dans *Cyrano*). Il y a la guerre et l'amitié, la spécificité régionale (« Écoutez les Gascons, c'est toute la Gascogne »), l'ironie et l'emphase, la poésie et la mélancolie – et souvent certaines formules sont passées dans la langue française, dans notre culture générale. Les grands écrivains sont les façonniers de notre langage courant. Molière, La Fontaine, Rostand et quelques autres ont accédé à la reconnaissance suprême – celle des auteurs dont plusieurs phrases font partie de notre quotidien, notre conversation, notre héritage :

*« Ah ! non ! c'est un peu court, jeune homme !*
*[…] Je me les sers moi-même, avec assez de verve,*
*Mais je ne permets pas qu'un autre me les serve.*
*[…] Non ! non, c'est bien plus beau lorsque c'est inutile ! »*

Et puis le si beau final :

« Non, non, mon cher amour, je ne vous aimais pas ! »

Quand vous relisez cet aveu ultime et limpide, vous vous dites que Serge Gainsbourg n'a pas eu besoin d'aller chercher loin pour écrire « Je t'aime moi non plus ». Il s'est peut-être inspiré de Rostand, comme beaucoup d'autres, mais il a surtout été un très grand inspirateur. Serge, une de mes plus belles rencontres. Gainsbourg, inégalé.

Paul Valéry :

*Voir clair, c'est voir noir.*

*

Chopin, Verlaine, Schubert, Huysmans : Gainsbourg se nourrissait de tous ces créateurs et inventait à partir de ce qui avait existé. C'est le propre de tout grand artiste. Picasso l'a démontré mieux que personne. L'invention suit l'inspiration et débouche sur le génie.

Entre autres définitions du génie, elles sont multiples, il y a celle de Fitzgerald :

*C'est la capacité de rendre effectif ce que l'on a à l'esprit.*

Quant à Cocteau, il ajoute : « Le génie, c'est 90 % de travail. » Et dix pour cent d'autre chose, ce mystère humain, venu des gènes, peut-être, venu d'une explosion intérieure.

# 25

## *Serge Gainsbourg – portrait*

Le père qui l'initie à la musique classique, une heure par jour – la pratique quotidienne du piano bar pendant des nuits à ses débuts –, l'absorption immédiate de toutes ces influences (le jazz) et cette oreille, ce sens exceptionnel de la musique. Il y a la passion de la peinture, il y a les échecs, il aurait voulu être peintre, et il y a ce qui fait que Boris Vian – son parrain précurseur – va tout de suite reconnaître ce jeune homme, et avertir : « Attention ! Écoutez-le ! »

Avec ce nez quasi cyranien, ces oreilles en chou-fleur, son teint éternellement pâle, presque cadavérique, ces lèvres qui bougeaient de façon étrange, cette « laideur » dont il fit une « beauté », cette voix qui semblait venir des narines, « nasillarde », avec son allure insolite, il exerçait un charme immédiat sur les autres. En jouait-il, le savait-il, est-on jamais conscient de cette force ? En tout cas, il la tournait en dérision et en déraison car sa lucidité était impitoyable, au niveau même de son originalité, de son ambition et de ses exigences. Son inventivité mise au service d'une implacable intransigeance dépassait largement le domaine de la musique. Ainsi, il aura été le précurseur de tout ce que l'on résume sous le terme de « look », de comportement, de mode.

Il a tout montré aux enfants des années 80 qui deviendront les adultes du siècle suivant. Il a écrit les codes des modes du millénaire : les joues mal rasées, cette fausse barbe portée aujourd'hui par tous les jeunes Français, banquiers comme livreurs de sushis, c'est lui. Ces jeans troués et ces baskets, c'est lui, c'est le premier. Il détruit les conventions, il impose la Gainsbourg attitude. La dérision, la provocation, le billet de banque qu'il brûle en direct à la télé, la chanteuse noire américaine à qui il dit : « *I want to fuck you.* » Était-il ivre ? Durant une partie de sa vie, la dernière, on ne pouvait plus déterminer s'il était vraiment, vraiment totalement sobre, il l'avait fait chanter à Dutronc dans « L'Éthylique » :

*Il faut toujours qu'il se cuite,*
*Éternellement en fuite.*

Mais il fuyait quoi ?

Il détourne « La Marseillaise » en reggae, ce qui le confronte avec toute une société, toute une bienpensance, il navigue au milieu de ce surprenant bouillon de culture dans lequel Coluche, Desproges et d'autres renversèrent les tabous. Ce sont les années 70, 80 et le début des années 90, mais avec Serge, cela avait commencé bien plus tôt, dans les sixties, car à lui seul cet homme aura été un miroir du temps qui passe. Il aura été le parrain de toute une culture.

Ont paru d'innombrables livres à son sujet. Je ne connais pas d'autres chanteurs qui ont été gratifiés de tels ouvrages, de véritables encyclopédies. La plus récente, un passionnant volume de plus de mille pages, le *Gainsbook* de Sébastien Merlet, Christophe Geudin, Jérémie Szpirglas et Andy Votel. C'est une somme d'une précision, d'une minutie et d'une justesse confondantes : « Ouvrage unique pour une œuvre musicale culte. » Un autre volume, *L'Intégral et cætera*, dans lequel deux essayistes et spécialistes, Yves-Ferdinand Bouvier et Serge Vincendet, ont rassemblé six cent cinquante textes, toutes ses paroles de 1950 à 1991. Vincendet, dans la préface, saisit et analyse ce qu'il appelle la « dextérité déconcertante » de Gainsbourg. Il dresse la liste des effets employés par l'homme aux quatre-vingts Gitanes par jour, l'autodestructeur habité par la création. Le révolutionnaire du mot et de la langue savait utiliser :

l'antonomase,
l'art de l'ellipse,
l'énumération,
le néologisme,
l'allitération,
l'anaphore,
l'oxymore,
la synonymie,
l'inversion,
l'onomastique,
et cætera.

Autre livre : une biographie signée Gilles Verlant – de la naissance du petit Lucien, en avril 1928, à sa mort, en mars 1991.

Au milieu des années 70, traversant une époque difficile, un vide affectif – dû en partie à la disparition de mon mentor, Jean-Pierre Melville –, je me suis réfugié dans cette amitié née à l'occasion d'une rencontre dans une boîte de nuit, L'Aventure. Serge entretenait toutes sortes de liens avec toutes sortes de gens et je ne fus qu'un de ses nombreux fidèles, mais ce qui nous rapprocha quelque temps fut le partage du cinéma et de la littérature, l'observation du grotesque de nombre de nos contemporains, le goût pour le travail. J'ai rarement fréquenté un être aussi désespéré et néanmoins aussi hanté par le travail, par le faire, l'écrire, le dire, l'accumulation de tâches à accomplir, le refus du banal et de la routine, l'exécration de la paresse. L'alcool avait déjà fait quelques ravages lorsque je l'ai connu. Cela ne freinait pas sa boulimie éclectique, sa poursuite permanente de l'excellence et de la perfection. Sa science de toute musique, jazz, reggae, blues, classique. Il consommait de la Chartreuse verte ou du Get 27 près de sa maison de la rue de Verneuil, au Bistrot de Paris, rue de Lille.

Il m'emmena souvent au bout de la nuit – parfois dans des « bars à putes » près de Pigalle –, non pour consommer mais pour écouter. Il ne « montait » jamais, il faisait parler ces femmes, victimes de leurs maquereaux, il voulait comprendre les bribes de leurs destins. Cela lui permettait de tromper l'insomnie, la finitude des choses. Il y avait eu ça, mais il y avait surtout le travail. Car, malgré l'éthylisme, il travaillait comme un fou, obsédé par la préparation de ce qui serait son premier film comme « metteur ». Nous l'évoquions fréquemment. Fort de l'expérience de mes trois premiers longs-métrages, je pouvais oser lui donner quelques conseils. Il m'appelait « gamin » – nous avions huit ans de différence.

Un jour, vers midi, un coup de fil :

— Gamin, passe me voir, j'ai une proposition à te faire.

Me voici rue de Verneuil, dans le grand salon aux meubles noirs, et la fumée de cigarettes, les couches de nuages blanc-gris pour enrober cette noirceur. Avec Hallyday, c'est un des types que j'ai connus qui aura autant fumé ce qu'il appelait, citant Humphrey Bogart, les « clous de cercueil » – il en est mort, en effet. Serge m'explique qu'il doit faire un album de chansons pour Jane Birkin. Il souhaite que j'écrive les paroles. Je lui dis :

— Tu plaisantes. Tu es le meilleur parolier qui existe, tu n'as pas du tout besoin de moi.

— Si, si, gamin, ça va me faire gagner du temps. J'ai tellement d'autres choses à faire, je te donne les titres, je les ai déjà, tu écris les paroles, on travaillera ensemble, tiens, voilà la liste. On ajoutera quelques standards américains, quelques belles reprises, genre écrites par Cole Porter ou Rodgers and Hart. J'ai prévenu Lerichomme et Sabard, ils feront le travail musical, ultime, mais pour l'instant, gamin, allez, vas-y, on n'a pas beaucoup de temps.

Il donne la sensation d'être pressé. Sans doute la maison de disques de Jane a-t-elle insisté pour sortir un nouveau 33 tours à la rentrée, et Serge, déjà plongé dans la préparation de son premier film, a trop de choses à faire. Il me confie donc cette tâche. Cela m'épate et m'inspire. Je prends connaissance de la liste. Six titres :

« Lolita Go Home »
« Rien pour rien »
« Bébé Song »
« French Graffiti »
« Si ça peut te consoler »
« Just Me And You »

— Ben voilà, tu travailles, faudra essayer de moins sortir le soir, mon p'tit gars. Tant que tu n'auras pas fini, on se verra moins.

*

Richelieu :

*Il faut avancer vers son but comme un rameur, en lui tournant le dos.*

Au bout de quelques semaines de rédaction, stylo à la main, ou aussi, bien souvent, devant ma machine à écrire portative Olivetti, format voyage, j'avais écrit les six textes pour Serge, donc pour Jane. Chacun des titres donnés avait pesé sur le contenu. Un titre, c'est un concept, et si tu as le titre, tu as ce qui suit.

Ainsi de « French Graffiti » :

*Près de la rue de Buci,*
*Dans les toilettes d'un café*
*Où je ne fais que passer*
*Je lis quelques graffitis*
*[...]*
*Des Baudelaire anonymes*
*Trafiquants de cocaïne*

*Ont dessiné leur douleur*
*Une flèche qui perce un cœur.*

Ainsi de « Lolita Go Home » :

*Tous les gens comme il faut se retournent sur moi,*
*Principalement les femmes, je ne sais pas pourquoi*
*Elles reluquent mes chaussures mes chaussettes et ma jupe*
*J'les entends murmurer des drôles de mots comme « pute ».*

Ainsi de « Bébé Song » :

*Je viens te chanter ma bébé song, ma bébé song, ma bébé song*
*Je l'ai inventée une nuit d'été.*

Ainsi de « Rien pour rien » :

*En amour on a rien pour rien*
*Ni mon corps pour tes mains*
*Ni ton sexe pour le mien*
*Ni ma coupe pour tes lèvres*
*Ni ton vice pour ma fièvre*

Ainsi de « Si ça peut te consoler » :

*Tu n'es pas le premier oiseau*
*Qui s'asphyxie dans sa cage*
*Tu n'es pas le premier roman*
*Dont je ne veux plus tourner les pages.*

Ainsi de « Just Me And You » :

*If we could start all over again.*

Il était 18 heures et quelques. Serge, tirant sur sa cigarette, consulta les textes en prenant tout son temps. Il marmonnait de sa voix cassée avec justesse et précision :

— Ben oui, oui, ça va, c'est bien, ça. Ça aussi, c'est pas mal. C'est pas mal. Ça va aller.

Il modifia quelques paroles avec la méticulosité du professionnel aguerri.

C'est alors que s'amorce un de ces moments qui marquent une mémoire. Gainsbourg s'assied à son piano, installe un petit magnétophone sur la surface au-dessus des quatre-vingt-huit touches noires et blanches. Il range le premier feuillet sur le pupitre, pose les doigts sur le clavier et commence à ébaucher quelques notes en fredonnant les paroles sur la musique qui sort de sa tête, de son imaginaire. Peu à peu, il avance, de vers en vers, en inventant la mélodie. Il construit les structures musicales entre chaque refrain, puis revient au couplet. On dirait qu'il a déjà tout cela entièrement en lui et sans doute possède-t-il en réserve des fragments, des cadences, des allers et retours, mais je vois bien aussi – ou plutôt, j'entends bien – qu'il est en train de créer comme ça, sans hésitation, avec cette constante exigence de la note juste en appuyant sur des dièses et des bémols, sur du grave et de l'aigu. Il composait comme d'autres peignent. On veut bien croire que, comme tout compositeur, Serge avait engrangé toutes sortes d'ébauches de mélodies en lui et qu'il ne faisait que les exploiter pour construire les chansons, mais enfin, il y avait aussi ce à quoi j'assistais : le spectacle d'une création spontanée, jaillie d'ailleurs.

Czesław Miłosz :

*Je ne suis que le secrétaire d'une chose invisible,*
*Qui m'est dictée, et à quelques autres avec moi.*

Le temps s'était arrêté. Il semblait que Serge incarnait l'amour du son, une recherche de la couleur musicale, une jouissance de cette recherche. Il prenait des pauses, à peine savait-il que j'étais là. Il recourait régulièrement à un cocktail alcoolisé dont je ne connais toujours pas la formule, car il mélangeait les alcools avec la même poésie explosive qu'il jouait avec les mots. Il appuyait sur la touche « stop » du magnétophone, détachait le feuillet de la chanson désormais faite et allumait un nouveau « clou de cercueil », pour saisir une autre de mes pages, celle de la deuxième chanson, et la déposer sur le pupitre. Il déchiffrait les lignes puis, avec la même attitude penchée du chercheur, frappait sur les touches, ébauchant ce qui allait devenir une nouvelle chanson. Il puisait sans doute aux mêmes sources cachées, mais ce n'était pas le même rythme, pas la même tonalité, pas la même géométrie. Sauf que c'était toujours du Gainsbourg. Quel que fût le texte, c'était sa musique, son empreinte, ce qui fait que l'on reconnaît dès les premières notes : c'est du Gainsbourg.

Ces choses-là paraissent simples et évidentes puisqu'on ne sent jamais le labeur, la monstrueuse méthodologie, on ne reçoit qu'une sensation de plaisir, de mélancolie, ou de joie. Tout est limpide, tout roule. Il va faire ça toute la nuit, chanson après chanson, cigarette sur cigarette, parfois une pause pour un café, parfois une pause pour un verre, parfois pour aller aux toilettes, puis il revient s'asseoir. Il y aura ensuite le spectacle de son travail en studio, avec les musiciens, les techniciens, toute une profession qui s'inclinait devant son savoir, son invention, sa rigueur maniaque. Nuits et jours instructifs et exceptionnels.

Pierre Bonnard :

*L'œuvre d'art : un arrêt du temps.*

*

Serge m'a ébloui par la diversité de ses talents, sa maîtrise des mots et des formules, la destruction et la reconstruction de la langue, son inépuisable énergie, sa capacité à « faire », tout le temps, son mépris des lois, conventions et barrières sociales, son incroyable verve, sa musique universellement reconnue (il est joué et chanté partout), son goût de la provocation érigé en art, son narquoinisme, son aquabonisme, sa présence écrasante au-dessus de ce que Paris a compté d'artistes, et comment tous l'aimaient et le respectaient car il était à la fois habile et généreux. Il distribuait son argent en un geste spontané, inattendu, fréquent.

Je le revois en partance pour le tournage de son premier film. Cela se passe à la gare de Lyon. Les gens le reconnaissent. Ce sont des jeunes de tous bords et de toutes origines, nous sommes en plein hiver 1975. Ils s'attroupent, Gainsbourg est leur légende vivante, leur modèle, leur star. Il leur a transmis une manière de s'habiller, de se comporter, une allergie au conformisme, un exemple de persévérance dans le travail – et même s'ils n'en feront rien, même s'ils ne retiendront que les quatre-vingts Gitanes par jour et les litres d'alcool, même s'ils ne parviendront pas à suivre le Rimbaud qu'il leur propose d'être, il rigole avec eux, il les laisse le toucher, le tâter comme on caresse une statue, puis il s'en va. Et je ressens une sorte de tristesse en le voyant s'éloigner, tandis que le haut-parleur annonce le départ du train. Je conserve l'image de cet ami avec qui j'ai vécu une expérience de complicité, d'apprentissage. Ses aphorismes, ses gambades, sa solitude et son obsession de faire plus et mieux et de tisser entièrement une toile.

Son appétit pour le cinéma. Il mettra en scène quatre films, le premier produit par le même homme avec lequel j'en ai fait trois, Jacques-Éric Strauss. Serge, Sergio, était humble face à ce nouveau défi. Quelques semaines avant son premier jour de tournage (son premier « moteur », son premier « action » prononcé de sa belle voix fracturée et rocailleuse), je lui livrai quelques-uns des principes de tournage transmis par Melville. Je lui devais bien ça, je lui devais la violence de ses pensées, la tendresse jamais dite, l'habileté et la discipline ahurissantes, je lui devais des leçons de travail, il m'avait aidé à traverser un passage pénible dans ma propre vie. Je lui devais ces longues heures, rue de Verneuil, au cours desquelles je l'avais vu inventer des chansons.

Gainsbourg vit au-delà des décennies – il a aisément franchi les barrières du siècle. Mort un 2 mars 1991, vers 15 h 30, son œuvre survit à tout. La portée de ses gestes (publics, politiques ou provocateurs) n'a plus tout à fait la même importance car, aussi spectaculaires et iconoclastes furent-ils, ils ont partiellement disparu des mémoires. Il reste l'essentiel, ce qui se chante et ne prend aucune ride. Tout vieillit lorsqu'il s'agit d'un auteur mineur. Tout dure lorsqu'il s'agit d'un vrai créateur. Tout prend même une autre dimension, supérieure. Ce sont ses *Fleurs du Mal.*

Il est écrit qu'il ne faut pas galvauder le terme de « génie ». Avec Serge, on peut y aller sans hésiter. Il n'avait pas pu être le peintre dont il rêvait, ni tout à fait le cinéaste qu'il envisageait, mais il était devenu un artiste du verbe et de la musique, un éclectique insatisfait, un chasseur solitaire et désespéré à la permanente poursuite de la beauté, hanté par le questionnement, irremplaçable, indémodable, inimitable.

Et puis, il avait une peau très douce.

Nietzsche :

*Il faut avoir du chaos en soi*
*Pour accoucher d'une étoile qui danse.*

## 26

## *L'éphémère splendeur d'un vol d'oies sauvages*

J'emporterai,

Le bleu de la ville la nuit ; l'insatisfaction des Rolling Stones ; le culte japonais de la beauté ; une tranche de pain de mie carbonisée ; les frères rugbymen (les Prat, Camberabero, Boniface, Carabignac, Sorondo – le rugby était une affaire de frères) ; de Gaulle descend les Champs-Élysées (« la mer ! ») et dit à Bidault : « *On fume pas* » ; Michael Jackson invente une autre manière de bouger son corps ; le dernier concert de Brel, il revient en peignoir pour saluer les gens qui refusent de le voir partir (« Faut aller voir », disait-il – et il est allé voir ailleurs, en effet, « gémir n'est plus de mise aux Marquises ») ; la rosée du matin sur les prairies vertes du pays d'Auge ; la première dent qui tombe, on attend la petite souris ; l'*Inachevée* de Schubert ; ceux qui ont eu raison avec Aron et Camus, ceux qui ont eu tort avec Sartre ; le vieil homme qui contemple la nature au son d'une symphonie à la fin de *Soleil vert* ; le suicide de Stefan Zweig ; les plages de Normandie et toutes les croix blanches du cimetière américain de Colleville-sur-Mer ; l'odeur d'orange pourrie au-dessus des pavés du boulevard Saint-Michel en Mai 68 ; le retour des déportés dans les salons du Lutetia ; la boue rouge qui déferle vers les habitations ; l'interminable injustice ; l'éphémère splendeur d'un vol d'oies sauvages au-dessus des étangs ; toutes les larmes versées, tous les remords, tous les rires ; Soljenitsyne face aux imposteurs de la pensée ; Dino Martino et sa voix de crooner italo-américain ; Aimé Jacquet qui dit à Pirès de muscler son jeu ; la fidélité de Jérôme qui vient « faire ma sortie » des services psychiatriques de la Salpêtrière ; Fernand Raynaud qui raconte « Y a comme un défaut » ; la très ancienne bibliothèque de Saint-Gall au fronton de laquelle est écrit « La Pharmacie des Âmes » ; le choc à la première vision de *Quai des Orfèvres* de Clouzot ; prendre un enfant par la main ; Nagui et ses dons multiples ; les gens qui allaient en masse regarder partir les catamarans géants avec, dans leur tête, le souvenir du pionnier, Tabarly ; l'analyste qui dit : « L'intelligent est celui qui cède » ; les étendues de lavande et les champs de colza ; les couleurs du monde.

## 27

## *« Cher pays de mon enfance »*

Il y a deux Sud-Ouest dans ma géographie intime, ma « saison mentale ».

Celui de l'enfance, du Tarn-et-Garonne et de la Dordogne, du Gers et du Lot, des belles étendues plates de l'Aveyron, surfaces d'eaux vert-bleu, avec des galets gris ; le calcaire blanc des basses Causses ; les allées Malacan à Montauban ; les têtards dans les eaux du Tescou ; les cyprès et les vallons dans la lumière de la petite Toscane, avec Vazerac et Castelnau-Montratier, Cazes-Mondenard, Nègrepelisse, Montpezat, des noms qui sonnent comme des notes de musique, et puis la maison des Granié à Canhac, avec celle de Jacques, celle du Pech. Le Pech, cela veut dire « promontoire ». Ce sont les notes de musique d'années disparues mais c'est un étonnement répété quand j'y reviens, car rien n'a tout à fait disparu.

C'est le terrain, le territoire, le terreau de l'enfance, le retour au pays, c'est un sentiment général pour une grande partie des Français. On s'y sent différent. Il n'est pas rare que l'accent revienne quand on parle.

À Canhac, il y a toujours le chêne vieux de quatre cent

cinquante ans, dont les racines descendent jusqu'au petit étang le long duquel, entre deux roseaux, nous pêchions le goujon. Et puis, là-haut, le Pech. C'est là qu'on construisait des cabanes, on posait des lacets pour attraper les lièvres, on s'asseyait pour écouter et regarder. C'est un paysage doux et tendre, avec des peupliers le long d'un pré de luzerne, les ajoncs, un geai vole, un faucon traverse le ciel, des tourterelles sont aussi passées par là. Jacques et Françoise nous ont préparé un repas, solide, un repas du pays. Le repas, autre critère universel français, le moment où, en Auvergne, en Bretagne, en Lorraine, en Franche-Comté, dans le Pays basque, en Picardie, dans n'importe quelle région de cet Hexagone à l'inépuisable richesse, l'on se retrouve autour de la table. « À table ! »

*

On commence par une soupe à l'oseille : trois pommes de terre, un oignon entier, trois carottes, trois poignées d'oseille équeutée, le tout dans une casserole d'eau qu'on laisse sur le feu pendant une heure, on sale et on poivre, avec une pointe de crème, et on pourra ajouter des croûtons frottés à l'ail. Il y aura, ensuite, une platée de cocos, les gros haricots blancs du jardin, un gigot d'agneau venu de la ferme La Cassagne (à un kilomètre). Suivra une enfilade de fromages de chèvre d'un fermier de Lauzerte.

On finira par un pastis, un gâteau préparé par une voisine de l'autre côté du vallon, Marinette, qui ne livre jamais sa recette. Le vin était un cahors 2005. Le café a été suivi d'un pousse-café, une eau-de-vie de prune, la grappa locale. Une sensation de bien-être vous gagne. Reviennent alors, pour chacune et chacun, des éparpillements de souvenirs d'enfance, avant de « monter » à la ville. Avant que la ville s'acharne à vous faire oublier les instincts de l'innocence.

Le goût des cigarettes confectionnées avec les feuilles d'épis de maïs, la soupe au poulet et aux vermicelles que l'on terminait en faisant chabrot, les vendanges, pieds nus dans les cuves pleines de raisins qu'on aimait piétiner, les plaines et les coteaux, les contreforts et les pentes souples. Il monte du pays natal une musique silencieuse, ça s'appelle l'harmonie. L'essayiste britannique Cyril Connolly parlait de cette région comme du « carré magique » du Sud-Ouest, entre Dordogne et Quercy, entre Agenais et Gers, entre Toulouse la Rouge et Bergerac, entre les jardins d'Eyrignac et les grottes de Lascaux.

Le lendemain, j'ai retrouvé un autre endroit aimé, sur les hauteurs de Corbarieu, au-dessus de la vallée du Tescou. On va marcher dans les vignes entre les rangées de chasselas, et Gérard en cueillera suffisamment pour les mettre au fouloir, en manipulant la manivelle du pressoir pour en extraire un bon jus de raisin. Gérard Pench est le fils d'Albert et Maria, anciens métayers d'une des deux fermes de mon père. Ils accueillaient les juifs d'abord hébergés dans notre maison. Une fois là-haut, au Barbier (ainsi s'appelait la ferme), certains d'entre eux restèrent longtemps. En principe, après la ferme, ils devaient repartir vers les Pyrénées, puis l'Espagne. Mais Maurice et ses sœurs y passèrent trois ans, évitant les rafles nocturnes en se cachant dans les champs de maïs. Maurice que je découvrirai cinquante ans plus tard au cours d'une cérémonie parisienne et qui me chuchotera à l'oreille : « Ton père nous a sauvés. » J'associerai toujours le pays natal à la Résistance et aux Justes, étrange mélange de douceur de vivre et de danger permanent. Aussi, les quatre lignes de Trenet ont-elles un sens double :

*Douce France,*
*Cher pays de mon enfance,*
*Bercé de tendre insouciance,*
*Je t'ai gardé dans mon cœur.*

Alors oui, peut-être y avait-il de la tendresse, mais pas tellement d'insouciance. Vous risquiez toujours de voir débarquer, dans leur Citroën noire, les hommes vêtus de noir, chapeaux et imperméables de cuir, les salauds. Vous pouviez croiser, le matin, l'officier allemand qui avait réquisitionné le premier étage de la maison. Il partait dans son command-car pour descendre en ville, vers son quartier général. Et vous pouviez vous interroger : qu'était devenu celui qu'on appelait Monsieur Germain ? Mon père se préparait à l'exfiltrer, mais Monsieur Germain avait voulu faire un petit tour à vélo dans le chemin de Beausoleil. On l'avait interpellé, on lui avait demandé ses papiers d'identité, il n'en possédait aucun. C'était un soir, vers 5 heures, le soleil tapait encore fort au-dessus du chemin. Mon père enquêta pour connaître le lieu où il fut envoyé, dans quel camp, car les camps existaient aussi dans le Sud-ouest, comme partout en France, gérés par des Français, devenus des étapes avant que leurs prisonniers montent dans des trains vers l'Allemagne, vers l'horreur. Elle n'était pas si « douce » que cela, la France.

## 28

## *« Je voudrais que la rose fût encore au rosier »*

Benjamin Constant :

> *Les circonstances sont bien peu de chose, le caractère est tout ; c'est en vain qu'on brise avec les objets et les êtres extérieurs ; on ne saurait briser avec soi-même.*
>
> *On change de situation, mais on transporte dans chacune le tourment dont on espérait se délivrer, et comme on ne se corrige pas en se déplaçant, l'on se trouve seulement avoir ajouté des remords aux regrets et des fautes aux souffrances.*

Parfois, d'une ancienne comptine apparemment simplissime surgissent quelques mots qui disent tout sur le passage du temps, cette « seule tragédie » dont parlait Simone Weil. Ainsi, cette phrase : « Je voudrais que la rose fût encore au rosier. »

Il s'agit d'un vers de la chanson « La Claire Fontaine ». Que dit-elle d'autre, sinon que nous aimerions que le temps s'arrête, que l'on revienne en arrière, qu'on nous laisse une nouvelle chance, que les heures se figent. C'est bien écrit, limpide comme l'eau d'une fontaine, comme le verbe de La Fontaine. C'est une formule qui ouvre le champ des « souvenirs et des regrets aussi ». L'auteur de cette chanson, composée au XVe ou XVIe siècle, aurait été « jongleur de rue » au Canada, au Québec, en Nouvelle-France. Soldats et explorateurs s'en étaient emparés et en firent un chant et un trésor national lors des insurrections de 1837-1838. On y a cherché toutes sortes d'allusions, des sens cachés, parfois même sexuels. Pourquoi pas ? Entre autres choses, j'aime savoir que les « coureurs des bois » la chantaient aussi. À la question posée à l'enfant que je fus – autant qu'à l'adulte que je crois être devenu : « Qu'aurais-tu voulu être dans une autre vie ? », j'ai toujours répondu « coureur des bois » – « wood runner » –, ces hommes qui s'aventuraient sur un continent inconnu et vierge, courant vers l'ouest, souvent vers le nord-ouest. Ils étaient confrontés à la Nature dans son état le plus inentamé, aux conifères et aux torrents, aux ours et aux coyotes, aux pélicans et aux castors. Leur mission n'était pas la même que celle des trappeurs, à la recherche de fourrures. Ceux-ci abordaient les Nez-Percés et les Chushan, les Indiens, pour échanger des peaux de bêtes contre des accessoires inutiles. Tout cela se passait avant qu'on les massacre. C'était le règne de la sauvagerie et de la violence, même si l'extermination de la population n'était pas encore programmée. Les « coureurs des bois », aux yeux de l'enfant, représentaient l'aventure, la liberté, la découverte. Ils annonçaient l'Amérique.

## 29

*Ah ! L'Amérique !*

Francis Scott Fitzgerald :

*La France était une terre, l'Angleterre était un peuple, l'Amérique était difficile à définir. C'était une volonté du cœur.*

Lu dans les WC du camp de Marines de Da Nang au Vietnam :

*Prière de laisser cet endroit aussi dégueulasse que vous l'avez trouvé.*

*

À la veille de la désastreuse invasion de l'Irak par le désastreux quarante-troisième président des États-Unis, George W. Bush Jr, j'interroge un familier de la Maison-Blanche :

— Qu'est-ce que vous ferez une fois que vous aurez pris Bagdad ?

Il répond :

— Vous nous connaissez, *we try, we fail, we fix.* Nous essayons, nous échouons, nous réparons. Ils essayèrent, ils échouèrent, ils n'ont pas réparé.

*

Winston Churchill :

> *On peut toujours compter sur l'Amérique pour faire les choses correctement après avoir épuisé toutes les alternatives.*

Aujourd'hui, on est en droit de remettre cette jolie définition en question : peut-on encore vraiment compter sur les Américains ?

*

Le désir d'Amérique n'est pas seulement né de mes premières lectures et de ma vision des coureurs des bois. Pas seulement de Jack London, James Fenimore Cooper, James Oliver Curwood. J'appartiens à cette génération qui va découvrir les Américains : des corps et des visages, des accents et des comportements singuliers, différents, à l'occasion du tournant majeur de la libération de l'Europe et de la France. Avec une littérature, une musique, des images qui avaient été interdites, occultées. *Comme un torrent* (beau titre d'un roman de James Jones, autre écrivain oublié), ils défilèrent, porteurs de ce que beaucoup plus tard on identifiera comme le « *soft power* » – le pouvoir doux, pas si doux que cela, du cinéma et du commerce. Des produits inconnus. Ce désir d'Amérique a pu venir aussi de la découverte, dans les sous-bois de Beausoleil, d'un papier de chewing-gum marqué Wrigley's, aux couleurs différentes. D'où pouvait-il venir ? D'un parachutage de vivres ? Des poches d'un maquisard français qui aurait eu accès à ce petit rectangle de pâte au goût étrange ? L'exotisme était tout entier. L'exotisme, ce fut cela, l'Amérique, ce furent « mes Indes » à moi. La curiosité : les « prairies » des romans de Cooper et Curwood se déroulaient dans mes rêves. Je me demandais à quoi ressemblaient véritablement ces espaces : aurais-je un jour la chance de les parcourir ? Il fallut forcer la chance. Elle fut au rendez-vous.

*

Un matin de brume sur le *Queen Mary*. Ça y est, on arrive. Gratte-ciel et voitures au loin comme un ruban qui défile, choc de la première vision du port de New York avec une sensation de crainte et d'espoir, de peur et d'exaltation, l'inconnu est en face de vous. Cet inconnu va devenir mon quotidien émerveillé, avec toutes les possibilités offertes. Ce sera l'épreuve majeure, celle de la Route. *The Road*, la vérité du pays, quand l'espace est ouvert, la poussière dans les yeux, la proximité des cactus, le rideau lointain des montagnes et des monuments naturels, les boules de broussailles soulevées par le vent qui traversent le bitume de la US 66. Tous les moments de la route : une tornade dans le Kansas, la nuit tombée, je me réfugie dans un fossé sous un petit pont, l'apprentissage de la musique country dans la cabine d'un Mack Trucks, guitare, violon, banjo, mélopée et accents, une cadence, un rythme, des thèmes qui reviennent, divorce, deuils, prison, amour, tout ce que ces chansons charriaient dans la nuit, alors qu'on longeait les voies de chemin de fer et que le hululement de la locomotive dominait un instant les paroles écrites par Merle Travis ou chantées par Tennessee Ernie Ford : « Sixteen Tons », la complainte du mineur de charbon.

*Tu soulèves 16 tonnes et qu'est-ce que tu reçois ?*
*Un jour de plus et plus de dettes,*
*Saint Pierre ne m'appelle pas, je ne peux pas venir,*
*Je dois mon âme au patron de la compagnie.*

Il y avait Hank Williams, mais j'aimais surtout Lefty Frizzell, avec son timbre sec, ses chants transmis sur le ton d'une confession. Viendront plus tard Merle Haggard, Willie Nelson, Garth Brooks. Ils me rappeleront toutes ces nuits d'auto-stop en Virginie-Occidentale ou dans l'Oklahoma, aux confins du Mississippi, ou dans les vallées vertes du Kentucky – ce pays immense à découvrir. Rien ne remplace une jeunesse passée sur les routes, la nuit, à l'étranger.

*

Comprendre. Comment comprendre ce pays, comment le juger ?

L'Amérique est un pays d'ingénieurs, d'inventeurs, de créateurs. Ils ont fait le monde moderne. L'Amérique est aussi un pays d'incultes, de racistes, de butés, armes d'assaut semi-automatiques à la main, bières dans le ventre et vote inconditionnel pour les fabricants de guerres inutiles et ingagnables. Ils ont imposé leur « doux pouvoir », importateurs d'images, de musique, d'accessoires qui ont inondé la terre entière, et d'idéologies. Ceux qui dénigrent cette civilisation et ce pays portent des sweats marqués US ou Wisconsin State. L'Amérique, c'est le pays capable de l'organisation la plus méticuleuse de l'histoire militaire – le 6 juin 1944, le Débarquement, le « jour le plus long » – mais qui, un demi-siècle plus tard, sabotera l'équilibre du monde par ses mensonges sur l'Irak et les « armes de destruction massive », et donc les trahisons impardonnables et les erreurs inacceptables (crise du corona) ont détruit l'image du « pays leader » d'un président inacceptable. Alors, est-ce toujours l'Amérique ? Ou plutôt, je dois poser autrement la question : « Mon Amérique n'est-elle plus ce qu'elle était ? »

Changeante mais aussi immuable. Prédominance de l'argent. Le mot dollar dans chaque conversation. Deuxième chance donnée à ceux qui échouent mais rebondissent. Liberté d'expression – même s'il a fallu vaincre les méfaits du maccarthysme et même s'il faudra vaincre le trumpisme. Et aussi les nouveaux avatars dans les campus : la dictature de la bien-pensance, le nouveau totalitarisme des minorités actives, à quoi se soumettent, apeurés, certains responsables d'université.

Destins fracassés (les Kennedy, Martin Luther King, les assassins et les mystères autour de ces morts). Le culte du moi. La richesse des écrivains, romanciers majeurs, Mark Twain en tête, puis Dos Passos, Steinbeck, en passant par Faulkner, Fitzgerald, Hemingway, Mailer, Harrison, Carver, Morrison, Salinger, William Styron, tous les autres. Comment la première phrase du premier chapitre de *L'Adieu aux armes* aura servi de modèle à des générations d'écrivains, en particulier Joan Didion. Et comment ils ont récupéré Balzac, Zola et Maupassant pour faire naître Chandler, Hammett, McCoy, Cain, Thompson et James Ellroy. Des titres-concepts, qui annoncent ce que vous allez lire – une histoire –, qui promettent des récits construits et sanglants.

*J'aurais dû rester chez nous*
*On achève bien les chevaux*
*Le facteur sonne toujours deux fois*
*Adieu la vie, adieu l'amour...*

Les faux sourires, l'authentique hospitalité. Il fut un temps où l'on disait « *Hi, stranger* » – « Salut, l'étranger » – et ça sonnait bien. Ce temps est-il révolu ? L'hospitalité américaine, je l'ai connue, j'en ai bénéficié, j'ai été reçu, aidé, aimé par des inconnus. En deux ans de solitude sur mon campus, la famille Riegel m'a accueilli. On m'a invité pour passer Noël dans des foyers chaleureux. Tant de mains généreuses qui se tendaient vers un *stranger*, démuni et frêle.

J'ai aimé le Colorado, au pied des pins ponderosas, des douglas et des Blue Spruce, ces arbres qu'il fallait d'abord apprendre à connaître. Ensuite viendraient les fleurs : la nymphe des bois, la fleur de singe, le Lily des Rocheuses, la phacélie soyeuse, comme une poussière d'argent sur un violet sombre et profond. La poésie et la sauvagerie de la nature – et comment Mack, le contremaître du West Beaver Camp, m'avait appris à l'aborder :

— Tu ne comprends bien les animaux et les choses que si tu restes immobile.

L'Amérique avec ses constants paradoxes : tant de beauté et de richesses, tant d'innovations et de progrès, tant d'intégrations réussies face à tant de ghettos, d'injustices, de pauvreté, de famine. La lèpre des drogues, des flics blancs qui tirent sur des innocents noirs à Detroit, la laideur de villes construites en carré et en losange, tellement ennuyeuses. La vulgarité et la sophistication. Le show-biz et le people-biz, et les têtes bien faites de petits prodiges qui inventèrent les outils du monde moderne dans des garages.

Paul Valéry :

> *Le degré avancé d'une civilisation se mesure aux contradictions qu'elle comporte.*

Les motards suspects dans la seule petite rue de Norwood ; les leçons du doyen de l'université surnommé le Renard Gris ; le velours dans la voix d'Elvis et la justesse du timbre de Sinatra ; la parfaite filmographie de John Ford ou de Stanley Kubrick (aucun film raté) ; un éphèbe bisexuel et écervelé nommé Jimmy Dean ; une femme qui osa dire non et décida de s'asseoir là où les Noirs n'avaient pas le droit de le faire, Rosa Parks, l'héroïne par excellence. Les tours de Manhattan qui s'effondrent, transpercées par deux avions pilotés par des terroristes suicidaires financés par l'argent saoudien. (Une agente locale du FBI, deux mois auparavant, avait prévenu le bureau central : « Ici, c'est étrange, il y a des étudiants musulmans qui apprennent à piloter, mais surtout à décoller, et pas à atterrir. » Des imbéciles ineptes, des fonctionnaires obtus, avaient rangé ce bulletin alarmant dans un tiroir.) Et comment, dès lors, cette nation, cette civilisation, violée, littéralement violée – on n'avait plus jamais attaqué le pays depuis Pearl Harbor –, réagirait en catastrophe (les années Bush) autant qu'en surmontant l'épreuve – et en se reconstruisant. En se relevant, forte de sa capacité de résistance et de son appétit de construire, de balayer tous les doutes. Pays d'architectes, d'ingénieurs, d'inventeurs et de constructeurs, certes, mais aussi de destructeurs. Pays de poètes et de voyous de la haute finance, pays encore sauvage malgré la sophistication, nation née dans la destruction d'une autre nation et d'un peuple – les Indiens –, une population dévouée au port d'arme pour chaque citoyen.

Le deuxième amendement :

> *Une milice bien organisée, étant nécessaire à la sécurité d'un État libre, il ne pourra être porté atteinte au droit du peuple de détenir et de porter des armes.*

Alors, les crimes partout, les armes partout, entre les mains d'enfants, d'étudiants malheureux, d'hystériques ou de malades mentaux, de lycéens en quête de reconnaissance ou de vengeance, de frustrés de la société, alors les fusillades de masse quasi hebdomadaires, et l'inertie et le déni des dirigeants, malgré l'espoir qu'une nouvelle génération puisse obtenir un changement profond, mais je n'y crois pas. Le deuxième amendement ne sera jamais modifié, jamais.

L'Amérique aura été un apprentissage : l'action n'est pas incompatible avec la réflexion. L'expérience de « mes premières fois » – premier amour illicite, premières trahisons et premiers succès. Et une première découverte : pouvoir affronter les dangers et l'imprévisible. Le parfum du Sud ; la verte vallée de Shenandoah ; les stations d'autobus Greyhound, et plus tard, les salles de rédaction de New York et de Washington ; le rock n'roll dont on comprenait à peine à l'époque qu'il allait devenir une culture ; Janis Joplin et Kris Kristofferson, Glen Campbell et son « Wichita Lineman » ; l'élitisme des grands bourgeois de la côte Est ; la générosité de deux familles juives qui m'accueillirent en hommage aux Justes qui les avaient protégés de l'occupant nazi ; la splendeur des cieux du Montana ; la vigueur (il prononçait vigah) de ce jeune premier fracassé à Dallas ; ce JFK sympathique et démystifié et, cependant, devenu légende ; les amitiés de certains écrivains.

La société du spectacle à son apex (Melville disait : « Tous les matins, les Américains se lèvent en se demandant à qui ils vont jouer la comédie »), la permanence de la violence, du sang, de l'argent, de l'iniquité sociale, la non moins permanente liberté de créer, d'innover, une lutte entre le déclin et le progrès, entre le repli nationaliste et la mission de gendarme, d'arbitre, de phare du monde, les obèses, les maladies de l'excès, les ravages de toutes les drogues comme si les Américains voulaient échapper au vide de leur vie, au « désespoir tranquille » de leurs mensonges. Avec cette mortalité inquiétante au sein des populations des États du centre, due aux overdoses, aux addictions multiples (les opioïdes), aux suicides en série. Dangereuse Amérique où les pauvres sont trop gros, les femmes de la 77e Rue trop souples et trop suaves. Fragile Amérique, soudain, face à la pandémie.

Le cri des sirènes de police et de pompiers à Chicago ou Miami, le silence d'un village vert dans le Vermont, l'électricité qui vous traverse en débarquant dans la « grosse pomme », Gotham, New York. La rencontre avec le génie de la boxe, Mohamed Ali, à la veille de son combat contre Frazier au Madison Square Garden. Après la séance de la pesée, j'ose lui toucher l'avant-bras. Il sursaute : « *Don't touch my energy.* » Un artiste autant qu'un boxeur, un fou du verbe, insolent et courageux, Ali « the greatest ». Et puis, cette obsession de l'accès à un statut supérieur, qui débouche sur une grande comédie, sur le grand marché humain, le démesuré, le grotesque. Un homme a su écrire sur tout cela : Tom Wolfe.

## 30

## *Tom Wolfe – portrait*

Tom Wolfe :

> *Ça ne me gênerait pas que l'on dise de moi : il essaye d'exprimer le chaos de la vie et de la société, en apportant une qualité documentaire, avec l'espoir de créer un effet tel que le lecteur en sera stupéfait.*

Il les a tous stupéfiés.

Il suffit de lire ou relire un ou deux de ses chefs-d'œuvre, *Le Bûcher des vanités* et *Un homme, un vrai*, réunis dans la collection « Bouquins » avec une brillante préface signée Nicolas Idier, jeune écrivain français qui eut la chance, grâce à son père, de rencontrer Tom alors qu'il n'avait que dix ans. Son analyse du contenu social des romans de Wolfe est ce que l'on a récemment fait de mieux. En vérité, on a eu tendance à minimiser l'œuvre de Tom par rapport à celle de Philip Roth. On s'est trop arrêté sur son dandysme, on s'est trop préoccupé de son costume blanc. Des fadaises. Wolfe est une sorte de Zola et une sorte de Balzac, de même ambition, mais à l'américaine.

*

Nous sommes à peu près trois cents, le 17 septembre 2018, dans la salle Celeste Bartos Forum, au rez-de-chaussée de la New York Public Library – 5e Avenue et 42e Rue. Sheila Wolfe et sa famille ont organisé un hommage à Tom, mort en mai, à quatre-vingt-huit ans. Elle avait souhaité observer un délai suffisant pour que les choses se fassent comme il l'eût aimé : avec classe et élégance. La salle est tout en blanc : sièges recouverts de draps blancs, bouquets volumineux de roses blanches, de magnolias. Vont se succéder sur la scène sa fille Alexandra et son fils Thomas, puis deux hommes qui le secondèrent comme « fixeurs », guides et ouvreurs de portes lors de ses enquêtes pour l'achèvement de ses romans. L'un d'origine chinoise, Kailey Wong, raconte comment il initia Tom aux mouvements de protestation de la jeunesse californienne – « Je connaissais chaque ruelle, chaque restau en son sous-sol, chaque échoppe de textiles tissés par une main-d'œuvre sous-payée, chaque boutique clandestine de vente d'herbe » –, et Tom absorbait tout cela, ne cessant de prendre des notes. « Je le fis pénétrer dans Chinatown en lui attribuant un surnom, Chai-Lang, ce qui veut dire loup en chinois cantonais. » Le second « fixeur » s'appelle Edward W. Hayes. Élevé, raconte-t-il, dans un environnement new-yorkais de violence, exclusivement dominé par les Irlandais et les Italiens, de l'alcoolisme partout, il devient avocat chargé d'affaires criminelles et va aider Wolfe à pénétrer le monde judiciaire et policier de New York, à comprendre les arcanes du crime organisé, l'univers des flics, des mafieux, des riches qui se retrouvent en prison après avoir été les « maîtres de l'univers ». L'apport d'Eddie au *Bûcher des vanités* a souvent été salué par Tom. Dans la grande salle de la New York Public Library, les trois cents amis, relations, confrères, journalistes du *Washington Post*, du *New York Times*, l'ex-maire Bloomberg, le grand écrivain Gay Talese (d'une certaine manière, un frère de Wolfe en matière de « nouveau journalisme ») sont aussi fascinés par le témoignage suivant, celui d'un psychiatre et neurologue, Paul R. McHugh, grâce à qui Tom avait pu étancher sa soif de connaissance sur les neurosciences.

McLuhan :

> *Nous fabriquons nos outils et ensuite, ce sont eux qui nous déterminent.*

Dans *I am Charlotte Simmons*, roman dévastateur sur la *hookup culture* – la culture du sexe facile, constant et immédiat dans la jeunesse américaine –, Tom aura utilisé toutes les données que lui fournissait McHugh, réussissant, à l'aide de séquences et d'événements spectaculaires, à dire aux Américains : « Vos enfants sont le produit d'un nihilisme ambiant. »

La soirée va connaître un moment passionnant lorsque Jann Wenner, patron du magazine *Rolling Stone*, raconte comment Tom écrivit *Le Bûcher* sous forme de feuilleton – seule façon pour Wenner d'obliger Tom à avancer dans son écriture. Il fallait paraître chaque semaine : « Si tu ne me fournis pas le nombre de feuillets nécessaire, j'imprimerai des pages en blanc. » Il continue : « Imaginez ce que signifiait pour moi et mes jeunes journalistes de voir Tom, habillé au mieux comme toujours, assis face à sa machine à écrire, une Underwood 1966, tapant la dernière livraison de la semaine. »

Vient ensuite le patron du marketing de Farrar, Straus and Giroux, la maison d'édition qui publia tous ses livres, Jeff Leroy. Il évoque précisément la sortie d'*Un homme, un vrai*, imprimé à un million d'exemplaires. Il avait eu droit à la couverture du magazine *Time* et à un lancement spectaculaire à Atlanta, la capitale du Sud où se déroule une partie de ce que beaucoup considèrent comme son livre le plus abouti. Tom était attendu à la sortie de l'avion comme une star de rock. Une séance de dédicaces durera quatre heures, trois mille exemplaires vendus en une demi-journée. Les notables et les puissants, tous réunis au Piedmont Driving Club – l'établissement le plus souvent satirisé par Tom dans son livre –, viennent pourtant s'incliner devant l'homme qui les a cruellement caricaturés. Ça ne fait rien, ils sont là, toute une ville, toute une culture, celle du Sud, qui célèbre non pas un homme politique, non pas une star du sport ou du cinéma, mais un écrivain. « Tout ça pour un roman de 742 pages ! » Un roman ! Seul Wolfe pouvait réussir un tel exploit. Il n'est pas surprenant qu'il ait déclenché de tels orages de jalousie et de dédain de la part de ses pairs, les Updike, les Norman Mailer – cet establishment littéraire new-yorkais qu'il avait démasqué et qui ne le lui pardonna jamais. Car Tom était un rebelle.

À la suite de ces discours (l'ultime prononcé par Christopher Buckley), la scène est occupée par un sextuor, piano, violons, violoncelle, basse, percussions, flûte traversière – qui va jouer de l'Astor Piazzolla. Tom et Sheila étaient tombés amoureux de cette musique au cours d'un voyage en Argentine. Comme Wolfe ne faisait rien à moitié, ils avaient pris des leçons de tango pour satisfaire cette nouvelle manie.

*

J'ai aimé Tom dès notre première rencontre à Paris. Ce fut un coup de foudre d'amitié, comme il y a des coups de foudre d'amour. L'amitié, comme dit Sylvain Fort dans le livre de Marie-Laure Delorme, *Parce que c'était lui, parce que c'était moi* (Grasset), « c'est une affinité qui résiste au temps ». Pour Melville : « L'amitié, c'est quand un ami appelle un autre ami à minuit et dit : "J'ai un problème, viens", et que l'ami demande "J'emporte mon flingue ?". » Avoir été étudiant dans la même université que lui, en Virginie, comprendre d'où il venait, ses racines, ses influences, et quelles étaient, désormais, ses leçons d'écriture et de journalisme, tout cela – et ce qui ne s'explique pas –, les goûts communs, la sympathie, la complicité à propos de tel ou tel clown de la société parisienne dont il demandait des nouvelles à chacun de ses séjours dans ma ville, l'affection qui naîtra entre nos épouses, nos enfants et les siens, les journées passées à Southampton, les dîners à New York, quand Tom s'interrogeait sur la traduction du titre *A Man in Full*, toutes les fructueuses conversations qui révélèrent certains de ses secrets d'écriture et de travail – tout a contribué à ce que la relation avec Tom m'apparaisse comme un cadeau.

Les rencontres sont les cadeaux de la vie.

*

Il a raconté les après-midi de son enfance à Richmond lorsqu'il observait son père, *agronomist*, penché sur des feuilles de papier quadrillées jaunes, écrivant « comment utiliser le miel le plus suave pour la conservation des germes de blé ». Quelque temps plus tard, le petit garçon relit la même phrase, mais cette fois elle est imprimée sur du papier, en typo noir et blanc. Alors, l'enfant proclame :

— Plus tard, je serai écrivain.

Il n'avait que cinq ans. Il se souvient avec fidélité de ce Sud d'où il partit pour conquérir New York, le monde du journalisme puis des lettres. En ouvrant pour moi une boîte de photos d'archives, il déniche un cliché de sa jeunesse, inédit, inconnu. À l'époque, il porte un chapeau mou, insolemment posé sur le coin du crâne pour, dit-il, « ressembler aux chroniqueurs de cinéma, et aux vrais fouilleurs de faits divers de Broadway ». Il travaille pour un journal du Massachusetts, le *Springfield Union*. Sur la photo, à côté de lui, on reconnaît un séduisant jeune sénateur, candidat à la Maison-Blanche, John Fitzgerald Kennedy :

— Je faisais toutes les rubriques, toutes les mains courantes chez les flics, j'aimais me retrouver dans des situations dont on n'imagine même pas l'existence. C'est comme ça que je me suis immiscé, sans demander la permission à qui que ce soit, dans un meeting électoral tenu par JFK, à l'intérieur d'une manufacture d'armes qui allait être obligée de fermer et donc de supprimer des emplois. JFK promet avec véhémence qu'il ne laissera pas faire ceux qui veulent cette infamie. Il morigène les « sénateurs aux mains enfouies dans des pots d'argent à qui on fera rendre gorge ». Moi, je suis là, dans mon coin, avec mon chapeau et mon imper de reporter – je note la phrase – je suis vite repéré. Un adjoint de la « mafia irlandaise » souffle à Kennedy qu'il y a un journaliste dans la salle. Le candidat dit : « Tout ça, c'est *off the record*, bien sûr. »

Sans perdre son aplomb, Tom répond que ce sera difficile. Kennedy l'entraîne hors de la salle. Les deux hommes se font face, debout sur une plaque de ciment, dans ce paysage boueux et impersonnel. Kennedy :

— Si vous publiez mes propos, vous allez faire du tort à beaucoup de gens. Votre patron n'aimera pas ça. Tenez-le-vous pour dit.

Tom ne répond pas, salue le futur président en touchant du doigt le bord de son chapeau mou, et rentre au *Springfield Union* où il rédige son article, qui sera publié le lendemain. À peine le journal sorti, des hommes furieux débarquent dans les locaux du petit et vaillant organe de presse. À la tête du groupe, Larry O'Brien, l'un des plus anciens membres du clan des Irlandais :

— On vous avait bien dit que c'était off ! Et vous étiez d'accord ! Vous allez le payer cher !

Tom, soutenu par son patron, réplique :

— Je n'ai jamais donné aucun accord. Vous êtes un menteur. Je n'ai fait que rapporter ce que j'avais entendu.

Il avait rapporté, il avait fait son métier. Au vu et au su de toutes les légendes et tous les souvenirs recueillis sur Tom Wolfe, cette histoire restée presque inconnue a, selon moi, valeur d'exemple. Elle symbolise parfaitement ce que Tom va devenir : le goût du vrai, l'investigation et le rapport d'enquête – le refus de toute dépendance de tout pouvoir –, le désir irrépressible de provoquer. C'est ainsi qu'il démasquera plus tard les mondains du « radical chic » de Park Avenue dans cette soirée devenue fameuse au cours de laquelle Leonard Bernstein, célèbre chef d'orchestre, recevait des membres des Black Panthers et leur faisait distribuer du caviar par des serveuses noires, aux tabliers et gants blancs.

Plus tard, il m'a confié quelques autres parcelles :

— Arrête-toi quand ça devient emmerdant.

— Comme Flaubert, j'en rajoute. Il y a ceux qui gomment, moi, je suis celui qui rajoute.

— Je veux correspondre à la définition que Balzac donnait de lui-même : « secrétaire de la société ».

Bien plus que « secrétaire », Thomas Kennerly Wolfe (certains l'appelaient TK, prononcez Tikey), vêtu d'un de ses trente-trois costumes coupés par Vincent Nicolosi, d'une chemise ourlée par Alex Kabbaz, un façonnier d'Amagansett, chaussé de fausses *spats* fabriquées pour lui à Londres, chez Cleverley & sons, est le génial et stupéfiant déchiffreur de l'énigme américaine, un inventeur, un philosophe, un sociologue, un magicien du verbe et de la restitution des accents, un créateur. Quiconque veut comprendre les ressorts de la chose américaine à la fin du XXe siècle, et peut-être aussi du XXIe, doit lire cet homme que j'ai aimé.

Les belles rencontres se passent dans l'admiration et l'humilité.

Paul Éluard :

*Dans la vie, il n'y a pas de hasard. Il n'y a que des rendez-vous.*

Swift :

*La vision est l'art de voir les choses invisibles.*

# 31

## *Une bouteille que la mer déposera sur la plage des enfants*

Kant :

> *Trois choses atténuent les duretés de la vie : l'espoir, le soleil, le rire.*

À quarante-sept ans, un professeur de la Carnegie Mellon University de Pittsburgh en Pennsylvanie, Randy Pausch, apprend qu'il a un cancer fatal du pancréas. Il lui reste quelques mois à vivre. Il donne alors ce qui sera connu comme « La Dernière Conférence » – « *The Last Lecture* » –, devant un parterre d'élèves et d'enseignants, plus de quatre cents personnes. C'est un homme encore jeune, au long visage, les yeux creusés et noirs, terriblement séduisant. Il fait rire à coups d'anecdotes, évoquant ses rêves d'enfant :

— Ne jamais sous-estimer l'importance de s'amuser, se distraire, rire. Je suis en train de mourir, certes, et cependant je m'amuse. Je le ferai jusqu'au dernier jour.

La salle ponctue ses phrases par des ovations. Randy poursuit :

— On ne peut pas changer les cartes qui nous ont été distribuées, nos gènes, nos capacités, nos handicaps, mais on peut changer la façon de les jouer. Il y a plusieurs manières de jouer les cartes.

Son obsession, alors que ses jours sont comptés, c'est l'enfance. Il dit aux adultes dans la salle :

— Revoyez vos priorités dans vos relations avec vos enfants.

Ce texte va devenir un livre qui se vendra à trois millions d'exemplaires et le fera accéder à une célébrité immédiate. On verra Randy chez la fameuse animatrice de télévision – Oprah Winfrey, la « prescriptrice » en chef –, tout livre qu'elle mentionne devient un best-seller. Avant de s'éteindre quelque temps plus tard, en juillet 2008, entouré de sa femme et de ses trois enfants (âgés de sept, quatre et trois ans), Randy livre cette métaphore :

> *Je me suis mis dans une bouteille que la mer déposera un jour sur la plage de mes enfants, une fois qu'ils auront grandi. Mais je n'étais pas bien conscient, quand j'ai fait « La Dernière Conférence », que je la faisais aussi pour tout le monde.*

Avec l'obsolescence permanente de tout et de « tout le monde », on oublie ces gens qui, un instant, connurent une telle célébrité. « La bouteille sur la plage des enfants… » Randy Pausch est déjà totalement oublié, les Américains ont la mémoire encore plus courte que nous. Mais il faut imaginer ses enfants, aujourd'hui adolescents, demain adultes, se souvenir de cette « Dernière Conférence » : un homme mourant, leur jeune et charismatique père, adjurait des milliers d'inconnus de ne pas sous-estimer « l'importance de rire ».

## 32

## *Les cinq mots de Florence, l'infirmière*

Ted Sorensen (l'homme qui écrivit les meilleurs discours de JF Kennedy) :

> *Un bon discours doit venir du cœur vers les cœurs...*
>
> *Directement, sans complication, des phrases relativement courtes, des mots clairs pour chacun.*
>
> *Un exemple : les sept premiers mots de Churchill en 1940 lors de la chute de la France :* « The news from France is very bad. »

Jean-François Revel, esprit brillant s'il en fut (il faut relire *Le Voleur dans la maison vide*, mémoires passionnants, démonstration de lucidité, verve et intelligence), peut-être l'une des plus encyclopédiques personnalités de sa génération, disait qu'il fallait se méfier du « gongorisme ». Cela signifie la préciosité du style, la recherche abusive d'images et de métaphores, l'excès de complexité. Bref, l'exact contraire de ce qu'ont cherché nombre d'écrivains : « Être clair, être clair, être clair » (Anatole France formulait ainsi son credo dans les pages de son journal).

Le gongorisme, et aussi le pataquès, le patois anglicisé, le globish, le technocratique, la volontaire opacité des phrases, tout ce qui épuise, tout ce qu'on a pu lire dans de multiples fascicules écrits par les fonctionnaires de l'Éducation nationale, ou encore le pathos de la novlangue municipale parisienne.

Il vaut mieux s'en tenir à la pureté et à la concision de La Fontaine :

*Ainsi certaines gens, faisant les empressés,*
*S'introduisent dans les affaires :*
*Ils font partout les nécessaires,*
*Et, partout importuns, devraient être chassés.*

Ou encore :

*C'était un chat vivant comme un dévot ermite,*
*Un chat faisant la chattemite,*
*Un saint homme de chat, bien fourré, gros et gras.*

Et puis, c'est une ligne de conduite, une forme d'éthique :

*En toute chose, il faut considérer la fin.*

Aucune des « morales », à la fin de chaque fable de La Fontaine, n'a perdu de sa vigoureuse vérité. Chacune pourrait, aujourd'hui, s'appliquer à tel ou tel « homme d'importance » qui se présente sur un plateau de télévision. On ne voit qu'eux sur les plateaux, des « hommes d'importance » – ou plutôt de non-importance. Quant à la description de Raminagrobis, elle est parfaite. Il y a trois adjectifs : « bien fourré, gros et gras ». Ça y est, on a vu l'animal, on a vu son image, on a pensé à certains contemporains. Non seulement La Fontaine moralise, mais il visualise. Dans chacune de ses fables, il y a des images accessibles à tous.

Gustave Flaubert :

*Il faut traquer la phrase molle.*

Yves Duteil :

*C'est une langue belle à qui sait la défendre.*

*

J'ai déjà cité, et aimerais y revenir, un exemple magistral de l'usage de la « langue belle » vécu sur mon lit de réanimation à l'hôpital Cochin. La gorge entravée par une machine à ventiler qui respirait à ma place, j'ai entendu cette phrase que j'évoque chaque fois que l'occasion se présente. Cinq mots, cinq :

— Je souhaite atteindre votre palais.

Essayons de considérer la justesse et le choix de ces mots. L'infirmière ne dit pas « je veux », mais « je souhaite » – ce qui suscite un sentiment de confiance chez le patient. Ce qui définit, aussi, la conscience qu'elle a de ses propres moyens – si elle « souhaite », c'est qu'elle sait qu'elle n'y arrivera pas aisément, c'est donc un accès de modestie, une preuve de son expérience. Elle ne se veut pas coercitive. Elle ne fait qu'énoncer un projet sans directivité. Elle ne fait que souhaiter.

Ensuite, elle dit « atteindre » – livrant ainsi à la compréhension du patient qu'elle ne va pas le heurter ou le blesser, avoir un geste brusque. « Atteindre » est un verbe suffisamment descriptif et neutre, il ne peut pas faire peur. Il est explicite. D'ailleurs, toute cette courte phrase est explicite, elle décrit un projet, annonce une intuition. Or, ce n'était pas forcément nécessaire. L'infirmière aurait très bien pu ne rien exprimer et seulement agir – mais cette femme avait voulu dire les choses avant que de les faire.

Finalement, avoir choisi le mot « palais » plutôt que bouche ou gorge ou lèvres ou langue ou trachée dénote une précision et une connaissance cristalline de la langue française. « Palais », là encore, est le mot adéquat. Le résultat de cet impeccable exercice de style – qui n'aura duré que quelques secondes avant le geste – fut que, naturellement, je me suis décrispé et lui ai permis d'accomplir la tâche du soulagement. Ces femmes sont des soulageantes, des réparatrices.

J'ai un souvenir aigu de son visage. Or, cela s'est passé il y a plus de trente ans. Il y avait comme un scintillement dans son regard, un peu de mauve dans les yeux. Je n'oublie pas son prénom, Florence, mais que sais-je d'autre d'elle ? Que savons-nous de celles – ou ceux – qui sauvent ? J'aurais aimé apprendre ce qu'elle est devenue. On peut imaginer qu'elle a pris sa retraite, ou qu'elle travaille encore quelque part, ailleurs qu'à la réanimation de Cochin, aux côtés de toutes ces autres infirmières ou aides-soignantes, les inconnues du dévouement, les sous-payées, les sous-estimées, soldates anonymes de cette immense armée qu'on appelle le service public, avec leurs confrères, les infirmiers. J'éprouve, à l'égard du corps infirmier français, une humble admiration, une sorte d'amour.

*

On me pardonnera, je l'espère, d'avoir, par deux fois dans cet ouvrage, distingué la phrase au cours de ce moment vécu en réa. Mais c'est cela, la mémoire, c'est un tamis. On l'agite, on le secoue, les cailloux inutiles disparaissent, il ne reste que les éléments forts. Aujourd'hui, c'est devenu un cliché, tout le monde l'utilise, on dit : « C'est une pépite. » Je lis partout cette formule à propos de n'importe quoi, sport, cinéma, littérature, musique, mode, tout est « pépite ». Dans le cas de Florence, elle convient au travail de ma mémoire, à ce choix pas si étrange que fait le cerveau. On s'interroge : pourquoi telle image, tel fait, tel moment ? S'ils ont duré, c'est qu'il y a une raison.

# 33

## *Simon Leys et les imbéciles*

J'emporterai,

Le parfum d'un bouquet de tubéreuses posé sur une table de nuit ; l'angoisse des lycéennes et lycéens devant les tableaux de résultats du bac ; tartiner les mouillettes de beurre pour les œufs coque des enfants ; les Orientaux qui disent : « C'est à minuit que le jour commence, c'est à midi que la nuit commence » ; une boule de glace à la vanille sur une part de tarte aux pommes ; l'odeur du gazon humide au Parc des Princes, quand le stade est encore vide et qu'on aime y arriver très en avance ; les concerts en plein air à Central Park ; faire la queue devant une salle de cinéma lorsqu'il fait beau et parler avec des inconnus ; les jupes à carreaux des jeunes filles du milieu des années 50 ; Belmondo – alias Michel Poiccard –, qui meurt à bout de souffle rue Campagne-Première tandis que Jean Seberg – alias Patricia Franchini – demande : « Ça veut dire quoi, dégueulasse ? » ; la révélation de J. D. Salinger et son *Catcher in the Rye* qui influença des myriades d'écrivains ; des cigognes qui picorent les rizières de l'Alentejo ; une lune bleu-gris au-dessus des quais de Seine, pas loin de Notre-Dame de Paris ; t'es cap ou t'es pas cap (les mots des cours d'école) ; les minuscules crabes roses sur la plage de Kiwayu au Kenya ; Arrigo avec sa cravate rouge à petits pois attendant au milieu de la salle du rez-de-chaussée du Harry's Bar à Venise ; les chœurs de handicapés chantant le « Stabat Mater » de Palestrina au Palais des Congrès ; les premiers perce-neige, les premiers muguets ; les *Chroniques* de Bob Dylan ; Laurent Chalumeau qui immortalise Bobby McGee ; la caissière de supermarché qui trouve encore la force de vous sourire ; inventer une chaîne de télé avec VB et les autres ; le coup de tête de Zidane contre la poitrine de Materazzi ; le fracas des vagues sur les remparts de Saint-Malo ; quand on allait voir décoller le Concorde ; Gabin qui hurle : « Jambier, 45 rue Poliveau » ; Jean Constantin qui chante « Le Cha-Cha-Cha des thons » (avec un t comme crocodile) ; faire du vélo le long du lac de Silvaplana, ou, pendant l'enfance, dans la rue de la Capelle ; méfiez-vous des filles aux lèvres minces et des garçons aux mentons fuyants ; VGE qui réclame un peigne dans la salle de maquillage du « Grand Jury » ; Deng Xiaoping : « Peu importe qu'un chat soit noir ou blanc s'il attrape la souris » ; le nuage comme un champignon obscène au-dessus d'Hiroshima qui va définir le monde moderne.

Simon Leys :

*Il est normal que les imbéciles profèrent des imbécillités comme les pommiers produisent des pommes, mais moi qui ai vu, chaque jour, depuis ma fenêtre, le fleuve jaune charrier des cadavres, je ne peux accepter cette présentation idyllique par Madame de la « révolution culturelle ».*

Simon Leys fait partie de ma galerie des grands hommes. C'était un éclectique, un amoureux de la mer, un puits de culture, dévoué à Camus et Orwell, un correspondant fidèle et courtois qui entretenait avec nombre d'entre nous un courrier pétillant et surprenant. Un élégant et lucide sinologue. La façon dont il remit à leur place les aveuglés parisiens du maoïsme, le 27 mai 1983, à la télévision, dans « Apostrophes », reste un des moments les plus forts de cette unique messe hebdomadaire consacrée à la littérature dont Bernard Pivot, pendant des années, fut le malicieux et consciencieux grand prêtre. Avec la suite, « Bouillon de culture », à lui seul cet homme a fait le plus beau des cadeaux aux écrivaines et écrivains qu'il a reçus – mais surtout aux gens qui les lisent, au grand public.

# 34

## *Se Foutre Carrément De Tout*

Hegel :

> *Ce que nous apprend l'Histoire, c'est que l'Histoire ne nous apprend rien.*

Je me suis demandé quelle sorte de titre on pouvait donner à cette sorte de livre. Au début, j'ai cité Aragon et cru que cela ferait l'affaire :

> *Ce qu'il m'aura fallu de temps pour tout comprendre.*

J'ai vite renoncé, c'est trop prétentieux. Je n'ai pas tout compris, loin de là. D'ailleurs, qui peut se targuer de « tout comprendre » ? Julien Green a écrit : « Notre vie est un livre qui s'écrit tout seul. Nous sommes des personnages de roman qui ne comprennent pas toujours bien ce que veut l'auteur. » Mais qu'a donc voulu l'auteur de ce roman qu'est ma vie ? Et puis, qui est donc « l'auteur » ?

Marguerite Yourcenar demeure une autre référence :

> *Toutes les philosophies, toutes les techniques, toutes les inventions et toutes les structures que les hommes ont éla-*

*borées et dont ils sont prisonniers, ne parviendront jamais à dissimuler à l'immense majorité de l'humanité qu'elle en sait à peine plus long, aujourd'hui, sur la vie et la mort, que ce que savaient les barbares à l'aube des premiers siècles.*

*

Alors, pour dénicher un titre, il y a la tentation d'aller chercher un sigle de Stendhal, découvert dans le *Journal* du grand écrivain : SFCDT, et que cite parfois Philippe Sollers. Cela veut dire : « Se Foutre Carrément De Tout ». J'avais entendu Jean d'Ormesson prononcer à peu près la même chose : « Il faut savoir se foutre de tout. » Il s'exprimait, à cet instant, avec un sourire carnassier. Qu'avait donc voulu dire Stendhal ?

*

Il veut sans doute souligner la vertu de l'indifférence – comment savoir résister aux critiques, aux envies, aux jalousies, à la vindicte, comment départager ce qui est grave de ce qui ne l'est pas, comment accepter que, quoi qu'il arrive, vous vous retrouverez, un jour, face à la Dame en noir, et comment vivre pour ne pas trop penser à cette saloperie de Dame.

SFCDT ne signifie pas que l'on se fout des autres. C'est, selon moi, la marque d'un esprit libre, le refus d'un jugement expéditif ou définitif – c'est la conscience de la vanité de tout (« *et omnia vanitas* »). C'est une attitude, une culture.

C'est le « cool », mais sans la morgue et l'arrogance du « cool ». SFCDT, c'est l'humour qui sauve. (Woody Allen : « Je ne sais pas si Dieu existe, mais s'il existe, j'espère qu'il a une bonne excuse. »)

SFCDT, c'est se foutre du « regard des autres », se foutre de ce qu'on dira du résultat, quelle que soit la tâche que l'on aura accomplie, car l'important aura été de faire. Le résultat ne compte pas, c'était faire qui comptait, avoir fait. Avoir respecté la phrase de Samuel Beckett, « *Fail again. Fail better* » – autrement dit : – « Échoue encore. Échoue mieux. »

SFCDT, c'est la phrase de Hugo : « *Écartons tout ce qui ressemble au couvent, à la caserne, à l'encellulement, à l'alignement.* »

SFCDT, c'est le refus du ventre satisfait, se garder de croire qu'on est arrivé (« C'est un arriviste, oui, il est arrivé mais dans quel état. » Ou bien : « Tant d'arrivisme pour si peu d'arrivage »). C'est reprendre la route, puisqu'on n'arrive jamais.

SFCDT, ce sont les jeunes volontaires qui ont tout abandonné – études, famille et pays – pour traverser la Manche et se rallier à un général inconnu, Charles de Gaulle. Yves Guéna raconte : « Un 6 juillet 1940, dans l'Olympia Hall de Londres, on nous avait tous réunis et de Gaulle est venu nous saluer. Il nous a juste dit : “Vous voyagerez beaucoup.” Et puis, il est reparti. C'était bref. Jusqu'à cet instant, je ressentais comme une évidence le fait de ne pas m'être trompé. Ce jour-là, c'est devenu une certitude. » Ils ont « beaucoup voyagé », en effet, et nombre d'entre eux y ont laissé leur vie. SFCDT, c'est la certitude d'avoir eu raison contre tout le monde et d'avoir dit non quand tout le monde disait oui.

SFCDT, c'est le dédain de toute gloire, « Ce deuil éclatant du bonheur ». Stendhal sait que ce qu'il écrit ne s'adresse qu'à des « *happy few* », quelques rares heureux, et qu'il connaîtra peut-être la gloire, mais dans la postérité. Victor Hugo est là pour le conforter : « La gloire ressemble au lit de Louis XIV à Versailles. C'est magnifique et il y a des punaises dedans. » Quant à Jack London, il disait : « La gloire, cette fumée pour laquelle on fait tant de choses. »

SFCDT, c'est se souvenir de l'apostrophe de Bernanos : « Les ratés ne vous rateront pas. »

SFCDT, c'est écouter Céline : « L'avenir, c'est pas une plaisanterie. »

Tout bien pesé, le sigle de Stendhal, ce SFCDT, est une manière désinvolte, cavalière, orgueilleuse et ironique d'affirmer son amour de la liberté. « Liberté, liberté chérie. »

*

À cinquante ans, le chef d'orchestre Myung-Whun Chung :

> *Il y a trois phases dans la vie – en moyenne, vingt ans d'apprentissage, quarante autres pour l'expérimentation et ensuite, peut-être, une manière de maturité.*

*

Devant la tombe du grand photographe Robert Doisneau, l'autre grand photographe, Henri Cartier-Bresson, était arrivé une pomme à la main, qu'il découpa avec un petit couteau de poche. Il croqua une moitié du fruit, puis lança délicatement l'autre moitié sur le cercueil déjà en terre. À sa manière, Cartier-Bresson faisait du SFCDTisme.

Un jour, en Inde, il photographie Gandhi. Ils parlent et ils parlent uniquement de la mort. Puis il quitte le sage, qui sera assassiné quelques heures plus tard. Cartier-Bresson commentait : « La mort n'annonce jamais son rendez-vous. » Il se promenait dans la vie, son petit boîtier à la main, sachant capturer l'instant incapturable. SFCDT.

## 35

## *Femmes, je vous aime*

Simone de Beauvoir :

*Une femme qui n'a pas peur des hommes leur fait peur.*

Marguerite Yourcenar et Lucie Aubrac ; Françoise Giroud et Catherine Deneuve ; Barbara et Geneviève Anthonioz ; Kathryn Bigelow et Marguerite Duras ; Angela Merkel et Isabelle Adjani ; Virginia Woolf et Rosa Parks ; Simone Veil et Simone Weil ; Amélie Mauresmo et Anne Frank ; Carson McCullers et Annie Ernaux ; Françoise Sagan et Marjane Satrapi ; Madeleine Riffaud et Marie-José Pérec ; Grace Jones et Golda Meir ; Colette et Jane Goodall ; Germaine Tillion et Audrey Hepburn ; Élisabeth II et Keren Ann ; Oulimata Sarr et Albina du Boisrouvray ; Christine and the Queens et Marie Curie ; Sylvia Plath et Mère Teresa ; George Sand et Malala Yousafzai ; Charlotte Perriand et Eleanor Roosevelt ; Sofia Coppola et Maria Callas ; Jacqueline de Romilly et Janis Joplin ; Flannery O'Connor et Martha Argerich ; Jeanne Moreau et Madame de Staël ; HollySiz et Zaha Hadid ; Alexandra David-Néel et Marilyn Monroe ; Mona Ozouf et Marie Trintignant ; Édith Piaf et Marie-José Chombart de Lauwe ; Toni Morrison et Kathleen Ferrier ; Karen Blixen et Lady Gaga ; Daphne Caruana Galizia et Anna Politkovskaïa ; Indira Gandhi et Emily Dickinson ; Hannah Arendt et Florence Arthaud ; Greta Garbo et Greta Thunberg – et quelque cent mille autres. Et les milliers d'infirmières anonymes.

*

Victor Hugo :

*Comme on fait son rêve, on fait sa vie.*

*

Un ami à qui je parle de ce livre énumère les hommes dont j'ai retenu leçons et rencontres : « Tous ces portraits et aucune femme ? »

Mais si, voyons !

*

Il y a la mère, « cette inconnue ». Tout amour et indulgence, imprégnée de poésie, porteuse de mystère, dévouée entièrement à ses enfants, les poussant vers leurs projets, les dirigeant vers la confirmation de leurs vocations. Netka, née Carisey, de père inconnu, et d'une mère qu'elle ne vit que trois fois dans sa vie, Netka la Polonaise dont les yeux mélancoliques ont tout autant constitué mon héritage sentimental que le visage et la voix de mon père. Oui, il y a eu et il y a toujours la maman – celle-ci aura pesé si considérablement dans ma vie que, d'une certaine manière, cela m'a dispensé de chercher d'autres modèles et d'autres mentors féminins.

Il y a ma femme, Françoise. Rencontre miraculeuse, à mi-vie, avec un être qui irradiait de charme et beauté, sensualité et sexualité, mutinerie et espièglerie, finesse psychologique et faculté d'appréhension du monde et des autres. Cela créa une adhérence, une correspondance, une harmonie. Sa tendresse face à l'innocence infantile, son intégrité face à la mauvaise foi, son rire face à l'inattendu, son attention aux autres, sa capacité dans l'exercice éclectique des nombreuses professions auxquelles elle saura s'adapter. S'adapter, une des marques impérieuses de l'intelligence.

Lorsqu'on parle des chevaux qui avancent l'un à côté de l'autre, on dit : « aller l'amble ». Nous marchons le long des torrents de Haute-Engadine en sachant que nous avons eu de la chance : « Arrête d'afficher ton bonheur », m'avait dit un ami dont la vie privée était plutôt chaotique. Nous n'avons rien « affiché » – nous nous aimons autant que nous nous sommes aimés. L'histoire et la géographie d'un couple s'écrivent aussi bien dans les larmes que dans la joie. L'important, c'est de durer. Goethe disait : « Le chef-d'œuvre, c'est de durer. »

*

D'autres modèles féminins m'ont influencé. Ainsi Françoise Giroud, journaliste, modèle d'écriture, d'invention et d'exercice du pouvoir. J'allais parfois lui rendre visite dans son appartement du boulevard de La Tour-Maubourg :

— Françoise, aidez-moi, je cherche un titre pour mon prochain livre.

— De quoi parle-t-il ?

— De ce que j'ai vécu à Cochin, entre vie et mort, ce que j'ai traversé.

— Eh bien, cher Philippe, n'allez pas plus loin. C'est bien ça, c'est ce que vous avez vécu et voulu dire. Il ne faut pas tournicoter autour des choses. Un bon titre doit tout dire sans artifices : « La traversée », c'est clair, non ?

Je l'avais connue à *France-Soir*, lorsqu'elle avait quitté *L'Express* dans le fracas et le chagrin et que Lazareff l'avait aussitôt recueillie. Elle disposait d'un bureau où elle ne faisait pas grand-chose, à l'étage noble. Je passais par là. Elle se tenait droite devant la porte.

— Venez donc me parler, me dit-elle, avec ce sourire auquel on ne résistait pas.

Le jour de sa mort, *Paris Match* me demande de dresser son portrait. Il fallait écrire tout de suite, dans les heures qui venaient, pour des questions de « bouclage ». La fameuse *deadline* – la ligne de mort du métier, sans quoi on ne fait rien de bon. C'est très utile, une *deadline*. C'est une constante. Léonard de Vinci : « Toute contrainte m'est grâce. » C'est un des papiers que j'ai écrit le plus vite, en une heure, dans une sorte de transe, avec la sensation que le texte m'était dicté. Tout ce qu'il fallait, c'était bien tenir son stylo, sans respirer. En voici l'essentiel :

Il y avait d'abord, avant toute autre évidence, cette lumière, cette étincelle, ce pétillement dans des yeux sombres, certes, mais striés d'or, pailletés de noisette. Ce frémissement constant des cils et des paupières dès qu'elle s'exprimait, comme si ses yeux, reflets de son intelligence, palpitaient au rythme de ses phrases. Était-ce un tic qu'elle avait acquis lorsque, se jetant à quinze ans dans le monde du travail, face à des hommes qui la considéraient, éberlués, elle avait compris qu'il fallait séduire sans jamais subir ou succomber – ou bien était-ce une particularité innée, reçue dès la naissance de cette petite fille dont le père allait dire : « Malheur ! ce n'est pas un garçon », ce qui déterminerait, sans doute, une grande partie de sa conduite dans l'existence ?

Il y avait ensuite, mais cela allait de concert avec le crépitement de ses yeux, ce sourire dont on se demanderait s'il était une protection, une défense, un rideau tiré sur le malheur, les souffrances, les morts, les ruptures, avanies, mensonges et trahisons, ou bien s'il n'était pas la transmission de son expérience de la vie. Avait-elle, là encore, appris à sourire pour faire face aux conflits, aux jalousies, aux ignominies des hommes, des collabos, des frôleurs, des puissants, ou bien était-ce quelque chose qui lui avait été donné, et qui venait de sa mère, ou bien était-ce une comédie, puisqu'elle savait la jouer, la comédie – même si elle pouvait, simultanément, la décrire avec l'acier de sa plume et le mordant de ses répliques ?

Il y avait pour compléter son charisme, ces fossettes, ces pommettes au haut des joues, qui accentuaient son air de jeunesse et de gaieté qu'elle porterait jusqu'à quatre-vingt-six ans, tout en imprimant je ne sais quelle trace d'Orient à un visage si français, un visage si Françoise. Et sa voix musicale, distinguée sans être snob, posée sans être artificielle, allant d'une fermeté parfois cinglante à l'humour, une familiarité jamais vulgaire, pour revenir à l'inflexibilité du jugement, la pointe sèche. Il y avait aussi dans cette musique giroudienne l'énoncé clair de ce qui a été bien conçu. Combien de fois n'ai-je pas entendu quelqu'un lui poser la question :

— Qu'en pensez-vous, Françoise ?

De sa voix claire, elle ciselait alors une opinion originale et, néanmoins, frappée au sceau du « *common sense* » des Britanniques, le « sens commun ». Car elle avait, entre autres qualités, celle de la synthèse, de l'image forte, la phrase-clé, du mot qui tue, aussi. Il y avait de la dague au bout de son stylo, du vitriol au bord de ses lèvres faussement candides. La voix, le visage, le sourire, le regard, cela ne suffit pas pour parler de cette femme aux cheveux courts et noirs, aux mains courtes et fortes, au menton volontaire, à la constitution robuste, increvable, qui parcourut presque un siècle en jalonnant son singulier chemin de scenarii de films, paroles de chansons, plus d'une trentaine de livres (romans, biographies, autobiographies, essais, documents, dialogues et monologues), et surtout, en imposant le modèle d'au moins deux types de femme : la grande journaliste, et la femme de pouvoir – ce qui n'est pas contradictoire.

« Grande journaliste », aura-t-on dit. Derrière ce cliché passe-partout, il est bon de rappeler le rôle que Françoise Giroud a joué dans la presse et d'élucider les facettes de son talent d'écriture – puisque, ce n'est pas très fréquent, elle a réussi à la fois à diriger des publications et à inventer un style, une patte, une griffe. Directrice, elle le fut à deux reprises, d'abord en accompagnant Hélène Lazareff dans l'ascension de *Elle*, première rampe de lancement de ce qui aura été l'un des grands combats de sa vie : la libération de la femme, l'émergence de l'identité de la Française, sortant de sa gangue de femme au foyer, pour devenir autonome. Ensuite, avec l'invention de *L'Express*, aventure à la fois du métier et de sa vie privée, puisque le succès de ce titre et le rôle de cette équipe ne peuvent être dissociés de l'histoire d'amour, sa passion pour Jean-Jacques Servan-Schreiber, seul homme dans la vie de cette femme qui en connut beaucoup, le seul qui pouvait « rivaliser avec l'image de mon père, pour que j'accepte le principe d'une supériorité de sa part ». Aux commandes de *L'Express*, Françoise Giroud appliqua l'enseignement qu'elle avait reçu, bien longtemps auparavant, en pratiquant le métier de script girl, puis d'assistante auprès de deux grands metteurs en scène de cinéma : Jean Renoir et Jacques Becker.

Exercer ce métier, notre métier, l'un des plus beaux du monde – où l'on se « retrouve au centre d'un système nerveux, où l'on capte beaucoup de choses, même si on ne les approfondit pas toujours. Où l'on apprend à devenir une plaque sensible ». Nous savons, je sais, de quoi Françoise parlait et parle, et je n'ai pas, au cours de mes propres expériences, trouvé de meilleure définition de cette vocation. Non contente de diriger, elle écrivait et elle écrivait bien, inaugurant l'art du portrait (dix ans de « profils » qui n'ont besoin d'aucune retouche, un demi-siècle plus tard) pour peaufiner celui de la chronique, l'édito, le court billet meurtrier ou lanceur de mode. Entre son « on ne tire pas sur une ambulance » et la révolution de la Nouvelle Vague, Giroud aura, à sa manière, enrichi notre langage de quelques formules et aphorismes. Inutile de verser dans l'hagiographie ou l'oraison sulpicienne, Françoise aurait détesté cela, mais retenons qu'il ne faut pas trop lui attribuer de vertus : son journalisme était tout sauf « objectif ». Il fut militant, engagé, au service de plusieurs causes et plusieurs hommes, et non des moindres, Pierre Mendès France en tête de liste. Le pouvoir au bout du stylo.

Car ce fut, aussi, une femme de pouvoir. Une Thatcher

avant la lettre. La première, peut-être, de sa génération. La pionnière, celle qui ouvrit la voie à toutes les autres, qu'elles devinssent ministres, PDG, Premières ministres, ou stars de l'audiovisuel. Giroud a montré le chemin et a permis aux femmes de déclarer : « Avec elle, nous nous disions : nous aussi, on peut. » On peut, pensaient les étudiantes de Sciences Po, assistantes de cinéma, stagiaires de journaux, militantes des partis politiques, internes des hôpitaux, romancières inconnues, signataires de pétitions pour l'avortement ou l'égalité des salaires et des emplois. On peut, nous aussi, jouer un rôle sans passer par le droit de cuissage, la promotion canapé, ou le piston socioculturel. On n'a pas besoin de reposer sur ces animaux étranges, préoccupés par ce petit objet brinquebalant entre leurs jambes – puisque c'est ainsi que, de façon étonnamment abrupte, il lui arrivait de définir la gent masculine. La Giroud, la Patronne, la Madrina fut l'emblème, le phare, la balise, le totem de plusieurs générations de femmes de son pays. Le pouvoir, avait-elle confié un jour, est « répugnant ». Elle avait parlé trop vite, car il ne lui avait pas répugné de l'exercer. Elle y avait pris, au contraire, un plaisir extrême. Et si elle n'avait pas succombé à l'hubris, elle avait su savourer les honneurs et leurs artificielles facilités.

Dans la société parisienne, dans le village médiatique et politique, elle occupait une position indiscutée. Au fil des décennies, elle était devenue un sujet de respect, parfois de crainte, toujours de curiosité. Une tsarine, une diva. Il était impossible d'oublier qu'elle avait, après sa rupture avec Jean-Jacques Servan-Schreiber, envisagé et tenté le suicide ; qu'elle avait perdu un fils et ne s'en était jamais remise ; qu'elle avait suivi une analyse, ce qui avait aidé sa lucidité d'expression, son recul sur les choses ; qu'elle avait, en toute conscience, pratiqué l'euthanasie pour un homme dont elle avait partagé la vie et qui, agonisant dans son cancer, lui avait supplié de faire ce geste terrible, et elle l'avait fait, et n'en avait pas honte. Elle avait vécu l'Occupation, la Résistance, la prison. Chaque semaine, en plein cours de ses quatre-vingts et quelques années, elle envoyait son papier au *Nouvel Obs* – illustrant l'une de ses convictions les plus ancrées : il ne faut jamais cesser de travailler, noter, écrire, faire.

Ce n'est pas n'importe quelle dame qui s'en va. C'est une reine sans couronne, une impératrice sans successeur. Une femme qui écrivit : « Nous changerons ce qui peut être changé. Nous changerons. Vous verrez. » Et qui est morte en ayant, en effet, contribué à changer quelques importantes choses dans la marche de ce temps, dont, mieux que quiconque, elle avait su humer l'air au point de s'en enivrer. Au point de, ultime et fatale sortie, s'écrouler sur les marches de l'Opéra, parce qu'elle n'avait pas pu résister au besoin, à l'insatiable curiosité d'assister à une « première parisienne » – d'une certaine façon, elle en mourut. Morte sur scène, pourrait-on presque dire. Belle mort – belle vie, en vérité.

Encore aujourd'hui, avec quelque recul, je persiste à croire que Françoise Giroud appartient à ce premier noyau, très réduit, des femmes qui ont modifié la condition et le statut des Françaises. Simone de Beauvoir, Simone Veil, Françoise Giroud, trois piliers de la liberté féminine, trois pionnières.

## 36

## *Mag Bodard – portrait*

Et puis, Mag Bodard.

D'abord épouse d'un géant de l'écriture journalistique puis littéraire, Lucien Bodard (Lulu), devenue ensuite la maîtresse « officielle » du patron absolu de la presse, Pierre Lazareff, Maguy s'aventura à mi-vie dans la production de films.

Son instinct, son jugement, sa « politique des auteurs », sa ténacité furent bénéfiques à Alain Resnais, Doniol-Valcroze, Agnès Varda, Michel Deville, et surtout à Jacques Demy. C'est elle qui va avoir l'audace et la prescience de produire *Les Parapluies de Cherbourg*, *Les Demoiselles de Rochefort*, *Peau d'âne*. La trilogie du talent et du bonheur de rire, chanter, danser, les perles du collier des années 60. Il lui faudra du sang-froid et de la pugnacité. Peu de gens croyaient à ce genre dont Demy allait devenir le maître. On pensait que seuls les Ricains pouvaient et savaient faire ça. Maguy appartenait à ces gens qui, lorsqu'ils ont une idée en tête, vont jusqu'au bout pour qu'elle se matérialise. C'était une productrice, une vraie.

Ça veut dire quoi, « produire » ? Avant tout, il faut avoir le flair à propos de telle idée, tel projet de scénario, sentir ce qu'il peut devenir, investir temps et confiance dans le réalisateur. Le grand producteur est celui qui accorde autant d'importance au contenu qu'au contenant. Ensuite, il faut trouver de l'argent, persuader les distributeurs, convaincre les banques – ou les gros bonnets du business. Ainsi, à l'apex de sa carrière, Mag Bodard établit une relation avec un tycoon américain, Charlie Bluhdorn, omnipotent propriétaire de la Paramount, un des *major players* d'Hollywood des années 60-70. Il avait été intrigué et intéressé par cette inconnue qui venait d'obtenir une Palme d'Or à Cannes avec ses *Parapluies.*

Elle avait du charme. Petite taille, œil vif, curieux, scrutateur, avec, dans l'ovale du visage, quelque chose de ses origines italiennes, ce qui lui conférait une certaine étrangeté. Surtout, il y avait son jugement, ce don de prévision, une manière de médium.

Je l'écoutais avec respect et attention, elle naviguait rarement dans le superficiel. Sa longue et fructueuse alliance avec la scénariste et réalisatrice Nina Companeez lui permit de passer du film de cinéma à la télévision, devenant la première à comprendre ce que serait l'importance des longues séries, des sagas.

Un matin, elle me téléphone :

— J'ai vu hier soir votre court-métrage dans le numéro anniversaire de « Cinq colonnes à la une » – votre « Salut les Max ». C'est bien. Vous êtes capable de devenir cinéaste. Venez me voir.

Je la retrouve dans ses bureaux de la rue des Dames-

Augustines, à Neuilly, où passèrent la plupart des grands noms de ce qui n'était déjà plus une « nouvelle vague » – mais simplement la génération dominante. Elle ne perd pas de temps :

— Le succès des *Parapluies* m'a offert assez d'espace pour donner leur chance à des débutants. Petits budgets, certes, mais des films. Vous avez une idée, un sujet ?

Avec l'insolence de mon âge, je réponds :

— Bien sûr. Je travaille sur mon deuxième roman, mais on peut le transformer en scénario et en film.

— Très bien, allez-y, je vous donne deux semaines pour que vous m'apportiez un synopsis. S'il me convient, trois semaines de plus pour fabriquer un vrai script.

Ainsi naquit mon premier long-métrage, *Tout peut arriver.* À chaque étape de l'écriture, puis la préparation, la préproduction, puis le tournage, Maguy était discrète mais présente, peu directive, me laissant, comme à l'équipe que nous avions réunie, une vaste liberté – aidée par Philippe Dussart, un expert en gestion de ce genre d'aventure. Le film sorti, bonne critique, insuccès commercial, Maguy attendait que je lui propose une deuxième collaboration. Cela ne s'est pas passé ainsi, j'avais décidé de travailler avec un autre producteur, Jacques-Éric Strauss, à l'adaptation d'une Série Noire, ce qui donna *Sans mobile apparent.* La petite dame m'en a voulu. Elle m'avait ouvert une porte et je la « trahissais ». Avec le temps, la brouille disparut. Il restait la sagesse. Maguy eut celle de me pardonner. Au fil des années, nous nous sommes réconciliés.

Je lui rendais visite. Voir Maguy, lui parler, l'écouter. Elle prodiguait ses conseils, sa clairvoyance. Son sens de la fidélité et de la reconnaissance avait été bafoué par mon ambition, la certitude qu'il me fallait passer ailleurs. J'ai admiré sa faculté de compréhension, son indulgence. Lorsque son inépuisable énergie finit par s'amoindrir au point de ne plus pouvoir « produire », elle demeura la femme auprès de qui on pouvait s'épancher, se livrer, et recevoir, de cette petite créature désormais fragile mais à la voix et au jugement tout aussi limpides, des leçons d'existence. Elle a ouvert le chemin des femmes françaises dans le cinéma. Si, désormais, il y a de plus en plus de réalisatrices, scénaristes, chefs opératrices dans cet univers autrefois si machiste, si fermé au « deuxième sexe », c'est à Maguy Bodard qu'on le doit.

Jean-Loup Dabadie, magistral dialoguiste et scénariste, est aussi un grand parolier. Mon ami des années de lycée, le premier de classe qui brillait déjà sous la redoutable férule du professeur de lettres, Dubreuil, lorsque, sur les bancs de la même classe, je m'évertuais à ne pas trop « me disperser » – Dabadie a écrit ce qui pourrait résumer les récents chapitres : « Femmes, je vous aime. »

## 37

## *La graisse de castor sur les bottes à talons biseautés*

« *All things are connected.* »

Chef des tribus Duwamish et Suquamish, le très sage Seattle. Toutes choses sont connectées, reliées.

J'ai parlé plus tôt de mon Sud-Ouest natal, celui du Bas-Quercy. Il y a mon autre Sud-Ouest, le Colorado, ou plutôt mon Ouest.

Un couteau de chasse pliant, un Buck Hunter 110, fabriqué par le meilleur coutelier des États-Unis, à Leavenworth, dans le Kansas. Dans ma poche tout l'été. Les feuilles des *aspens* qui vibrent sous le vent en produisant un bruit particulier, comme un tremblement. On les appelle des « *quakies* » – ni un bruissement ni un friselis, ça s'entend comme le souffle d'un instrument de musique. Aucun autre arbre ne restitue cette chanson.

Les feuilles diaphanes des *aspens* palpitent et virevoltent, très haut, car l'aspen mesure plus de trente mètres. Il y en a des colonies entières dans la Vallée perdue – là où marguerites et épervières orangées, les fleurs sauvages de l'été s'évanouissent quand vient l'hiver. Seuls demeureront, avec leur écorce claire et lisse, les arbres qui frémissent, ces colonnes blanches qui émettent une mélopée.

Le grand Mesa, ses lacs et ses rochers volcaniques, créé, selon une légende indienne, par un oiseau de foudre géant qui aurait déchiqueté un monstrueux serpent en mille morceaux.

La brièveté de l'automne dans la forêt, rouge vermillon ou jaune carmin des feuilles des érables, chênes, hêtres et bouleaux. Les ponderosas et les douglas qui conservaient leur bleu mélangé au vert, avec, au cœur du vert, une tache dorée. L'hiver arriva très vite.

Les truites grosses et marron, et celles aussi en arc-en-ciel, lourdes, pêchées par mon ami le Suédois, dans la rivière Gunnison bordée d'une herbe grasse – et le nom d'une autre rivière, la rivière du Désappointement. Rien ne me désappointait là-bas, je ne cessais d'apprendre.

Le chaparral, c'est-à-dire les sous-bois avec des buissons, des boqueteaux, des ravins et clairières, un sol plein de glands et de rameaux, d'aiguilles de pins, tout ça craquait sous le pied. Le ragondin à queue cerclée, le *ram*, le bouquetin à cornes recourbées. Les oiseaux comme le geai gris qu'on appelait Whisky Jack ou la caille de Gambel. L'écureuil d'Abert, la grenouille léopard du Nord dont les ronflements ponctuaient le sommeil des ouvriers forestiers sous les tentes kaki du camp où l'on travaillait comme des bêtes, de 7 heures du matin à 19 heures, quinze minutes de pause pour le déjeuner. Un seul jour de repos.

Et comment, le samedi soir, on revêtait les chemises à boutons pression nacrés, les jaquettes en denim poncé et lissé au moyen des galets de la rivière, et comment on enduisait les bottes à talons biseautés d'une graisse de castor couleur cire. Alors, on descendait en ville, ou plutôt au village (Norwood, deux cents habitants), on roulait des épaules, on se croyait invulnérables. On investissait le Lone Cone Bar. Avec le T-bone steak arrosé d'une sauce aux oignons, accompagné d'une Coors fraîche, de plusieurs Coors. On rentrait ivres au camp – quand on ne finissait pas la nuit dans la cellule du shérif –, une heure de taule, pas plus, pour avoir trop déconné.

La primerose du soir, rouge virant à l'orange, et la petite pipsissewa – une fleur à cinq pétales roses, une minuscule boule verte en son milieu, comme une perle dans une huître.

Les aiguilles des conifères, quand tu les broyais dans la main, faisaient comme une matière vert et bleu qui sentait le citron et la violette et aussi la prune. J'avais appris que le bleu a une odeur.

J'avais aussi appris qu'une forêt est comme une usine. Elle produit. Elle reproduit. Elle fabrique, elle structure en silence, et elle converse et se connecte avec ses filiales.

> Les 7 Lois de la Route :
>
> La première loi, c'est qu'il n'y en a pas.
>
> Et que tout arrive et tout arrivera [...].
>
> La sixième loi, tu ne sais pas ce que c'est que la chance avant d'avoir à la saisir.
>
> La septième loi, si tu t'avances assez loin, tu finiras par la trouver, si tu la tapes vraiment, la route.
>
> À quelque prix que ça te coûte et que tu persistes et que tu insistes, si tu pousses ta carcasse assez loin, tu finiras par la trouver la beauté, la lumière, la chose que tu sais plus pourquoi t'es parti la chercher.

La violence des hommes entre eux. Les hommes sans femmes. La rudesse de leur modeste vocabulaire. Leur adhésion à la forêt et à la montagne, aux crevasses et aux torrents, leurs dérisoires rivalités, c'est moi le plus fort, non c'est moi – contredites par leur solidarité face aux éléments. La pluie torrentielle arriva et régla et régula tout. Et ça dura des jours et des nuits. Après elle, ils ne furent plus les mêmes.

Mon ami Pacheco, ouvrier forestier saisonnier, Mexicain, incapable de signer son nom autrement que d'une croix au bas du salaire qu'il touchait tous les samedis soir à mes côtés, compagnon de tente et de labeur. Il se déplaçait dans l'existence mû par le souci de ne jamais attirer le regard. Il acceptait que tout avait déjà été décidé pour lui. Il lui fallait, dès lors, lutter dans une société inégale, mais il pouvait le faire avec organisation et dignité. Il y avait une sorte de noblesse chez cet homme et, face à lui, je me considérais comme un inférieur. Je n'étais pas meilleur que lui. J'avais eu simplement plus de chance, c'était tout.

Rainer Maria Rilke :

> *Il ne suffit pas d'avoir des souvenirs. Il faut savoir les oublier quand ils sont nombreux, et il faut avoir la grande patience d'attendre qu'ils reviennent.*

Charles Péguy :

> *Il faut toujours dire ce que l'on voit. Surtout, il faut toujours, ce qui est plus difficile, voir ce que l'on voit.*

# 38

## *« J'ai une information pour vous, Philippe »*

Barrès :

> *Il a l'air tellement bête que je croyais qu'il faisait semblant. Mais non, il est aussi bête qu'il en a l'air.*

Pourquoi, aujourd'hui plus qu'hier, les ouvrages (essais, études, dossiers) sur la connerie et les cons prolifèrent-ils ? Parce que la funeste révolution du Web, de la Toile, la toute-puissance de cette poubelle universelle qu'on appelle les « réseaux sociaux », a donné à tous les cons leur chance de s'exprimer. Ils avaient toujours articulé leurs inepties sans interruption, c'était d'ailleurs à cela (dixit Michel Audiard) qu'on les reconnaissait, mais cette reconnaissance était limitée, parfois discrète – comme si, autrefois, les cons gardaient leur connerie pour eux (Jules Renard : « Il parlait très peu, mais on voyait bien qu'il pensait des bêtises », phrase souvent citée par Fabrice Luchini). Comme si, d'une certaine manière, conscients de leur connerie, ils savaient la brider, ce qui, on va me dire, signifie peut-être qu'ils n'étaient pas aussi cons que cela – mais enfin, toutes proportions gardées, ils étaient moins bruyants, moins présents, moins dominants. Le grand cliché contemporain, la « libération de la parole », a libéré leur connerie. Ils en ont fait une arme, une fierté. Ils ont non seulement admis leur connerie, mais ils l'ont revendiquée. C'est devenu un talent, un honneur, un privilège, une idéologie, un droit : « Je suis con, et alors ? J'ai le droit, non ? »

J'ai connu les mauvais cons, les gentils cons, les vilains cons, les sales cons, les gros cons, les braves cons, les petits cons, les jeunes cons, les vieux cons. (Pendant Mai 68, Aragon avait su souligner la différence.) Il y a toute une humanité, soit crédule et naïve, soit méchante et obstinée, soit autoritaire et péremptoire, soit mal informée et complotiste, soit importune et envahissante – autrefois, un subtil cinéaste et comédien appelé Noël-Noël avait immortalisé ce qu'il appelait les « casse-pieds », catégorie particulièrement majoritaire dans la galaxie de la connerie. Mais c'est l'humanité, c'est nous. Déni du réel, incapacité d'accepter l'argumentation adverse, difficulté à s'adapter, orgueil aveugle ou vanité stupide, enfermement et certitude – le con ne retient que les éléments qui confirment ses idées, car il a des idées. Il n'a même que cela : un dictionnaire entier d'idées reçues, n'est-ce pas, Flaubert ?

*

On peut aussi singulariser le pire des cons : le con intelligent. Tellement intelligent, tellement convaincu de sa supériorité que sa suffisance intellectuelle le rend très con. C'est le chef de la tribu des « professions délirantes ». On en voit régulièrement, maquillés et bien coiffés, installés autour des tables de la verbosité télévisée, le parler inutile.

*

Au plus profond de ma première dépression, tout ce que je tentais de faire échouait : une porte mal fermée, une brosse à dents mal nettoyée, un couloir qu'il me semblait dangereux d'emprunter, un trébuchement, une tache sur un canapé, un appel téléphonique impossible à renvoyer, un objet égaré devenu introuvable, une incapacité à décider quoi que ce soit – à chaque ratage quotidien, chaque acte manqué, je prononçais à voix basse, pour moi seul :

— Quel con je fais !

Comme si la connerie était devenue synonyme de maladresse, malheur, mal-être, mal penser, mal vivre – comme si je me voyais « con » parce que je perdais le sens des choses et n'exerçais plus aucun contrôle sur moi-même.

« Faire une connerie » fait-il de vous un con ? Le plus « intelligent » des hommes publics qui laisse échapper une bourde, une « petite phrase » qui va se transformer en énormité, puisqu'elle sera immédiatement relayée par la poubelle universelle, est-il pour autant un con ? Il a déconné, mais ce n'est pas un con. Son caractère l'a emporté sur son intelligence. Cela fait-il de lui un con ? Va-t-il corriger cette connerie ou va-t-il seulement l'admettre ? La marque indélébile de la connerie consiste à persister, signer, ou pire, ignorer. Mais cet homme public, dit « intelligent », se doit d'avancer et d'effacer. Il a pour devoir de masquer sa connerie. Sa seule vraie connerie consisterait à refaire cette connerie.

On doit se préserver de toute morgue, tout mépris, toute ironie, toute dérision, toute supériorité hautaine, tout aveuglement égoïste, toute certitude à propos des cons. Car nous sommes tous des cons. Nous ne sommes certains de rien. C'est, d'ailleurs, toute la différence avec les vrais cons. Ils sont certains de tout. Nous sommes certains que nous devons les comprendre sans les approuver. Et que l'on doit s'abstenir de conclure. Gustave Flaubert, encore lui :

> *La bêtise consiste à vouloir conclure.*

À quoi Victor Hugo répond :

> *Souvent les bêtises ont un sens.*

*

J'aimais beaucoup René Maine. Il dirigeait *Le Journal du Dimanche*, le *JDD*, dans les années 60-70. On travaillait dans des petits bureaux situés rue de Cléry, à proximité des grands locaux de *France-Soir*, au 100 rue Réaumur, dans le 2e arrondissement. J'y publiais une page entière de choses vues : « On en parle ». Il me laissait toute liberté, aucun problème. Pendant Mai 68, lorsque le grand patron, Pierre Lazareff, lui fit connaître son irritation de me voir trop souvent parler de ce mouvement dont il me jugeait complice, alors que j'étais simplement le témoin passionné d'un événement qui le déstabilisait. Cela ne m'empêcha pas de continuer et de publier chaque dimanche, sans entraves. Après les vacances, fin août, lorsqu'il fallait reprendre la chronique abandonnée l'été, j'appréciais mon « rendez-vous de rentrée » avec René Maine, dans son bureau. Je m'asseyais en face de lui, son nez fin, son visage de renard, le sourire toujours un peu ironique. Nous faisions un petit tour d'horizon : où en sont les choses. Je posais la question prononcée tous les jours quand on pratique le journalisme ou l'amitié :

— Quoi de neuf ?

Il se pencha vers moi, de l'autre côté de la table, comme pour chuchoter un secret et s'assurer qu'on ne l'entendrait pas. Il jeta un regard aux murs de la pièce, avec un air de conspirateur. Alors, il murmura :

— J'ai une information pour vous, Philippe. Le nombre de cons a tendance à augmenter.

Tout cela se passait avant les tweets, avant les réseaux, avant la connerie populiste. Aujourd'hui, face à la déferlante des imbéciles, René Maine, surnommé l'Amiral car il avait servi dans la Marine avant de se lancer dans le journalisme, aurait explosé d'un rire tonitruant ou affiché une grimace de dérision.

Épitaphe sur la tombe d'un hypocondriaque :

*Je vous l'avais bien dit.*

*

La vieille dame distinguée dans un salon du *Titanic* :

*J'avais demandé de la glace. Mais ceci est ridicule.*

*

Georges Brassens, quand on lui suggère l'Académie française, répond :

*Trenet, d'abord.*

## 39

## *Les 2 conseils de Romain Gary*

George Steiner :

> *Il existe un déclin du silence. Il y a de moins en moins de plages de silence dans nos vies. Nos capacités de concentration, nos facultés d'imagination reculent. Pour Pascal, la chose la plus importante était de savoir se tenir assis sur une chaise, en silence* (propos recueillis en 1992 par Vera Kornicker).

On peut aussi s'allonger, la nuit, dans l'herbe, le visage tourné vers les étoiles, et entendre le silence du ciel. Entendre la mer, pour peu que nous nous y plongions, et ce grand silence de dessous la surface, le silence d'un autre monde.

On peut s'installer sur la souche d'un pin ponderosa, en pleine forêt d'Uncompahgre, et saisir les silences de la forêt, les soupirs du vent, le lointain murmure d'un torrent.

Il est possible d'avoir soif de silence, quand on a entendu pendant jours et nuits, en salle de réa, la machine à ventiler qui fait tac tac tac whoum whoum

whoum, et, lorsqu'on en sort après avoir été extubé, qu'on a d'abord voulu parler, parler, parler et retrouver le son de sa voix. Aussitôt après advient une faim de silence. Il n'y a rien de plus silencieux et de plus jouissif qu'une chambre d'hôpital la nuit, avec un coin de fenêtre que l'on regarde, qui vous offre un bout de ciel et vous fait croire au « miracle de la vie » dont parle Walt Whitman dans un poème immortel. C'est le silence de la renaissance.

On peut aussi considérer que le violoncelle, le piano, le violon, la clarinette, l'orgue offrent suffisamment de beauté musicale pour que, une fois qu'ils se sont tus, nous puissions chérir le silence qui suit leurs chants puisque, dans ce silence, ils subsistent dans notre tête. On peut même souhaiter qu'il se prolonge, ne fût-ce que quelques secondes.

Il y a autant de silences qu'il y a d'existences : le silence d'un tout petit matin sur une colline de Toscane ; le silence dans la chambre d'un mort qu'on vient visiter (je me souviens de Lucien Bodard, étendu sur son lit, géant solennel) ; le silence qui précède un discours ou une homélie ; le silence de trente mille personnes ou plus, imposé par l'arbitre juste avant la balle de match d'une finale de Grand Chelem ; le silence des chats quand ils contemplent, et des chats quand ils vont passer à l'action de manière foudroyante ; le silence de Cézanne devant son chevalet, de Jackson Pollock aux prises avec ses couleurs, de David Hockney face à ses piscines californiennes ; le silence qui précède ou accompagne toute création – silence du papier blanc sous la plume, votre stylo fait un petit bruit, comme un battement d'aile, puis ça y est, vous êtes entré dans le grand silence de l'écriture, et écrire vous plonge dans un vrai et seul silence, le silence en soi.

*

La question fréquemment posée aux écrivains :

— Pourquoi écrivez-vous ?

Parmi les centaines d'interrogés, la réponse la plus évidente :

— Parce que je ne peux pas faire autrement.

Avec des variantes :

— Parce que je ne sais rien faire d'autre.

On peut simplement dire :

— Parce que c'est ma vie.

J'ai commencé à écrire dès l'âge de cinq ou six ans lorsque mon père m'a fait connaître Jack London, Paul Féval et Edmond Rostand. Je voulais imiter ses animaux de *Chantecler*. Mon premier texte était une saynète entre une poule et un âne. J'ai été pris de passion pour les objets d'écriture, le crayon, l'encre et l'encrier, la plume et le plumier, la gomme et la page blanche. Au lycée, d'année en année, je n'étais vraiment « bon » qu'à cela : écrire « Il est bon en français », disait-on. On est « bon » parce que l'on est heureux – seul, avec les instruments et les objets, avec les images qui doivent d'abord surgir avant de les traduire en mots. Être « bon » en écriture ne signifie en rien et ne signifiera jamais que l'on puisse se croire l'égal de certains auteurs – mais peut-être doit-on se conformer à la suggestion de George Orwell : « Écrire, parce qu'un démon auquel l'on ne peut résister et que l'on ne peut comprendre, cela correspond-il au même instant qui pousse un bébé à hurler afin d'attirer l'attention ? » Peut-être…

Écrire n'est ni facile ni difficile : c'est nécessaire, c'est devenu nécessaire. Le bébé a toujours réclamé de l'attention, et surtout, cela permettait et permettrait d'obtenir la reconnaissance que je cherchais de la part de mes parents, de la part de mon frère aîné, Jean-Pierre. J'entretenais l'illusion que j'étais moins aimé que mes frères. Écrire deviendrait une arme pour combattre ce que je croyais être un non-amour. Mais cela allait plus loin. Avec l'écriture, je ressentais le besoin de faire revenir mes goûts et mes odeurs, mes couleurs, ce qui était le fond de ma vie. Le besoin de décrire n'appartient qu'à soi. Je me suis découvert une propension à vouloir rester à distance, seul, avec le crayon et le papier, le stylo ou la machine à écrire, parfois l'ordinateur. Simultanément, dans un étrange contraste, il y a les métiers pratiqués, ce goût d'être avec les autres, d'être accepté par eux et, une fois accepté, de parvenir à les conduire et à les diriger.

Véritable contradiction : écrire par solitude et dans la solitude, et diriger, agir et bouger pour casser cette solitude, afin de vivre avec les autres, les aider, les aimer, les conseiller. À la fois être tout seul et ne pas m'aimer. À la fois être avec les autres, et un peu mieux m'aimer. Ainsi ai-je fait beaucoup de choses, assouvi mon désir d'exercer un pouvoir, celui du meneur de troupes, et, parallèlement, rejoindre un autre moi, réfugié dans l'écriture. Esprit d'équipe d'un côté et, de l'autre, esprit de solitude. Des livres, des portraits, des romans, des témoignages – du « vécu », fort peu d'imagination absolue.

Je n'ai pas su inventer, mais j'ai transformé ce que je vivais ou avais vécu pour en faire de la fiction. À partir du réel, l'embellir, ou du moins réinventer et fantasmer – et respecter la si juste formule d'Aragon : « Le roman, ça consiste à brouiller les cartes. »

Je ne pouvais véritablement écrire un roman que si, en premier lieu, j'avais vu ce que j'allais écrire. Avec Julien Green, rencontré chez lui ou sur le trottoir de la rue Vaneau, nous avions des conversations sur la Virginie, son État natal, où j'avais passé deux années décisives de ma jeunesse. Il m'avait confié : « Il faut voir ce que l'on va écrire. » Romain Gary, que j'ai aimé et écouté, m'avait prodigué quelques conseils.

*

Je viens lui rendre visite, rue du Bac. Je compte la douzaine de stylos Montblanc dans un pot en grès posé sur sa table d'écriture. Il m'offre un whisky, allume un cigare. Il dit :

— Tu sais pourquoi tu fais autant de choses, tu t'agites autant ?

— Non.

— Parce que tu ne veux pas penser à la mort.

Rien pour moi, à l'époque, n'arrivait assez vite. Mon intelligence – si j'en avais une – était vagabonde. Romain savait lire dans les hommes. Aussi me prodigua-t-il quelques préceptes que je ne voulais pas révéler, de la même manière que j'avais voulu conserver les principes de Melville sur le cinéma.

Gary et Melville, beaucoup de rapprochements : juifs,

ils modifièrent leur nom, vécurent la grande expérience de la Deuxième Guerre mondiale et en revinrent pleins de gravité, de relativisme, de soif de vivre, de passion de faire, avec l'ambition de créer une œuvre. La chanteuse Chris, ex-Christine and the Queens, a dit : « La grâce ultime de vivre, c'est de tout embrasser. »

Melville et Gary ont tout embrassé. Comme Kessel, qui appartient à la même catégorie d'hommes.

Le voici, il est là, Romain, avec ce regard mélancolique du Slave, auteur d'une œuvre littéraire vivante et parfois prophétique, puissante, et que les critiques avaient fini par sous-estimer, négliger. Il a de l'autodérision, de l'humour, de l'inspiration, un sens de son temps (il traite très bien du racisme aux USA), une vision écologique et, néanmoins, après de grands succès, il subit une certaine négligence de la part de ceux qui, à l'époque, faisaient la loi dans les petites chapelles littéraires. Peut-être était-il victime de son personnage, sa légende, son allure, sa séduction : le pilote de guerre dans le groupe Lorraine, le gaulliste, la vie de consul à Los Angeles, ou plutôt à Hollywood, c'est là que je l'ai rencontré pour la première fois, il flamboyait –, et puis les femmes et le cinéma. Les critiques détestaient tout ça. Gary provoquait envie, jalousie, éveillait l'aigreur de ceux qui ne connaîtraient jamais les grands rendez-vous de l'aventure et de la vie. Romain Gary n'était pas insensible à cette sous-estimation.

— Vois-tu, me disait-il, j'écris trop, j'écris beaucoup trop. Un Gary de plus ! On me prend trop pour acquis. Je suis devenu une habitude. Le recours au pseudo a du bon.

Comment pouvais-je deviner, alors, qu'il concevrait le phénomène Émile Ajar – avec l'événement insolent de *La Vie devant soi* qui lui valut un deuxième Goncourt, sous pseudo, fabuleux pied de nez, sans précédent. Il l'avait dit, pourtant :

— Il faut aller vers le pseudonyme.

Parmi les conseils donnés, deux étaient assez simples. D'abord :

— Trouve des titres. Cherche des titres. Aligne les titres.

Dans un second temps :

— N'attends pas d'avoir un sujet pour écrire.

Et il me regarda. Ce fut presque comme un ordre, donné de sa voix souple et chaude :

— Écris.

*

Écrire signifiait équilibrer les phrases, imposer un rythme, inventer un ton, une voix et une musique. On veut raconter, construire une histoire. Que cette histoire ait un début, un milieu et une fin, et que cela surprenne et apprenne quelque chose. On s'inspire de ce que l'on a vécu et on invente, ensuite. Le regard d'une jeune fille croisée sur le trottoir de la rue de Longchamp en direction du lycée Janson-de-Sailly, un seul regard, du mauve sur un châle, des jambes agiles, j'avais quinze ans, j'en ferais, beaucoup plus tard, tout un roman. À partir d'un visage, d'un sourire, d'un fantasme, à partir de vraies rencontres (il en fut ainsi de mes aventures américaines), il me serait donné de les exagérer, les transformer, les épaissir, les romancer et mentir. La fondation de ma fiction aura été – et demeure – ma vraie vie, certes, mais à laquelle j'ai ôté le banal, la routine, pour essayer d'en faire autre chose. L'écrivain est un menteur sincère, un tricheur souriant, un fabulateur conscient, un sérieux mythomane.

Gary avait de l'imagination, il en débordait. Il avait tout eu, tout vécu. Une vie héroïque, des amours successives et douloureuses, une œuvre. Et un désespoir.

Entre le 5 de la rue Sébastien-Bottin et le 108 de la rue du Bac, il faut peu de temps pour rentrer chez soi Il déjeune avec Claude Gallimard, ils évoquent des problèmes d'impôts, ils parlent, comme un auteur avec son éditeur – qui est aussi un ami. Rien dans son comportement, son regard, sa voix ou le langage de son corps, de ses mains, ne trahit la résolution qu'il a prise. On est en décembre. Il a toujours possédé au moins une arme chez lui. C'est un Smith & Wesson de calibre 38. Il le place de façon précise au milieu de sa bouche et il tire. Je tremble d'émotion chaque fois que je relis la lettre laissée par Romain, rédigée au stylo, de sa lisible et belle écriture :

> *On peut mettre cela évidemment au compte d'une dépression nerveuse. Mais alors il faut admettre que celle-ci dure depuis que j'ai l'âge d'homme et m'a permis de mener à bien mon œuvre littéraire.*

Il avait écrit auparavant : « Je me suis bien amusé. Au revoir et merci. » Ultime décision, illustration, à sa manière, du SFCDT de Stendhal. Un comédien américain, George Sanders, avait conclu sa lettre d'adieu par « bon courage ». Hemingway n'avait, lui, laissé aucun mot.

Henri Matisse :

*On n'a jamais fini.*

Ainsi, ces hommes ont tous considéré qu'ils avaient « fini. » Norman Mailer m'avait dit un jour à New York, assis à une table de l'hôtel Algonquin, dans la 44e Rue : « Il existe une joie d'écrire. »

Tant que cette joie existe, je sais que l'on n'a pas « fini ».

*

Prononcée de façon limpide – rien n'est plus plaisant que de lire une écriture qui touche chacun et atteint l'universel –, une des meilleures réponses à l'éternelle question « Pourquoi écrivez-vous ? » se trouve dans la musique du prix Nobel de littérature Orhan Pamuk. Son discours de réception, en décembre 2006, était intitulé « La valise de mon papa ».

> *J'écris parce que j'en ai envie. J'écris parce que je ne peux pas faire comme les autres un travail normal. J'écris pour que des livres comme les miens soient écrits et que je les lise [...]. J'écris parce que je ne peux supporter la réalité qu'en la modifiant. [...] J'écris parce que j'aime l'odeur du papier et de l'encre. [...] J'écris parce que c'est une habitude et une passion. J'écris parce que j'ai peur d'être oublié. J'écris parce que je me plais à la célébrité et à l'intérêt que cela m'apporte. [...] J'écris parce qu'il me plaît d'être lu. J'écris en me disant qu'il faut que je finisse ce roman, cette page que j'ai commencée. [...] J'écris parce*

*que je crois comme un enfant à l'immortalité des bibliothèques et à la place qu'y tiendront mes livres. J'écris parce que la vie, le monde, tout est incroyablement beau et étonnant. J'écris parce qu'il est plaisant de traduire en mots toute cette beauté et la richesse de la vie. [...] J'écris parce que je n'arrive pas à être heureux, quoi que je fasse. J'écris pour être heureux.*

## 40

## *« Je suis le capitaine de mon âme »*

J'emporterai,

Le manuscrit de Jack Kerouac qui se déroule sans interruption comme la route – le long ruban de bitume, parfois troué, qui allait de Chicago à Los Angeles, et le retour de San Francisco à New York : « *on the road* », où j'ai rencontré les *truck drivers*, les humiliés, les honnêtes fermiers, les fous défoncés et des individus d'une immense banalité comme d'autres d'une dangereuse extravagance ; le brin de bruyère et le brin de fougère ; les lettres de Rainer Maria Rilke ; ce papillon qui s'appelait Scott Fitzgerald ; les chefs-d'œuvre de Milan Kundera et pourquoi ces imbéciles du prix Nobel ne l'ont jamais couronné ; ce Brassens moustachu et timide qui suait en grattant sa guitare, accompagné de l'humble bassiste, Pierre Nicolas, égrenant sa supplique pour être enterré au cimetière de Sète :

*Pauvres rois pharaons,*
*Pauvre Napoléon !*

*Pauvres grands disparus gisant au Panthéon*
*Pauvres cendres de conséquence*

les cris des enfants sous les préaux des écoles ; les grêlons gros comme des balles de tennis qui résonnent sur le toit d'une voiture, la nuit ; le soleil qui devient violet avec le soir le long des rives de l'Irrawaddy, sur la route de Mandalay ; la caméra géniale d'Alain Cavalier et les cartes postales au dos desquelles on peut lire quelques mots précieux, écrits comme des dessins ; la bouillabaisse de chez Tétou avec, « pour chahuter », des beignets et des pots de confiture ; les tirs dans la rue d'Isly, à Alger – quatre cent vingt balles –, avec le cri désespéré d'un officier, « Halte au feu ! », sous un soleil de mars ; la façon dont Claudio Abbado restait figé à la fin d'une symphonie de Mahler, et comment on attendait que ses bras se baissent et que son corps, revenant à la réalité, indique qu'on pouvait, à ce moment-là et seulement à ce moment-là, l'applaudir ; le cœur et le sourire de Mireille Darc ; le goût du *peanut butter* sur les toasts grillés de la fraternité Delta Epsilon à Washington & Lee ; Lionel Terray, je le vois au retour d'une expédition alpine périlleuse, allure royale, descendant à grande vitesse la pente neigeuse vers l'abri, athlète incomparable ; les couvertures du *New Yorker* avec les dessins de Jean-Jacques Sempé, l'artiste exceptionnel, le grand Sempé ; tous les romans de Raymond Chandler, que j'ai aimé au point d'aller m'incliner sur sa tombe à Mount Hope, San Diego, en Californie ; et plusieurs fois le feu dans une vie, les tours de Manhattan, les tours de Notre-Dame, les rues de Paris, blackbloquées, les flammes, la présence sporadique du rouge, et de l'orange, et du noir, et du jaune, et du violet, et du bleuâtre qui envahirent le ciel de Paris ou de New York, couleurs destructrices, feux et flammes, toujours surgissant aux rendez-vous de l'inattendu et de l'impossible, comme les signes de nos précarités ; les premiers bourgeons et les dernières châtaignes ; le culte du vinyle ; Hokusai et sa vague mythique et ses vues du mont Fuji ; le poème d'Ernest William Henley offert par Nelson Mandela au capitaine François Pienaar à la veille de la finale de la Coupe du monde de rugby entre les Springboks et les All Blacks :

*Aussi étroit soit le chemin,*
*Nombreux, les châtiments infâmes,*
*Je suis le maître de mon destin,*
*Je suis le capitaine de mon âme*

C'était en juin 1995 à Johannesburg. Les Springboks gagnèrent la Coupe. Avant la finale, les All Blacks avaient été victimes d'une étrange intoxication alimentaire. En demi-finale, l'essai gagnant de la France avait été refusé par un arbitre au bénéfice des Sud-Africains. Certains avaient parlé de trucage ou de dopage. Il fallait que les Springboks gagnent et ils l'avaient fait, coûte que coûte. Ils avaient été, en effet, « maîtres de leur destin ». Mais ce « destin » n'avait-il pas été manipulé, agencé ? On ne retient, aujourd'hui, que la légende. Car ensuite tout sera effacé, et toute rédemption accomplie, avec leur nouvelle Coupe conquise en 2019, celle-là sans aucun trucage.

Les Italiens, Mastroianni, Gassman (*Il Sorpasso*), Pavese. Et l'Italien-Américain Scorsese, maître cinéaste.

Les bons Américains, Lincoln, Rosa Parks, Luther King, John Glenn.

Les vilains Américains, Cheney, Rumsfeld, Trump, Nixon, McCarthy, Lindbergh.

## 41

## *Le frère disparu*

Je l'aimais aussi d'un amour physique. J'aimais sa haute taille, son port de tête, la justesse de sa nuque, son front bombé, son nez cassé par le rugby – ce qui ôtait à son visage ce qui eût été sans doute une trop grande beauté, presque inacceptable –, j'aimais sa voix, légèrement enrouée, cette démarche d'athlète, puis d'ancien athlète, puis de responsable d'autres athlètes, le torse en avant, les bras le long du corps, la même allure que notre père à qui il ressemblait tant. J'aimais qu'il fût séduisant et séducteur, rieur et insouciant, et qu'il dissimule si bien son inquiétude et ses remords. Ses angoisses et ses regrets.

C'était le frère aîné, le premier d'entre nous, ma ligne d'horizon. C'était lui que je voulais impressionner, avant tout autre, et dont j'attendais en secret approbation, admission, reconnaissance. Lui que je voulais atteindre en passant par-dessus le frère cadet, qui me protégeait des costauds dans la cour du lycée Ingres à Montauban, qui adoucissait les plaquages au rugby à quatre que nous pratiquions dans l'herbe de la maison – faire en sorte que je ne me blesse pas, car j'étais « douillet » alors qu'il était « costaud ». Lui qui m'autorisait à l'accompagner le long de la rue de la Rep', quand il avançait à pied, le vélo à portée de main, en saluant les jeunes filles. Lorsque nous sommes devenus ce qu'on appelle des adultes (l'aumônier des Glières, raconté par Malraux au début de ses *Antimémoires*, avait-il raison en disant « Il n'y a pas de grandes personnes » ?), j'ai continué d'écrire en me demandant ce qu'il penserait de mes livres ou articles. On se parlait chaque jour. Sa disparition, à la suite d'un cruel et inarrêtable Parkinson, m'a laissé dénudé et privé de nos conversations sur le rugby, la politique, les coulisses des pouvoirs, les amis, les souvenirs d'enfance, ces références que personne ne peut comprendre : des mots, des formules, des interjections qui remontent à vos huit ou dix ans – quand tout était drôle, dangereux et fabuleux. Il existe dans les familles que l'on dit nombreuses une sorte de fonds commun, un trésor qui ne vaut rien et n'est accessible, comme les vrais trésors, qu'à ceux qui furent complices des jeux. Cette invention, cette comédie, cet imaginaire.

Jean-Pierre avait très tôt cédé aux facilités de la vie dues à son physique (mon père le surnommait l'Avantageux) et avait « voulu être un artiste » – joueur de piano jazz à dix-sept, dix-huit ans, tentation d'une vie en bande, de ville en ville et de port en port, des filles dont il cherchait toujours les regards et les corps –, cela avait déçu le père, qui, fatalement, avait vu en l'aîné celui qui irait plus loin, plus haut. Jean-Pierre avait choisi la distraction. Puis il y eut la grande fracture dans sa vie, la guerre d'Algérie, le service militaire, il fut lieutenant dans l'Oranais et connut toutes les épreuves de la guerre – toutes. Il en revint déstabilisé. Il lui fallut quelques années pour se débarrasser de ses hantises et devenir, grâce à ses qualités de meneur d'hommes, un adulte responsable impliqué dans le management, la communication, le sport. Nous avions eu nos différends à propos de l'Algérie, nos opinions étaient radicalement opposées. Rien de cela ne nous déchirait, nous nous aimions trop.

J'aimais qu'il ait conservé sa faculté de rire. En principe, le rire naturel, facile et gratuit, est réservé aux enfants, or, malgré la marque indélébile des épreuves, il savait rire, il savait rappeler les jours heureux, le goût des chansons, la tentation de la trivialité, le piano jazz.

Michel Serres :

> *Le rire est une explosion de vie. Regardez : les vieux sont ronchons, les enfants rient aux éclats. Le rire est un signe de naissance, de jeunesse, de renaissance.*

Il est trop simple de réduire cette image du frère aîné au jazz, au sport et au rire, à la luminosité de son leadership. Je savais qu'il y avait en lui, comme en moi, la « slavitude », la mélancolie que j'attribue au sang polonais coulant dans les veines de notre mère, et aussi la neurasthénie chronique de notre père. Il paraît que tout est dans nos gènes, y compris notre quotient intellectuel. Alors, nous ne nous limitions pas aux blagues. La complicité fraternelle, sans avoir recours à la parole et au verbe, passait par une notion partagée de l'absurdité des choses, la fatalité des événements, l'impermanence.

Il vient m'accueillir lorsque je débarque du *SS United*

*States*, par le train du Havre en gare Saint-Lazare et c'est moi qui l'accueille lorsqu'il rentre de ses deux ans de guerre. C'est l'été. On part pour Hossegor, en vacances. Tous les soirs, toutes les boîtes. Je m'aperçois qu'il boit beaucoup pour plonger dans des saouleries d'oubli. Il faudra, une nuit, que je le transporte, aidé par un ami commun, tant il est incapable de marcher, tant il titube, ivre, désespéré, KO. Je tiens entre mes bras celui qui a été mon modèle, celui que je voulais étonner. Je lui dirai à son réveil qu'il ne peut pas nous décevoir, qu'il doit penser à ce qu'il représente pour ses trois autres frères, en particulier le plus jeune, Claude, qui l'idolâtre.

Il souriait, fataliste, disant qu'il ne valait plus rien. Il avait, gravés en lui, les jours et les nuits dans le djebel, un officier qu'il avait transporté sur ses épaules, hurlant sa douleur. Il y avait eu, aussi, une nuit dans le fort. Face à lui, un autre compagnon dans la petite salle qui servait de mess des officiers. Chacun conservait son arme à ses pieds. Gilbert avait penché la tête vers le sol, saisi brusquement le MAS 49156, avait fixé le canon sous sa mâchoire et appuyé sur la détente. La cervelle avait constellé les murs.

Au cours de cette nuit si dure l'été de son retour, je l'avais entendu prononcer : « Gilbert, Gilbert. » « De qui parles-tu ? », disais-je. « De rien, de personne », répondait-il. La guerre l'avait abîmé, certes, et en même temps il ne parvenait pas à se détacher de ce qu'il avait aimé : la camaraderie, les gestes de solidarité, l'adrénaline du danger et, redevenu civil, il se sentait perdu, sans références. Il aura fallu du temps et du courage, la construction d'une famille, une femme et trois filles, pour se reconsolider, retrouver toute sa joie de vivre. L'énergie finit par l'emporter. Cela avait été un sombre passage, il en sortit encore plus animé par l'hédonisme, le goût des camarades, l'action – aussi bien dans la communication, où il excellait, que dans le sport.

Ainsi devient-il président de la section rugby du RCF. et va conduire le XV des Mesnel, Lafond, Guillard, Cabannes, Blanc, Bénézech, Tachdjian et d'autres, au titre de champion de France 1990. Je possède une belle photo : les joueurs en maillot, rayures blanches et bleues, portent Jean-Pierre en triomphe et le font sauter au-dessus d'eux sur le terrain de Colombes. Il sourit, aux anges. Lorsqu'il a disparu, au moment de la crémation (rite insupportable), nous étions nombreux : sa famille, ses trois filles et Christiane, son épouse. Je me suis retourné vers les bancs pour distinguer d'autres parents et amis, et j'ai vu une rangée de gaillards énormes, oreilles en chou-fleur et nez cabossés, épaissis par l'âge mais, pour autant, enveloppés de muscles impressionnants. C'étaient ses anciens joueurs, surtout des membres du pack d'avants, des piliers, un deuxième ligne, un talonneur. Une fois la cérémonie terminée, nous avons parlé. L'un d'entre eux m'a dit :

— Vous savez pourquoi on a été champions ? C'est parce qu'il nous a laissés faire.

En d'autres termes, il savait déléguer, responsabiliser, diriger sans coercition. Il savait diffuser confiance et susciter, par la grâce de sa nature, le respect et l'estime de ses hommes. Gérard Wirtz-Risse fit sa connaissance pendant les EOR. à Saint-Maixent-l'École, l'école d'officiers de réserve. Il livre son témoignage :

*C'était notre Grand Meaulnes. Athlète complet, il savait, aussi, dans le cadre d'un club artistique, s'asseoir devant un piano demi-queue Gaveau et exécuter les titres d'Erroll Garner avec une maîtrise incomparable de jazzman. Le lendemain, on pouvait le retrouver, avec nos camarades, dominant le « parcours du combattant », en battant deux fois le record de l'épreuve. Nommé sous-lieutenant dans la Coloniale, au 5^e^ RTS, il va commander pendant près de deux ans, aura gagné la croix de la Valeur militaire, deux fois cité avec les étoiles d'argent.*

Je reçois un autre témoignage, par e-mail, de la part d'une lectrice d'une chronique que j'avais consacrée au beau livre de Jérôme Garcin, *Le Dernier Hiver du Cid* :

*Une amie m'a raconté qu'elle avait connu votre frère Jean-Pierre. Elle travaillait chez Antar à la direction régionale à Nantes, elle avait 30 ans. Votre frère est arrivé en 1969. Il était déjà un très grand manager, d'avant-garde. Tous les matins, il passait dans chaque bureau saluer chacun des collaborateurs. Il le faisait sans aucune discrimination, alors que précédemment certaines personnes étaient totalement ignorées. Là où il a gagné l'admiration de toutes les équipes féminines : un jour, il a dû promouvoir une cheffe de bureau. Les pronostics allaient bon train. À la surprise de tous, il a promu non pas la plus intelligente et la plus jolie, mais celle qui, au vu de son ancienneté et de son parcours, avait le plus de légitimité. Un sens profond de la justice, droit et honnête. Si on ajoute à cela l'intelligence, la beauté et l'humour, vous comprendrez pourquoi vos mots sur Gérard Philipe m'ont rappelé votre frère.*

*

Au cours de ses activités professionnelles, il était devenu l'ami d'un Palois appelé Toulet, homme subtil et charmeur, proche parent du poète Paul-Jean Toulet. Curieusement, lorsque je pense au frère disparu, j'éprouve le besoin de replonger dans *Les Contrerimes* de ce poète dont Vialatte disait qu'il fut « le plus grand de nos poètes mineurs ». J'ai retrouvé un article de Frédéric Beigbeder sur Toulet, reproduit, en 2008, dans la précieuse *Revue régionaliste des Pyrénées.* Dans la singulière et courte vie de Toulet, son œuvre, sa musique, sa tendresse et sa tristesse, il y a des effluves, des évocations qui me conduisent vers Jean-Pierre. Son goût de la fête, les sensations, les parfums de glycine font revenir à l'enfance, la jeunesse, le Tarn-et-Garonne, les Pyrénées n'étaient pas loin, les Pyrénées de Toulet, toutes ces étapes du Sud-Ouest, ce que Roger Grenier appela « la géographie sentimentale ».

Paul-Jean Toulet :

*Que tu es loin, mon beau Septembre*
*Loin comme le Pays*
*Quand ses hanches, et le maïs*
*Étaient couleur de l'ambre.*

Marcel Pagnol :

*Ça n'est pas de moi que je parle, mais de l'enfant que je ne suis plus. C'est un petit personnage que j'ai connu et qui s'est fondu dans l'air du temps, à la manière des moineaux qui disparaissent sans laisser de squelette.*

*

Il faut savoir fermer un carnet moleskine. Ou, plutôt, l'ouvrir une dernière fois. Ça va, encore une fois, et puis on arrête. Reprendre encore une fois ma liste volontariste du « J'emporterai tout », contraire à l'« On n'emportera rien » de Bernard Loiseau.

## 42

### « *J'ai beau faire, tout m'intéresse* »

Tous ces talents français, cette forêt de talents, le génie de Jean-Luc Godard (avec qui je déjeunais dans un restau russe de la rue Lincoln, lorsqu'il m'interrogeait sur l'assassinat de Kennedy à Dallas) ; la puissance de Nougaro (dont le répertoire et le rôle ont été occultés par l'omniprésence de Gainsbourg, à peu près aux mêmes époques, mais qui, avec le recul, mérite une deuxième écoute) ; la folie d'un Michel Serrault, cette folie des comédiens capables de toutes les extravagances, rien ne lui faisait peur, au contraire, tout lui semblait permis ; l'allure ailée d'Alain Porthault, le trois-quarts de rugby qu'on appelait la Gazelle ; la beauté des textes de Barbara

*Dis, quand reviendras-tu ?*
*Dis, au moins le sais-tu ?*
*Que tout le temps qui passe*
*Ne se rattrape guère,*
*Que tout le temps perdu*
*Ne se rattrape plus*

le courage de Badinter à la tribune de l'Assemblée nationale pour faire voter l'abolition de la peine de mort ; la sagesse journalistique de Beuve-Méry (« On ne peut atteindre à l'objectivité, mais il faut tendre vers une subjectivité désintéressée ») ; les phrases clés qui ont ponctué la vie des milieux publicitaires (Jacques Douce : « Entre gitans, on ne se dit pas les lignes de la main ») ; les innombrables aphorismes de Malraux (que j'écoutais, un dimanche, pendant deux heures, à Verrières-le-Buisson, pour l'entendre donner sa vision de la prochaine rencontre historique entre Mao et Nixon) (« Le but n'est rien, le moment est tout ») ; les leçons de Lucien Jerphagnon, que j'ai malheureusement connu un peu tard (il disait : « Un pessimiste n'a jamais que de bonnes surprises », « Le mal ne s'élude pas »). Cet homme avait l'humilité de ceux qui ont tout lu et tout compris ; l'humanité de Jean-Pierre Tarot ; la phrase destinée aux initiés du seul mauvais film de Melville : « Salut et fraternité, un Cinzano » ; les leçons d'Albert Camus, qui a eu raison face à la pensée dominante de l'époque, et sa vision toujours d'actualité de ce que devrait être le journalisme ; le pouvoir quasi médiumnique de Gérard Depardieu. Je l'ai vu, un soir, capable de deviner sur le visage d'une femme qu'il n'avait jamais rencontrée quel malheur l'habitait dans son lien avec son amant et lui dire : « Ça va aller mieux. » Elle en avait les larmes aux yeux, c'était une célèbre Parisienne ; les écrits de Serge Daney et Michel Cournot ; Tavernier, l'encyclopédie du cinéma français ; les villes asphyxiées en Asie et ailleurs, une humanité vouée à porter des masques. Tout ce qui fait que rien n'est indifférent, et que je ne me lasse pas de la formule de Paul Valéry : « J'ai beau faire, tout m'intéresse. »

## 43

## *Mon inépuisable playlist*

« Louise » (Willy DeVille)
« City of New Orleans » (Arlo Guthrie)
« Supplique pour être enterré à la plage de Sète » (Georges Brassens)
« Les Anarchistes » (Léo Ferré)
« La Vie d'artiste » (Léo Ferré)
« La Folle Complainte » (Charles Trenet)
« Le Bagad de Lann-Bihoué » (Alain Souchon)
« Et bâiller et dormir » (de Charles Aznavour mais chantée par Eddie Constantine)
« Sailing » (Rod Stewart)
« Hurricane » (Bob Dylan)
« Me and Bobby McGee » (Kris Kristofferson)
« Like a Rolling Stone » (Bob Dylan)
« You're Innocent When You Dream » (Tom Waits)
« Coconut » (Harry Nilsson)
« Rhum et Coca-Cola » (Jean Sablon)
« Ainsi soit-il » (Louis Chedid)
« Né quelque part » (Maxime Le Forestier)
« Ambalaba » (Maxime Le Forestier)

« Streets of Philadelphia » (Bruce Springsteen)
« San Francisco » (Maxime Le Forestier)
« From a Logical Point of View » (Robert Mitchum)
« Au lycée Papillon » (Ray Ventura)
« Tout va très bien, madame la marquise » (Ray Ventura)
« Désormais » (Charles Aznavour)
« Comme ils disent » (Charles Aznavour)
« Let It Be » (les Beatles)
« Hey Jude » (les Beatles)
« Something » (George Harrison)
« Rio Grande » (Eddy Mitchell)
« Sympathy For the Devil » (Rolling Stones)
« Satisfaction » (Rolling Stones)
« You Can't Always Get What You Want » (Rolling Stones)
« Si tu t'imagines » (Juliette Greco)
« Les Feuilles mortes » (Juliette Greco)
« Gracias a la vida » (Joan Baez)
« Diamonds and Rust » (Joan Baez)
« Sweet Little Sixteen » (Chuck Berry)
« An American Trilogy » (Elvis Presley)
« La Javanaise » (Serge Gainsbourg)
« Variations sur Marilou » (Serge Gainsbourg)
« Ford Mustang » (Serge Gainsbourg)
« Que reste-t-il de nos amours » (Charles Trenet)
« Né en 17 à Leidenstadt » (Jean-Jacques Goldman)
« Êtes-vous heureux » (Vincent Delerm)
« Roll over Beethoven » (Chuck Berry)
« Je pense à toi » (Vincent Delerm)
« Jean and Dinah » (Robert Mitchum)
« La Vérité » (Guy Béart)
« Tout comme avant » (Guy Béart)

« Surfin' USA » (The Beach Boys)
« Osez Joséphine » (Alain Bashung)
« Les Mots bleus » (Christophe)
« Le Dernier des Bevilacqua » (Christophe)
« I Will Survive » (Gloria Gaynor)
« Le Déserteur » (Boris Vian)
« Hotel California » (The Eagles)
« Blueberry Hill » (Fats Domino)
« The Fat Man » (Fats Domino)
« C'est le printemps » (Jacqueline François)
« Here's That Rainy Day » (Frank Sinatra)
« Only the Lonely » (Frank Sinatra)
« It Was a Very Good Year » (Frank Sinatra)
« Il faut vivre vite » (Eddy Mitchell)
« Wigwam » (Bob Dylan)
« Stand By Your Man » (Tammy Wynette)
« I Put a Spell On You » (Screamin' Jay Hawkins)
« Nuit 17 à 52 » (Christine and the Queens)
« Diego » (Johnny Hallyday)
« Le Pénitencier » (Johnny Hallyday)
« Toute la musique que j'aime » (Johnny Hallyday)
« Le Chant des partisans » (Yves Montand)
« Lucille » (Little Richard)
« J'attendrai » (Rina Ketty)
« Route 66 » (Nat King Cole)
« Il est cinq heures, Paris s'éveille » (Jacques Dutronc)
« Brouillard dans la rue Corvisart » (Françoise Hardy et Jacques Dutronc)
« Je n'suis personne » (Jacques Dutronc)
« La Ballade du bon et des méchants » (Jacques Dutronc)

« Let the Sunshine In » (James Rado et Gerome Ragni)
« La Fille aux cheveux clairs » (Johnny Hallyday)
« Ziggy Stardust » (David Bowie)
« Message personnel » (Françoise Hardy)
« Amsterdam » (Jacques Brel)
« Je ne regrette rien » (Édith Piaf)
« L'Hymne à l'amour » (Édith Piaf)
« Georgia On My Mind » (Ray Charles)
« Par amour, par pitié » (Sylvie Vartan)
« Tutti Frutti » (Little Richard)
« Paris » (Marc Lavoine)
« What'd I Say » (Ray Charles)
« Strange Fruit » (Billie Holiday)
« Bye Bye Blackbird » (Joe Cocker)
« As Times Goes By » (Jimmy Durante)
« Sur un prélude de Bach » (Maurane)
« Quand j'aime une fois, j'aime pour toujours » (en duo avec Cabrel et Souchon)
« Voyage à Cuba » (Lucienne Delyle)
« C'est peut-être » (Allain Leprest)
« My Way » (Frank Sinatra)
« Everybody Knows » (Leonard Cohen)
« Hallelujah » (Leonard Cohen)
« Chelsea Hotel » (Leonard Cohen)
« Bird on a Wire » (Leonard Cohen)
« US Male » (Elvis Presley)
« Et maintenant » (Gilbert Bécaud)
« Sixteen tons » (Tennessee Ernie Ford)
« Way Too Pretty For Prison » (Miranda Lambert)
« Lonely at the Top » (Randy Newman)
« Baltimore » (Randy Newman)

« I Think It's Going To Rain Today » (Randy Newman)
« Sail Away » (Randy Newman)
« Crépuscule transfert » (Hubert-Félix Thiéfaine)
« Femmes je vous aime » (Julien Clerc)
« I Walk The Line » (Johnny Cash)
« Folsom Prison Blues » (Johnny Cash)
« Walk On The Wild Side » (Lou Reed)

Peut-être faut-il ajouter à cette playlist très incomplète le « We'll Meet Again » de Vera Lynn :

*Nous nous rencontrerons à nouveau,*
*Je ne sais où, je ne sais quand, mais nous nous reverrons.*

Cet air nostalgique sert à Kubrick pour le final apocalyptique de *Docteur Folamour.* Jean Becker choisit d'en faire le fond musical du générique du chef-d'œuvre de son père, Jacques : *Le Trou.* Ce grand cinéaste n'eut pas le temps de voir son œuvre achevée et projetée en salle – Jean en assura la finition. Le film n'eut aucun succès commercial. Aujourd'hui, le revoir stupéfie par sa vérité, sa force, son suspense, la qualité de ses interprètes qui ne paraissent pas être des comédiens – certains, d'ailleurs, ne l'étaient pas. Becker les avait repérés dans des vestiaires, parmi les joueurs de basket ou de rugby : Michel Constantin, Philippe Leroy-Beaulieu.

## 44

## *Prévert et Picasso*

Finalement, il y a l'histoire racontée par Gérard Fromanger : deux hommes sur une plage.

# 45

## *« T'as compris quelque chose, toi ? »*

Gérard Fromanger est un artiste singulier, cofondateur de l'Atelier des beaux-arts en Mai 68, maître de la figuration narrative, présent et actif au milieu des soubresauts et bouleversements des années 60-70-80 et plus, un créateur dont le Centre Pompidou et d'autres musées dans le monde ont célébré et exposé l'invention, l'originalité, l'audace.

Il fut un jeune homme au « charme indéfinissable ». Avec sa liberté de penser, la bravoure face à n'importe quel puissant (que ce fût de droite ou de gauche), n'importe quel sachant, un goût pour les autres, une faconde, une capacité d'écoute, la fraternité immédiate qu'il suscitait, tout cela lui permit de traverser les couches diverses d'une société en ébullition pendant plus d'un demi-siècle : le marché de l'art, les années de formation à Montparnasse, vivre tout en construisant son œuvre, et se retrouver le soir, dans le monde de la nuit, chez Castel, pour y connaître et aimer et se faire aimer de « gens de toutes sortes ».

Fromanger est un formidable conteur de sa propre

vie. Il s'est livré à un journaliste talentueux qui est aussi un biographe (Nicolas de Staël et René Char), Laurent Greilsamer, dans un livre d'entretiens paru en 2018 chez Gallimard, *Fromanger, de toutes les couleurs.*

C'est une lecture passionnante. J'aime cet homme, il nous a reçus autrefois, en Toscane, dans son atelier. Je l'ai souvent revu à Paris. Il fait partie, comme son ami Serge July, de ces gens qui « dansent leur vie ». Il dit, très tôt dans le livre : « Le doute m'a été enlevé à 17 ans. Je comprends à cet âge qu'avec le dessin et la peinture, je serai mon maître absolu, indépendant, et que je ne devrai rien à personne. »

*

Parmi ses souvenirs (dont le talent d'écoute de Greilsamer permet de goûter instants, anecdotes et saillies), celui qui m'intéresse est le récit de son amitié avec Jacques Prévert. Il était plus âgé que lui. Tous deux s'aimaient. Ils se sont vus « tout le temps, pendant plus de vingt ans ». Le « poète star », cigarette au bec, écoutait son cadet, Gérard, lui raconter ses nuits. De son côté, Prévert livrait au jeune homme sa vision de la vie et des gens, la justesse de son regard. Prévert discutait, bricolait, fabriquait ses collages comme ses poèmes, avec le don de l'évidence, ce qui a fait de lui l'un des poètes les plus populaires de son temps – et encore d'aujourd'hui.

À la page 48 des entretiens de Fromanger, on en vient à un moment qui, dit-il, lui a « beaucoup servi ». Il rend visite à Prévert dans le Midi de la France. Jacques Prévert lui dit : « Viens, on va voir Picasso, il se trouve à Antibes, sur la plage. » Arrivés là, les deux hommes voient un cordon de badauds. Picasso est un peu à l'écart avec sa famille, sa femme, ses enfants. Les badauds se tiennent à bonne distance. On a reconnu le grand artiste, on ne va pas l'embêter, ce n'est pas le temps des selfies. Prévert et Fromanger traversent l'espace qui sépare Picasso du reste des gens et les voici sur le sable devant la Méditerranée. On dirait qu'ils se ressemblent : même taille, même allure d'hommes libres, détachés de tout, même naturel. Fromanger les décrit, avec économie et précision :

> *Je les ai vus, tous les deux, la cigarette au bec, bras croisés, debout en boxer short, jambes écartées, à regarder la mer. Et Pablo, tout à coup, avec sa voix puissante, son accent, a dit à Jacques : « T'as compris quelque chose, toi ? » Et il eut un geste vers la mer et il parlait de la vie, de l'infini, de l'horizon, du destin... Jacques a répondu : « Non ! » Et Picasso a répliqué : « Moi non plus ! »*

C'était tout, continue Gérard. Très jeune, il avait devant lui deux génies qui constataient qu'ils ne comprenaient rien.

> *Ils n'avaient pas l'air désespéré et se confiaient mutuellement : nous sommes devant un mystère tel que c'est assez beau de ne rien comprendre. C'était une belle scène sur les mystères de la vie : t'inquiète pas, il n'y a rien à comprendre !*

Fromanger conclut :

> *Cela m'a beaucoup servi.*

Cette histoire et ce moment me ravissent. Rendons d'abord hommage à Greilsamer qui a su restituer un tel instant. J'en ai parlé avec Fromanger et tente de reconstituer cette scène. Parfois, je crois y être : ces deux génies sur une plage, qui s'aiment, s'estiment, se connaissent, ont chacun mesuré le poids de leur création et de leur gloire, le plus exceptionnel des deux étant Picasso, encore loin d'avoir tout fait, tout défait, tout refait. L'un d'entre eux regarde l'infini des eaux et des vagues. L'autre, cigarette au bec, comme toujours, accompagne son regard. « T'as compris ? Non, et toi ? Non, moi non plus, je n'ai rien compris. » Je les imagine passant ensuite à autre chose. Cette scène ne me quitte pas : deux hommes sur une plage face à la beauté et au mystère de la vie. « Je n'ai rien compris. »

*

Au fond, cette formule aurait pu servir de titre.

On aurait pu l'abréger et écrire : « J'ai rien compris », donc ôter le « Je n'ai » – c'est plus fort et plus immédiat, plus universel, plus grand public. Un ami dit :

> *Certes, c'est cash comme disent les gens, mais est-ce qu'il n'y a pas quelque chose de négatif dans cette apostrophe ? Tu veux faire passer dans tes livres, films ou chansons, quelque chose qui va plutôt vers le positif, sinon l'optimisme, vers la lumière plutôt que l'ombre. L'héroïsme des Justes, l'apprentissage de la leçon américaine selon quoi réflexion et action ne sont pas incompatibles, la beauté de la nature et de la forêt, l'idée qu'on peut triompher de la dépression. Alors, ne viens pas dire : « J'ai rien compris. »*

Mais si, j'ai le droit, comme tout le monde, à condition d'ajouter un codicille : si je n'ai pas tout compris, du moins ai-je appris. On en revient toujours à la phrase de Marguerite Yourcenar : « Quoi qu'il arrive, j'apprends. Je gagne à tout coup. »

Personne ne gagne véritablement, et je ne gagne pas plus qu'un autre. Yourcenar dit bien : « Quoi qu'il arrive. » Elle vaut ce qu'elle vaut, cette citation. Mais le travail et la solitude autant que la compagnie des autres, l'exaltation du faire, des premiers jours, des premières fois, les erreurs et les échecs, les rencontres et les morts, les suicidés et les tués, les enfants, les amours, la conduite des équipes, le soutien de ceux qui savaient et m'ont appris, et comment j'essaie d'accomplir le même devoir de transmission avec une génération plus jeune, le cinéma et le livre, le voyage et l'écriture, la musique et la nature, la curiosité et l'adaptabilité, la leçon des actes manqués, le prix qu'on paye par égoïsme ou par narcissisme, le prix qu'on paye par manque de compassion, de compréhension, le prix de l'expérience – seul critère de jugement –, tout cela et le reste, tout est arrivé. Ce qui compte, ce qu'il y a, au fond du fond, c'est ce sur quoi il ne faut pas se tromper : aimer. Si « j'ai rien compris », au moins cela je l'ai compris : rien n'a de sens sans amour.

*

C'est alors que l'on retrouve le père et ses livres. Il en avait écrit trois, publiés sans succès par de petits éditeurs du Sud-Ouest et de Paris, à la fin des années 40.

Dans la conclusion d'un de ses ouvrages, il s'adressait à ses enfants :

« Ne vous laissez pas prendre aux séductions de la dialectique, aux dissections de l'analyse, aux orgies des systèmes. Ce sont là jeux stériles et épuisants. Il n'y a pas de réponse aux questions que pose l'intelligence et il faut délibérément les éluder. »

Plus loin :

« Gardez-vous de l'avarice du cœur. Elle est la cause de tous les piétinements et l'origine de tous les malentendus. Affrontez les périls, y compris celui d'être libre et suspectez ceux-là qui tiennent la servitude pour la condition des vertus. Il n'y a pas d'honneur ni de grandeur sans liberté. Qu'attendre d'une âme serve et comment pourrait-elle se donner ? »

Et, cette exhortation, ce legs, cet héritage :

« Je n'ai rien trouvé dans nos comportements qui résiste à l'analyse, hormis le geste des mères et la parole du Christ. C'est qu'ils ont l'amour pour base et que cet amour est sans aucun doute l'essentielle connaissance et la plus haute loi. En vous y conformant vous avez toute chance de limiter vos erreurs et de remédier autant qu'il est possible à votre humaine infirmité. »

## 46

## *« J'irais nager dans plus de rivières »*

Il est un texte attribué à Nadine Stair (une Américaine) mais aussi à Don Herold (un essayiste américain). Il semble que tous deux se soient inspirés d'un poème original de Jorge Luis Borges. Entre autres lignes, il dit ceci :

*Si je devais revivre ma vie,*
*J'aimerais faire encore plus d'erreurs.*
*J'irais cueillir plus de marguerites*
*J'irais grimper plus de montagnes*
*J'irais nager dans plus de rivières*
*J'irais danser plus de danses*

*

Il me semble, parfois, que tout ne fait que commencer.

Il reste encore beaucoup d'erreurs, de marguerites, de montagnes, de rivières et de danses. Il reste les livres à écrire, le prochain palpite déjà dans l'encre de mon stylo.

Le vent souffle toujours dans les feuilles des hauts *aspens* dont les troncs blancs, quand on les caresse, sont comme un duvet soyeux, comme la Vie.

## REMERCIEMENTS

À Ludovic Escande, talentueux éditeur.

À Anne Boy, infatigable collaboratrice.

À Nathalie Capiez, pointilleuse préparatrice.

*Œuvres de Philippe Labro (suite)*

*Aux Éditions La Martinière*

MON AMÉRIQUE : 50 portraits de légendes (édition illustrée).

*Aux Éditions Jean-Claude Lattès*

CE N'EST QU'UN DÉBUT (avec Michèle Manceaux).
DES CORNICHONS AU CHOCOLAT.

*Aux Éditions Nil*

LETTRES D'AMÉRIQUE (avec Olivier Barrot), (Folio n° 3990).

*Composition : Nord Compo*
*Achevé d'imprimer*
*par CPI Firmin-Didot*
*à Mesnil-sur-l'Estrée, en novembre 2020*
*Dépôt légal : novembre 2020*
*Premier dépôt légal : septembre 2020*
*Numéro d'imprimeur : 161187*

ISBN : 978-2-07-289484-8/Imprimé en France

**378217**